● 入选“十四五”国家重点图书出版规划

丹曾文化

「人文·智识·进化丛书」

黄怒波◎主编

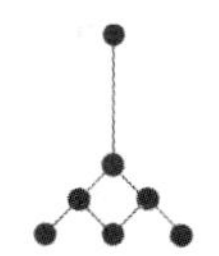

# 唐诗讲读

程郁缀◎著

**图书在版编目(CIP)数据**

唐诗讲读 / 程郁缀著；黄怒波主编. — 北京：北京大学出版社，2023.1

（人文·智识·进化丛书）

ISBN 978-7-301-33452-2

Ⅰ. ①唐… Ⅱ. ①程… ②黄… Ⅲ. ①唐诗 — 诗歌研究 Ⅳ. ① I207.227.42

中国版本图书馆 CIP 数据核字（2022）第 186868 号

书　　名　唐诗讲读
　　　　　TANGSHI JIANG DU
著作责任者　程郁缀　著　黄怒波　主编
责任编辑　张亚如
标准书号　ISBN 978-7-301-33452-2
出版发行　北京大学出版社
地　　址　北京市海淀区成府路 205 号　100871
网　　址　http://www.pup.cn　新浪微博：@ 北京大学出版社
微信公众号　通识书苑（微信号：sartspku）
电子信箱　zyl@pup.pku.edu.cn
电　　话　邮购部 010-62752015　发行部 010-62750672
　　　　　编辑部 010-62753056
印 刷 者　三河市北燕印装有限公司
经 销 者　新华书店
　　　　　650 毫米 ×980 毫米　16 开本　20 印张　250 千字
　　　　　2023 年 1 月第 1 版　2023 年 1 月第 1 次印刷
定　　价　68.00 元

---

未经许可，不得以任何方式复制或抄袭本书之部分或全部内容。

**版权所有，侵权必究**

举报电话：010-62752024　电子信箱：fd@pup.pku.edu.cn

图书如有印装质量问题，请与出版部联系，电话：010-62756370

## “人文·智识·进化丛书”
## 学术委员会

主　席：谢　冕

副主席：柯　杨　杨慧林

# “人文·智识·进化丛书”

# 总　序

在我国国民经济和社会发展“十四五”规划开始的时候，人文学者面临从知识的阐释者向生产者、促进者和管理者转变的机遇。由“丹曾文化”策划的“人文·智识·进化丛书”，就是一次实践行动。这套丛书涵盖了文、史、哲等多个学科领域，由近百位人文学科领域优秀的学者著述。通过学科交叉及知识融合探索人类文明的起源、人类与自然的和谐共生、人类的生命教育和心理机制，让更多受众了解中国传统文化与文学，形成独具中华文明特色的审美品格。

这些学科并没有超越出传统的知识系统，但从撰写的角度来说，已经具有了独特的创新色彩。首先，学者们普遍展现出对人类文明知识底层架构的认识深度和再建构能力，从传统人文知识的阐释者转向了生产者、促进者和管理者。这是一种与读者和大众的和解倾向。因为，信息社会的到来和教育现代化的需求，让学者和大众之间的关系终于有了教学互长的机遇和可能。在这个意义上，我们不能再教“谁是李白”了，而是共同探讨“为什么是李白”。

所以，这套丛书的作者们，从刻板的学术气息中脱颖而出，以流畅而优美的文本风格从各自的角度揭示了新的人文知识层次，展现了新时代人文学者的精神气质。

这套丛书的人文视阈并没有刻意局限，每一位学者都是从自身的学术积淀生发出独特的个性气息。最显著的特点是他们笔下的传统人文世界展现了新的内容和角度，这就能够促成当下的社会和大众以新的眼光来认识和理解我们所处的传统社会。

最重要的是，这套丛书的出版是为了适应互联网社会的到来。

它的知识内容将进入数字生产。比如说，我们再遇到李白时，不再简单地通过文字的描写而认识他。我们将会采取还原他所处时代的虚拟场景来体验和认识他的“蜀道”，制造一位“数字孪生”的他来展现他的千古绝唱《蜀道难》的审美绝技。在这个意义上，这套丛书会具有以往人文知识从未有过的生成能力和永生的意境。同时，也因此而具备了混合现实审美的魅力。

当我们开始具备人文知识数字化的意识和能力时，培育和增强社会的数字素养就成了新时代的课题。这套丛书的每一个人文学科，都将因此而具有新的知识生产和内容生发的可能性。更重要的是，在我们的国家消除了绝对贫困之后，我们的社会应当义不容辞地着手解决教育机会的公平问题。因此，这套丛书的数字化，就是对促进教育公平的一个解决方案。

有观点认为，当下推动教育变革的六大技术分别是：移动学习、学习分析、混合现实、人工智能、区块链和虚拟助手（数字孪生）。这些技术的最大意义，应该在于推动在线教育的到来。它将改变我们传统的学习范式，带来新的商业模式，从而引发高等教育的根本性变化。

这套丛书就是因此而生成的。它在当前的人文学科领域具有了崭新的“可识别性”和“可数字性”。下一步，我们将推进这套丛书的数字资产的转变，为新时代的人文素质教育和终身教育的需求提供一种新途径、新范式。而我们的学者，也有获得知识价值的奖励和回报的可能。

感谢所有学者的参与和努力。今后，你们应该作为各自学术领域 C2C 平台的建设者、管理者而光芒四射。

“人文·智识·进化丛书”主编

黄怒波

2021 年 3 月

# 目　录

# 绪　言

2002年北京大学出版社出版了我的小书《唐诗宋词》，作为中国古代文学专题研究之二（另外三个专题研究：之一为褚斌杰先生所撰《〈诗经〉与楚辞》，之三为李简老师所撰《元明戏曲》，之四为周先慎先生所撰《明清小说》），到2012年，十年中第1版印刷了25次，2012年12月又改版出了第2版，至今又印刷了9次。在第1版的《后记》中，我说这其实并不是对唐诗宋词的全面研究，而只是按题材内容所进行的分类研究，"既兼顾到某一题材诗歌演进的历史，又对同一题材中的不同诗歌作比较研究"，"除本书中已经写出的四类题材即山水田园诗词、友情送别诗词、咏史怀古诗词和咏物诗词外，原打算写的还有爱国怀乡诗词、爱民悯农诗词、闺怨宫怨诗词和爱情诗词等；然一是因为才情所限，二是因为时间所限，其他几章就只好暂付阙如了"。

这一直是我心中记挂的一件事情，老想抽出时间完成多年来未了的心愿。这次丹曾文化有限公司约我做一个唐诗分类选讲的线上课程，我便下定决心整理旧稿并撰写新讲稿，共二十余讲，录制了近五十集。录制完成之后，他们又希望我将讲稿整理出来，列入丹曾文化"人文·智识·进化丛书"出版。我考虑到在北大出版社出版的《唐诗宋词》一书中已分析赏读过的一些题材内容，诸如山水诗、田园诗、送别诗、怀古诗、咏物诗等，就不宜再重复出版了；而将我刚出版的另一本小书《登高壮观天地间——古典诗歌与人文精神十五讲》中的边塞诗、怀乡诗、孝亲诗、悯农诗、哲理诗，进行了相当大的修改、增补和充实，纳入本书中。此外，新增加了有关题材的诗歌赏读，包括童趣诗、闺怨诗、宫怨诗、爱情诗、咏月诗、描写音乐诗、饮酒诗等；并在开头增加了一讲，总体讲一下唐前诗歌概述，唐诗的概况与总体特色，以及初唐、盛唐、中唐、晚唐诗坛重要诗人和代表性诗歌的提要，以便读者对唐诗的整体情况有一个宏观了解和把握。所以这本小书，其实从某种意义上，可以看作是《唐诗宋词》一书的增补版。

《唐诗讲读》，只是一本学术普及小书。希望给中等文化程度的读者，特别是青少年读者，提供一个分类阅读与欣赏唐诗的选本。对所选诗歌的分析，力求简明扼要，浅显明白，不作繁琐考证。在思想内容和艺术特色两个方面，对前者更侧重一点。尽可能阐发其中所体现的思想内涵和人文情怀，诸如爱国爱民的修齐治平情怀，悯农怜贫的博爱悲悯情怀，爱家乡爱故土爱自然的大爱情怀，崇德尚善、忘我利他的高尚情怀等。按照题材类别进行诗歌分析时，为了在对比中彰显特色、丰富内涵，在个别题材中也适当将宋人和后人诗词中的相关名作，纳入一起赏读，诸如宋人咏月诗词、宋人哲理诗等。总之，希望读者在愉快地分类阅读、咀嚼品评和比较欣赏的过程中，既受到唐诗艺术美的陶冶，获得审美的享受；又从中获得人生智慧的启迪和情操修养、人文情怀方面的提升；同时还能够丰富知识，增加阅历，开阔视野，增强文学素养，提高欣赏诗歌的能力和阅读品位。

以上就是本书的"绪言"。所谓"绪言"，原是指已发而未尽的言论。清人郭庆藩《庄子集释》引俞樾曰："绪言者，余言也。先生之言未毕而去，是有不尽之言，故曰绪言。"现如今大体指著作篇首概述全书主旨或介绍写作意图等的文字。以上十分简略地介绍本书写作的意图并对一些情况作了着重说明，故冠之以"绪言"。

在绪言的最后，我还是想特别再提示一下，《唐诗讲读》仅是按照题材对唐诗进行分类讲读的普及性读物，除书中所收的12类题材外，没有列入本书中但同样重要的还有唐人山水诗、田园诗、友情送别诗、怀古咏史诗、咏物诗等题材诗歌，这些题材的诗歌都在拙著《唐诗宋词》（北京大学出版社2002年11月第1版、2012年12月第2版）一书中进行了赏析，敬请参阅，以资补充。

程郁缀

2021年10月国庆节于北京大学燕园大雅堂

# / 第一讲 /

# 唐前诗歌概述和唐诗概要

我们中华民族是一个伟大的民族！中国幅员辽阔，物产富饶，历史悠久，文化灿烂。在中华民族灿烂的文化宝库中，诗歌毫无疑问是其中最璀璨的一串明珠！中国是诗的国度，唐诗则毫无疑问是中国古典诗歌的高峰。在讲唐诗之前，我们先提要式地概述一下唐代之前的诗歌发展脉络和重要特色、成就。主要有：先秦的《诗经》与楚辞，汉代的乐府诗与汉末建安诗，陶渊明与六朝诗。

## 一、唐前诗歌概述

### 1. 先秦的《诗经》与楚辞

中国诗歌的伟大开端，就是先秦时期的《诗经》与楚辞。《诗经》与楚辞，犹如两条大河，灌溉着后世文学的广袤原野；中国文学中后来的诗、词、散曲、散文、辞赋、小说、戏曲等，无不受到这两条大河的浸润和沾溉。

首先，我们将从时代、地域、作者和内容等方面，将《诗经》和楚辞简略地对比分析一下。

**（1）从时代方面看**

《诗经》和楚辞，是中华文明第一个历史时期的产物。第一个历史时期包括夏、商、周。夏（约前2070—前1600）、商（前1600—前1046），周分西周（约前1046—前771）和东周，东周又分为春秋（前770—前476）和战国（前475—前221）。战国有齐、楚、燕、韩、赵、魏、秦七个最强大的国家，最后秦并六国，统一天下（前221—前206）。这就是我们中华文明伟大的开篇，每一个中国人都要记住这一伟大的开篇。

《诗经》是我国第一部诗歌总集。所收诗歌，大约是从西周初年到春秋中期这四五百年间产生的。而楚辞则是以战国时期的屈原为主要作家。屈原（约前340—前278）是中国诗歌发展史上第一位留下姓名的伟大诗人。战国是一个群星灿烂的时代，百家争鸣，处士横议，与春秋一起成为我国古代思想成果最辉煌的时代。可以说我们中华民族的主要思想，除了佛教是从域外传来的外（东汉明帝永平年间白马驮着佛经来到洛阳——“白马驮经”），其他的儒家、道家、法家、墨家、阴阳家、名家、纵横家、杂家、农家、小说家、医家等，都是在春秋战国时期形成和奠定基础的。

《诗经》和楚辞，是我们中国古典诗歌中最早的两座高峰。这两座高峰，从公元前600年左右的春秋中期，到公元前300年左右的战国中期，这之间大约相隔三百年。这三百年，在中国诗歌发展史上是一个低谷；而这三百年，恰好是中国散文发展史上的第一个高峰：先秦散文。

**（2）从地域方面看**

《诗经》是黄河流域中原文化的结晶。《诗经》一共有305篇，《国风》是160篇，《大雅》《小雅》是105篇，《颂》是40篇。文学方面，最有代表性的是《国风》。这个“国”是什么国？是诸侯国，一共是15个，主要分布在黄河流域，包括今天的宁夏、内蒙古、陕西、山西、河南、河北、山东等地域。而楚辞则是长江流域南方文化的结晶。楚地主要包括今天湖南、湖北以及江苏西北部、安徽南部等地域。

我们中国有 960 万平方公里的土地，中国地势的一个总的特点是西高东低。西边有世界上最高的山峰珠穆朗玛峰，2020 年 12 月 8 日公布的最新高度是 8848.86 米。珠穆朗玛峰下就是喜马拉雅山脉，再下来是“世界屋脊”青藏高原，再下来是内蒙古高原、黄土高原、云贵高原，再下来是一系列平原和丘陵，再往下则是蔚蓝的海洋。所以，我们可以自豪地说，中华民族像一个伟岸的英雄，昂着高贵的头颅，8848.86 米——全世界最高的头颅，身后倚靠着高高的“世界屋脊”，身前则敞开宽阔的胸怀，面对着广阔浩瀚的海洋。

这样一种地理位置，决定了我们中华大地上的主要河流，自古以来都是从西向东流。汉代一首古诗《长歌行》曰：“青青园中葵，朝露待日晞。阳春布德泽，万物生光辉。常恐秋节至，焜黄华叶衰。百川东到海，何时复西归。少壮不努力，老大徒伤悲。”“百川东到海，何时复西归”是从空间上说，中华大地上的主要河流都是从西向东流；“少壮不努力，老大徒伤悲”则是指时间上的河流。我们说人生是一条最特殊的河，这条河是一维的，单向的，不会拐弯，更不会倒着流，而是一直向前流去。人生本是单行道，生命之河不倒流；所以我们应该珍爱生命，珍惜青春，珍视光阴，及时奋发，有所作为。

中华大地上的主要河流有三条，北方的黄河，中间的长江，南方的珠江。这三条大河，一起孕育了我们中华民族的伟大文明。《诗经》是黄河流域中原文化的结晶。黄河是我们中华民族的母亲河，提供了中华文明赖以生存和发展的宝贵资源。它从青海的巴颜喀拉山发源，经过青海、四川、甘肃、宁夏、内蒙古、陕西、山西、河南、山东，流入大海。黄河全长 5464 公里，长江全长约 6300 公里，长江比黄河长 800 多公里。

**（3）从作者方面看**

《诗经》以民歌为主，它基本上是集体歌唱，具体作者是谁，已经很难考证；而楚辞毫无疑问是屈原等诗人独立歌唱的。中国的诗歌，从《诗经》到楚辞，是从集体歌唱到个人独立歌唱，这在中国诗歌发展史上是一个伟大的飞跃。

**（4）从题材内容方面看**

《诗经》的题材内容主要有两个方面：反映内部世界和反映外部世界。反映内部世界，指的是描写人内在的情感，主要是男女爱情。打开《诗经》，第一篇便是《周南·关雎》，其第一章曰：

> 关关雎鸠，在河之洲。
> 窈窕淑女，君子好逑。

这真是千古绝唱，只要人类存在，这就是最伟大的诗篇。马克思说人类有两种生产，一种是物质生产，一种是人本身的生产。如果没有物质生产，人的生命就不能存在；如果没有人本身的生产，我们人类就不能生生不息，也就没有美好的未来了。此外，还有《邶风·静女》《卫风·伯兮》《郑风·褰裳》《郑风·出其东门》《秦风·蒹葭》等，都是热烈美好的男女情歌。

所谓外部世界，主要指人以外的山川自然、风俗民情、战争徭役、劳动生活、社会苦难等，这类诗歌的创作精神主要是“饥者歌其食，劳者歌其事”。如《周南·芣苢》《召南·小星》《邶风·式微》《王风·君子于役》《魏风·伐檀》《魏风·硕鼠》《秦风·无衣》等。如《魏风·伐檀》的第一章写道：

坎坎伐檀兮，
置之河之干兮。
河水清且涟猗。
不稼不穑，胡取禾三百廛兮？
不狩不猎，胡瞻尔庭有县貆兮？
彼君子兮，不素餐兮！

诗中对劳而不获、获而不劳，多劳反而少获、多获反而少劳这样一种不平等、不合理的社会现象，进行了猛烈的抨击。又如《秦风·无衣》的第一章写道："岂曰无衣？与子同袍。王于兴师，修我戈矛。与子同仇！"表达了同仇敌忾、从容赴边、保家卫国的爱国主义情怀。

**（5）屈原与楚辞**

楚辞中最重要的作者，就是伟大诗人屈原。楚辞中最伟大的政治抒情诗，就是《离骚》。

屈原是楚国王室的同姓贵族，楚怀王时曾经担任左徒之职。左徒，相当于左丞相，主管外交事务。屈原对内追求美政，重民施德，主张举贤授能，修明法度；对外主张联齐抗秦。但楚怀王不听，赴秦后"竟死于秦"。后令尹子兰等人"短屈原于顷襄王，顷襄王怒而迁之"。最后，在公元前278年楚国郢都被秦军攻破后，他感到楚国大势已去，"于是怀石遂自沉汨罗以死"，以身殉国。

屈原的诗歌，据《汉书·艺文志》记载有25篇，基本上可以认定为屈原所作的有22篇，包括《离骚》（1篇）、《九歌》（11篇）、《天问》（1篇）、《九章》（9篇）。其中《离骚》是中国古代诗歌史上最长的、最恢宏瑰丽的、最伟大的政治抒情诗，一共372句，2490多个字，震古烁今，深深地影响了中华民族的精神塑造。《离骚》前半部分，主要写诗人因矢志不渝、高洁自守所遭遇的不公正待遇，以及由此引起的矛盾、纠结和愤懑；重在实写，充满了家国情怀。后半部分则主要是将炽热的情感化为超现实的想象，表现了一个苦闷的灵魂上天入地的求索精神，主要是虚写，带有强烈的浪漫主义色彩。最后，屈原以死来殉自己的理想："已矣哉！国无人莫我知兮，又何怀乎故都？既莫足与为美政兮，吾将从彭咸之所居。"算了吧，国家没有人能够理解我啊，我又何必怀恋故国故都呢？这是愤激之辞。既然无法实现我心目中的美政，我只能跟着彭咸去了。彭咸，相传为殷时的贤大夫，劝谏其君王而君王不听，遂投水而死。屈原表示自己也要追随彭咸而去。最后，他果然是这样做的，怀石自沉，殉国而死。

屈原精神主要有三点：一是热爱家乡，热爱祖国。这是屈原留给我们最伟大的精神遗产！热爱家乡的情感，是热爱祖国的情感的基础；而热爱祖国的情感，则是热爱家乡的情感的升华。在这方面，屈原为我们树立了一个光辉的榜样。

二是追求真理，百折不挠。屈原《离骚》中有句曰："路漫漫其修远兮，吾将上下而求索。""亦余心之所善兮，虽九死其犹未悔。"只要是追求我心目中认为美好的东西，纵然九死也绝不后悔。我们每一个人，要想实现某一个宏伟的理想，就一定要有这样一种认准目标、百折不挠、上下求索、锲而不舍、九死不悔的精神。

三是自我修养，一尘不染。屈原在《离骚》中说："朝饮木兰之坠露兮，夕餐秋菊之落英。"表示内心高洁纯净，一尘不染。《离骚》中又说："民生各有所乐兮，余独好修以为常。"民生就是人生。屈原"言人生各随气习，有所好乐，或邪或正，或清或浊，种种不同。而我独好修洁以为常，虽以此获罪于世，至于屠戮支解，终不惩创而悔改也"（朱熹《楚辞集注》）。屈原另有一首诗《橘颂》，歌颂了一种"独立不迁""深固难徙"的精神，表现了一种独立的人格美。人要有自己的坚持，不能人云亦云，不能随波逐流，更不能同流合污。“独立不迁”的另一方面是“廓其无求”“秉德无私”。襟怀开阔，没有私求；秉德崇高，光风霁月。无欲则刚，无私则无畏，只有做到“廓其无求”，才能坚持“独立不迁”的人格。

屈原因为独立不迁，不同流合污，得罪了权贵，贵族们向楚怀王、顷襄王进谗言。顷襄王听信谗言，将屈原再度流放。后来屈原来到汨罗江边，形容枯槁，面目憔悴，最后怀石投江。这一天，正好是五月初五。人们听说屈原投江了，纷纷从四面八方拼命划船去救他。此事最早见于隋唐之际的虞世南所编类书《北堂书钞》，该书卷一百三十七引东晋人葛洪《抱朴子》佚文云：“屈原没汨罗之日，人并命舟楫以迎之。至今以为竞渡。”这就是今天端午节“龙舟竞渡”习俗的由来。没有能把屈原救上来，老百姓很悲痛，便随手摘下河边芦苇上的叶子，包上米麦、豆子等，扎好后抛到河里，祷告道：河里的鱼啊，虾啊，不要吃我们伟大诗人的遗体，我们送东西给你们吃。这就是端午节吃粽子的由来。一个把自己的生命都献给祖国和人民的人，祖国和人民是永远不会忘记他的。屈原去世以后，人们在纪念屈原的文章中说：屈原投江自沉，唯其一死，使得他在中华民族的历史上永不死也！——唯其一死，永不死也；唯其一死，永远不死！屈原就是这样一位永远活在一代一代中国人心中的伟大诗人！屈原其诗，与日月同辉；屈原其人，与山河共存！

### 2. 汉代的乐府诗与汉末建安诗

秦朝以后是汉朝，汉朝分西汉和东汉。西汉（前 206—公元 23）因为建都于西京长安，所以称为“西汉”。东汉（25—220）因为建都于东京洛阳，所以称为“东汉”。两汉四百二十多年，是延续时间最长的一个封建王朝。汉朝与当时地跨欧亚非的古罗马帝国东西并立，各自创建了无与伦比的物质文明和精神文明。大汉帝国大大拓展了以往的版图，通过丝绸之路，打开了与西方欧洲文明和印度文明交流的新局面。思想上崇尚儒道又兼容并包，展示了一种博大宏阔、进取自信的时代风貌。汉朝与四百年后拉开壮丽帷幕的唐朝，在波澜壮阔的中华民族历史上，成为前后辉映的两个最鼎盛的封建王朝。

汉代文章的成就，第一是汉赋，第二是汉代散文。汉赋的代表作家有司马相如、扬雄等；汉代的散文，代表作家有司马迁、班固等。清人左宗棠曾题对联于卧龙岗诸葛草庐曰："文章西汉两司马，经济南阳一卧龙。"鲁迅也在《汉文学史纲要》中把司马相如和司马迁放在一起加以评述，指出："武帝时文人，赋莫若司马相如，文莫若司马迁，而一则寥寂，一则被刑。盖雄于文者，常桀骜不欲迎雄主之意，故遇合常不及凡文人。"

就诗歌方面讲，汉代有汉乐府诗，还有文人创作的《古诗十九首》，我们先讲一下汉乐府诗。

**（1）汉乐府诗**

"乐府"原指采集民歌和管理音乐的机构，后由官署的名称演变为所采集的诗歌的名称，还成了记录和收集这些诗歌的总集名称（《乐府诗集》）和诗体的名称。汉乐府古辞大约有四十多首，继承了《诗经》"饥者歌其食，劳者歌其事"的优良传统，形成了一种"感于哀乐，缘事而发"的创作精神。内容上也跟《诗经》相同，大致分为描写男女爱情的诗歌和反映社会现实的诗歌两大类。

描写男女爱情的诗歌，代表作如《上邪》《有所思》等，我们在"唐人爱情诗"那一讲中再赏读；反映社会现实的诗歌，如《东门行》。诗曰：

出东门，不顾归。

来入门，怅欲悲。

盎中无斗米储，还视架上无悬衣。

拔剑东门去，舍中儿母牵衣啼：

“他家但愿富贵，贱妾与君共餔糜。

上用仓浪天故，下当用此黄口儿。今非！”

“咄！行！吾去为迟！

白发时下难久居。”

这首诗截取主人公决意铤而走险的片段，突然发端，经过其与妻子一个回合的矛盾冲突，戛然而止，以后事情的发展和结局都留给读者自己去想象和补充。这首诗篇幅虽然十分短小，但思想上光芒四射，给人以一种如同电焊之光不能逼视之感。全诗主要通过主人公夫妻之间的对话来推动情节发展，展示人物丰富的内心活动，深化重大的社会主题。形式上长短句参差错落，灵活多变。从一字句到七字句，徐疾相继，顿挫分明。既增强了所叙故事的节奏，又切合人物的内心活动，字里行间激荡着诗中主人公，同时也是作者自己的一股愤慨激切之情，深化了主题。读者受到此情绪的强烈感染，真切地感受到一颗反抗压迫的心在怦怦跳动。

**（2）东汉文人《古诗十九首》**

中国古代诗歌，在诗的形式上有一个演进和发展的过程。原始歌谣的句式以二言为主，如《弹歌》：“断竹，续竹；飞土，逐宍（肉）。”到《诗经》时代，基本上以四言为主，如《关雎》的“关关雎鸠，在河之洲。窈窕淑女，君子好逑”。但到了战国时的楚辞，诗句突破了四言格局，出现了以五七言为主的杂言体诗，如《离骚》杂用五言、六言、七言、八言的句式，可以说是参差错落、长短不齐的杂言体。到了汉乐府，则以五言句式为主，如《陌上桑》《孔雀东南飞》都是五言句式。到了东汉文人的《古诗十九首》，则全部是整齐的五言句式，五言的艺术表现力得到了充分发挥。这样一种成熟的五言诗，奠定了中国古代五言诗的基础。

《古诗十九首》在艺术上长于抒情，成就很高；在思想内容上，则比较复杂。由于东汉后期处于大动乱前夕，社会矛盾尖锐，所以除了传统的游子思妇、相思离别的感怀外，有的诗歌充满了惶恐不安的忧虑和人生苦短的感伤，以及及时行乐的消极心理。如对人生易逝、节序如流的感伤："生年不满百，常怀千岁忧。昼短苦夜长，何不秉烛游！为乐当及时，何能待来兹？"其中有人生如梦、及时行乐的消极因素；但也有希望珍爱生命、提高生命质量——物质质量和精神质量——的积极因素，这也是应该稍加肯定的。

**（3）汉末建安诗**

如前所说，中国诗歌史上第一个留下姓名的伟大诗人是公元前300年左右的屈原，一直到公元200年左右的建安时期（196—220）的"三曹"，这之间的五百多年，文人创作不繁荣，没有出现杰出的诗人，也没有产生多少优秀的诗歌。但建安这二十多年中，一下子涌现出一大批杰出的诗人，主要是"三曹七子"。"三曹"即：父曹操，子曹丕、曹植；"建安七子"的提法，是曹丕在《典论·论文》中第一次提出来的，即：孔融、陈琳、王粲、徐幹、阮瑀、应玚、刘桢。这一批杰出的诗人，形成了中国诗歌史上第一个文人诗歌创作的高潮。主要讲一下"三曹"。

**①曹操（155—220）**

历史上的曹操是一个了不起的英雄，有文才，又有武略；唐代诗人张说《邺都引》中的两句诗对他精彩地概括道："昼携壮士破坚阵，夜接词人赋华屋。"曹操统一北方，抑制豪强，大兴屯田，实行军垦；政治上唯才是举，不拘一格。他是一个杰出的政治家、军事家，我以为他也是一个了不起的诗人、文学家。毛泽东曾经说过：我还是喜欢曹操的诗，气魄雄伟，慷慨悲凉，是真男子，大手笔。曹操的诗歌中，反映东汉末年社会现实的有《蒿里行》，诗的最后六句乃汉末实录，表达了对战乱中人民不幸命运的同情。诗曰："铠甲生虮虱，万姓以死亡。白骨露于野，千里无鸡鸣。生民百遗一，念之断人肠。"抒发理想抱负的有代表作《短歌行》："对酒当歌，人生几何！譬如朝露，去日苦多。慨当以慷，忧思难忘。何以解忧？唯有杜康。"最后说："山不厌高，海不厌深。周公吐哺，天下归心。"以求贤若渴的周公自喻，表达了广揽贤才来帮助自己建功立业的渴望。

另外还有曹操北征乌桓途中经过碣石山时所作名篇《步出夏门行》，其第一章《观沧海》诗曰：

东临碣石，以观沧海。
水何澹澹，山岛竦峙。
树木丛生，百草丰茂。
秋风萧瑟，洪波涌起。
日月之行，若出其中。
星汉灿烂，若出其里。
幸甚至哉，歌以咏志。

此乃千古咏海名篇。开头八句都是实写大海。诗人登上了高高的碣石山，得以眺望苍茫的大海，海水是何等的浩瀚平满。随着一阵萧瑟的秋风吹过，大海里涌起了滔天洪波，掀起了万丈狂澜。此时，诗人头脑里联想的大门被打开，写下了千古咏海名句："日月之行，若出其中。星汉灿烂，若出其里。"太阳和月亮的运行，出于大海之中、又落在大海之中，仿佛一天也没有离开大海的怀抱。灿烂的星星和银河，浮沉和倒映在大海里。写出了大海那样一种包孕宇宙、吞吐日月的壮阔气势！人在大海面前一站，心胸会顿时开阔起来，灵魂会为之净化，境界会为之提升；人生观、物质观和宇宙观也都会发生变化。所以要培养我们自己和孩子大气的襟怀。我曾经撰写过一副对联曰：“大气方能成大器，有德不必求有得。”

**②曹丕（187—226）**

曹操一去世，曹丕便代汉而立，建立了魏王朝，做了七年魏文帝。曹丕的文治武功不如乃父，胸襟气度也不如乃父，文学才华更不如乃父，但他在文学史上有两个“第一”传世，此生亦无愧矣！一是他创作的《燕歌行》，是中国诗歌史上流传下来的第一首完整的七言诗。二是他写的《典论·论文》，是中国文学批评史上第一篇文学理论专论。

《典论·论文》中最重要的一点，就是大力抬高文章的社会地位，曰：“盖文章，经国之大业，不朽之盛事。年寿有时而尽，荣乐止乎其身，二者必至之常期，未若文章之无穷。……夫然，则古人贱尺璧而重寸阴，惧乎时之过已。而人多不强力；贫贱则慑于饥寒，富贵则流于逸乐，遂营目前之务，而遗千载之功。日月逝于上，体貌衰于下，忽然与万物迁化，斯志士之大痛也！”——千载之下，令人惊警！

**③曹植（192—232）**

曹植是建安诗坛上保存诗歌数量最多、最负盛名的作家，存诗约八十首，钟嵘《诗品》称他为“建安之杰”。曹操在世时很喜欢这个才华横溢的儿子，所以曹植一直过着无忧无虑的贵公子生活。前期颇有功名事业心，有积极进取精神。在《赠白马王彪》中有句曰：“丈夫志四海，万里犹比邻。”《白马篇》中说：“名编壮士籍，不得中顾私。捐躯赴国难，视死忽如归。”其为国赴死的豪迈英雄之气，震撼千秋。

曹丕称帝后，曹植则备受迫害和压抑，境况愈下。据《世说新语·文学》载："文帝尝令东阿王七步中作诗，不成者行大法；应声便为诗曰：'煮豆持作羹，漉菽以为汁。萁在釜下燃，豆在釜中泣：本自同根生，相煎何太急！'帝深有惭色。"后来这首七步诗，大约在北宋时期被人精简为四句："煮豆燃豆萁，豆在釜中泣：'本自同根生，相煎何太急！'"更佳。

曹植的代表作如《野田黄雀行》："高树多悲风，海水扬其波。利剑不在掌，结友何须多。不见篱间雀，见鹞自投罗。罗家得雀喜，少年见雀悲。拔剑捎罗网，黄雀得飞飞。飞飞摩苍天，来下谢少年。"清人沈德潜评曰："是游侠，亦是仁人。语悲而音爽。"（《古诗源》）曹植是建安诗坛上成就最为突出的一位诗人。《蒙求集注》中载李瀚言曰："谢灵运尝云：'天下才有一石（十斗），曹子建独占八斗，我得一斗，自古及今同用一斗。'"曹植才高八斗，可惜四十一岁就在情感压抑中过早地熄灭了生命的火焰，诚可谓"千古文章未尽才"也。

### 3. 陶渊明与六朝诗

汉之后，魏、蜀、吴三国（220—280）鼎立。吴建都建康（今江苏南京）。之后三国归晋，晋分西晋、东晋。西晋（265—317）五十年，建都洛阳；东晋（317—420）一百年，建都建康。然后是南北朝，北朝（386—581）有北魏、东魏、西魏、北齐、北周；南朝（420—589）先后是宋、齐、梁、陈，四个朝代都是建都在金陵（今南京）。加上前面的东吴、东晋，这一时期前后在金陵建都的共六个朝代，所以称这段历史时期为"六朝"。南北朝之后是隋朝。隋朝 581 年就在北方夺取政权了，此后在南方的陈朝又苟延残喘了八年，到 589 年，隋朝统一了天下。

隋朝很短暂，618 年灭亡。然后是唐朝，618 年开始。我们中华民族的第一个强大的封建王朝是汉朝，于公元220年随着曹操的去世而无可奈何花落去，落下了它壮丽的帷幕；后面又一个强大的封建王朝是唐朝，公元618年拉开了它灿烂的帷幕。这之间相隔约四百年，这是汉和唐两个政治高峰之间的一个低谷。但这四百年是非常重要的四百年，在中国思想文化史上，此时的哲学、宗教、文学、艺术、书法、绘画等，都取得了灿烂的成就。

在魏晋南北朝时期，除了前面讲过的曹魏诗坛上“三曹七子”外，正始文坛上还有阮籍、嵇康等“竹林七贤”；之后的西晋文坛上有陆机、潘岳、左思、刘琨、郭璞等诗人。陆机有古代重要文学论著《文赋》，潘岳诗歌有代表作《悼亡诗三首》，左思则写有使洛阳为之纸贵的《三都赋》和为后世咏史诗奠定基础的《咏史八首》等。而到了南朝，则有谢灵运的山水诗，鲍照的七言诗，沈约、谢朓的永明体诗和融合南北文风的北朝庾信诗，这些我们都不细讲了，下面只简要地讲一下东晋伟大的诗人陶渊明。

陶渊明（365—427），一名潜，字元亮，浔阳柴桑（今江西九江）人。东晋于公元420年灭亡后，陶渊明还活了七年，活在刘宋王朝。我们中国正史一共有二十四史，其中《晋书》卷九十四中、《南史》卷七十五中、《宋书》卷九十三中，都有陶渊明本传；一人入三史，多么了不起啊！读者诸君，让我们共勉一下：我们每一个人都要努力努力再努力，争取一人入一史。陶渊明二十九岁之前，主要是读书。这个时期的散文《五柳先生传》，是他写的自传，很重要。自传中，陶渊明表明自己“不慕荣利”，“性嗜酒”。家境贫寒，“环堵萧然，不蔽风日”；然安贫乐道，“好读书”。读书用“不求甚解”法，不钻到字句训诂等牛角尖里，而是抓住大意，“每有会意，便欣然忘食”。

陶渊明年轻时有济世安邦的理想。其《杂诗十二首》其五中有句曰："忆我少壮时，无乐自欣豫。猛志逸四海，骞翮思远翥。"但他自己说因为喜欢喝酒，做官有公田，公田可以种秫，秫可以酿酒，有酒可喝，所以便出来做官。可是做官不自由，而他喜欢客观的大自然，更喜欢主观精神上的自然，自然而然，不受束缚。所以在做彭泽县令时，有一天上级督邮来视察工作，手下人让他赶紧穿好官服、戴好官帽前往迎接。陶渊明喟然长叹曰："我岂能为五斗米折腰向乡里小儿！"遂挂冠而去。"五斗米"者，犹生计也；我哪能为了物质上的理由，而低下自己精神上高贵的头！这种"不肯为五斗米折腰"的精神，就是中国知识分子的傲骨，影响深远！

陶渊明挂冠而去后，再也没有出来做官，一直在田园中生活了二十多年，直到终老。他以满腔的热情来描绘和歌颂田园的美好，在中国诗歌史上开创了一个崭新的领域。其代表作《归园田居五首》，其一描写诗人回到大自然中的田园，心情愉快，直吐胸臆"少无适俗韵，性本爱丘山"，说自己从小就没有适应世俗的气韵意愿，本性是喜爱大自然的。"误落尘网中，一去三十年。羁鸟恋旧林，池鱼思故渊"，投身官场误入尘世的罗网很长时间，犹如那羁囚在笼中里的鸟儿，怀恋以前自由自在的山林；犹如被捕捉养在池中的鱼儿，思念原有的那可以畅游的河川。接下来写田园的生活，诸如开荒南野，方宅草屋；榆树柳树的浓荫遮蔽着后檐，桃树李树一排排罗列在堂前；狗在深巷之中吠叫，鸡在桑树顶上啼鸣；庭户里没有尘世琐务，静室充满了闲情逸致。最后写"久在樊笼里，复得返自然"，说在官场的樊笼里待久了，现在终于返回到自然而然、自在自得的自由状态之中。这首诗首尾照应，结构井然，内容丰富，取景典型，是陶渊明田园诗的代表作。陶渊明第一个以满腔热情来描绘和歌颂田园的美好，在中国诗歌史上开辟了一个描写田园生活的广阔天地，还把最下层劳动人民的生活写到诗中，热情地加以讴歌。陶渊明在中国诗歌史上，开此先河，功德无量。

陶渊明在中国诗歌史上的地位是十分突出的，可以说陶渊明之后中国伟大的诗人，没有一个不受陶渊明影响的。李白在《梦游天姥吟留别》的最后高唱："安能摧眉折腰事权贵，使我不得开心颜。"辛弃疾六百多首词中，据统计有五六十首写到陶渊明；特别是《鹧鸪天》"读渊明诗不能去手，戏作小词以送之"词，坦言自己读渊明的诗不能放下手。其下片曰："千载后，百篇存。更无一字不清真。若教王谢诸郎在，未抵柴桑陌上尘。"热情地称赞陶诗没有一个字"不清真"；如果当时的豪门大族"王谢诸郎"还在的话，连柴桑的"陌上尘"也不如。最喜欢陶渊明的是最有才华的诗人苏东坡（1037—1101）。苏东坡一生把陶渊明当成良师益友，晚年更是把陶渊明的一百二十多首诗差不多和了一遍，创作了《和陶诗》一百零九首。他最喜欢陶渊明真率自然的性情。在《东坡题跋·书李简夫诗集后》，苏东坡热情称赞陶渊明："欲仕则仕，不以求之为嫌；欲隐则隐，不以去之为高。饥则扣门而乞食，饱则鸡黍以延客。古今贤之，贵其真也。"

总之，陶渊明是中国诗歌史上最伟大的诗人之一。他的田园诗，奠定了中国古代田园诗的基础。笔者多年来在对中国古典诗歌学习和研究的过程中，逐步形成了这样一个观点，我认为，中国很多题材的诗歌，比如说像山水诗、友情送别诗、咏史怀古诗、哲理诗、咏物诗、闺怨宫怨诗、爱情诗等，都是到了唐朝，唐朝诗人用他们的聪明、智慧和才华，将其写到顶峰。可唯独田园诗，陶渊明开创了田园诗派，一下子把田园诗写上了顶峰。陶渊明的田园诗，可以说是前无古人，当世亦无人与之匹敌，后世更很难有人超步。唐宋元明清所有诗人的田园诗成就，都没有超过陶渊明的，可以说都是在陶渊明田园诗的浓荫笼盖之下。金人元好问在《论诗三十首》中曾放声高歌陶渊明的诗："一语天然万古新，豪华落尽见真淳。南窗白日羲皇上，未害渊明是晋人。"陶渊明的诗歌语言平淡，自然天成，不事雕琢，毫无粉饰，具有质朴淳厚的自然美质，诚万古常新也。

## 二、唐诗概况与总体特色

如果把我们中国的诗歌比作广袤的天宇，那么唐诗毫无疑问是这一天宇中最灿烂的银河；这条灿烂的银河是由大大小小的星星和无数星座组成的。

明代人高棅在《唐诗品汇》中，将唐诗分为初唐、盛唐、中唐、晚唐四个时期，尽管也不尽合理，但后来人们对唐诗的分期，一般都采用这种分法。接下来是五代（907—960）。五代指后梁、后唐、后晋、后汉、后周；与之同时并存的还有中原之外的十国。唐五代一共将近三百五十年。在文学方面，散文、辞赋、传奇小说、词等方面也都取得了突出成就，但其中最具代表性、成就最辉煌、对后世影响最大的文学样式，毫无疑问是诗歌。以至于人们在谈论某一时代文学代表时，会不约而同地说：先秦散文、两汉辞赋、唐诗、宋词、元曲、明清小说。甚至有论者从某种意义上极而言之曰：唐以后，则天下无诗矣。

### 1. 唐诗概况

唐诗数量空前。清康熙四十四年（1705）三月，彭定求、沈三曾、杨中讷等十人，奉敕开始编纂《全唐诗》，于次年十月即编纂完成奏上。《全唐诗》共"得诗四万八千九百余首，凡二千二百余人"，总计九百卷。我们说这个数量是"空前"的，但不是"绝后"

的。我们北大中文系古典文献专业二十几位老师，首尾用了十三年的时间，编纂完成了浩大的文化工程——《全宋诗》，凡3785卷，共收入宋代9000多个诗人、25.4万多首诗，诗的数量是唐诗的五倍多。但宋人自己也知道，本朝的诗歌总体上成就超不过唐诗。唐诗就像一座巍峨的高峰，耸立在宋人和后代人的面前，那是不可逾越的、难以超步的。宋朝人很聪明，绕了个道，用自己的才华和智慧，把词体文学创作推上了一个高峰。今人唐圭璋先生所编纂的《全宋词》，共录词人1330余家，词作19900余首。从此以后，在中国韵文诗歌的高天广地里，唐诗、宋词，像双峰并峙，两水分流，各极中国韵文之鼎盛。

《全唐诗》收录的作者数量当然能从一个侧面说明唐代诗歌兴盛，但更能说明问题的是，这些能够写诗的人，遍布当时社会的所有阶层。上到皇帝、嫔妃、文臣、将军、文人等，下到农夫、樵夫、渔父、宫女、僧侣、妓女等，都会写诗。从庙堂之高，到江湖之远，到处都可以听到吟咏诗歌的声音，这最能说明唐代诗歌的繁荣兴盛。

唐代的皇帝多能写诗。《全唐诗》中录有唐太宗李世民的诗九十余首，如《帝京篇十首》其一曰："秦川雄帝宅，函谷壮皇居。绮殿千寻起，离宫百雉余。连甍遥接汉，飞观迥凌虚。云日隐层阙，风烟出绮疏。"起句有气势，结句颇流宕，对仗也工整。唐玄宗李隆基存诗也有六十多首。当朝老臣贺知章于天宝二年（743）八十五岁时上疏，请求归隐故里越地镜湖；翌年正月初五，玄宗率群臣祖饯于长安西门，玄宗带头作《送贺知章归四明》，诗曰："遗荣期入道，辞老竟抽簪。岂不惜贤达，其如高尚心。寰中得秘要，方外散幽襟。独有青门饯，群僚怅别深。"即兴所作，也能切合时景，恰如其分，颇见功力。

还有，唐代的皇后、妃子也会写诗。武则天写过七绝《如意娘》："看朱成碧思纷纷，憔悴支离为忆君。不信比来长下泪，开箱验取石榴裙。"看朱成碧，形容因为苦苦相思而视觉模糊，神思恍惚。如果你不相信我近来常常为此而流眼泪的话，那么，请打开我的衣箱，看看我的石榴裙上，那可是新泪痕压旧泪痕啊！可谓情辞俱佳，叙写清明畅达，不亚诗客骚人。贵妃杨玉环也写有七绝《赠张云容舞》，诗曰："罗袖动香香不已，红蕖袅袅秋烟里。轻云岭上乍摇风，嫩柳池边初拂水。"描写舞女罗袖轻扬，香风拂拂，醉人心脾；舞动起来像一朵红色的荷花，在秋烟里袅袅婷婷；又如同乍起的轻风吹动岭头的云彩，还似透嫩的柳条拂动池中碧水。杨贵妃自己也擅舞，以《霓裳羽衣舞》著称，诗中透出的是自身对舞蹈的真切体验，不同凡响。

这些诗都还是写得很不错的。至于下层的落魄文人、贫困民众写的诗歌，更是不胜枚举。如女道士李冶、歌伎薛涛、女道士鱼玄机等，也都有优秀作品流传。社会从上到下的各个阶层的人，都喜欢诗歌，都能够创作诗歌，并且能创作出相当成熟甚至很优秀的作品，这正是一个时代某一种文学样式真正繁荣的最有力的标志。

就像唐代人谁都能够写诗一样，宋代人则是谁都能够填词。《大宋宣和遗事》记载宋徽宗宣和年间某元宵佳节，一个普通的窃金杯女子即席填写《鹧鸪天》的轶事，便是例证。唐代的诗十分普及，宋代的词同样十分普及；这种十分普及的社会现实，犹如宽阔庞大的根基，这根基就像连绵起伏的喜马拉雅山，只有在如此连绵无尽的山山岭岭上，才能堆积和簇拥起巍峨入云的珠穆朗玛峰！唐诗，就是中国古典诗歌的连绵群山中簇拥起的诗的"珠穆朗玛峰"；而宋词，则是中国古典词的连绵群山中簇拥起的词的"珠穆朗玛峰"！

## 2. 唐诗总体特色

钱钟书先生在《谈艺录》中说："唐诗多以丰神情韵擅长，宋诗多以筋骨思理见胜。"缪钺先生在《论宋诗》中也说："唐诗以韵胜，故浑雅，而贵蕴藉空灵；宋诗以意胜，故精能，而贵深析透辟。唐诗之美在情辞，故丰腴；宋诗之美在气骨，故瘦劲。"这些都是就总体特色而言的：唐诗重情趣，宋诗重理趣。

唐诗特别是盛唐诗歌，充盈着一种青春活力和激情想象，即便是享乐、颓丧、忧郁、悲伤，也仍然弥漫和律动着一种青春的气息。林庚先生将这种青春气息称为"少年精神，盛唐气象"。唐代诗人大都喜欢用热烈的情感来感受生活，把热烈的情感写到诗中，传达给当世和后来历代读者。诸如：杨炯的"宁为百夫长，胜作一书生"(《从军行》)，王昌龄的"黄沙百战穿金甲，不破楼兰终不还"(《从军行七首》其四)，王维的"孰知不向边庭苦，纵死犹闻侠骨香"(《少年行四首》其二)，李白的"人生得意须尽欢，莫使金樽空对月。天生我材必有用，千金散尽还复来"(《将进酒》)，杜甫的"何当击凡鸟，毛血洒平芜"(《画鹰》)，岑参的"一生大笑能几回，斗酒相逢须醉倒"(《凉州馆中与诸判官夜集》)，李颀的"腹中贮书一万卷，不肯低头在草莽"(《送陈章甫》)，如此种种，不一而足。唐诗，特别是盛唐诗歌中充满鼓舞人心的激情，充满感发人心的力量，读了让人振奋，躁动，心神荡漾，激情涌动，不能自已。所以我们说读唐诗如饮美酒，美酒中蕴藏着催发人情绪高昂的积极因素，令人沉醉。

相对于唐诗的重情趣，宋诗的总体特色则是重理趣。宋朝人写诗主要不是以情趣动人，而是喜欢将自己对社会人生的哲理性思索写到诗中，从而给人以理性的启迪，充满理趣。如苏轼的《题西林壁》，诗曰："横看成岭侧成峰，远近高低各不同。不识庐山真面目，只缘身在此山中。"细细玩味，思而得之的是：当局者迷，旁观者清。又如其《琴诗》曰："若言琴上有琴声，放在匣中何不鸣？若言声在指头上，何不于君指上听？"细细玩味，思而得之的是：人们无论成就一件什么事情，都离不开主观条件和客观条件，两个方面缺一不可。这样的诗给人的不是激动，不是感奋，而是思索，是体味。所以我们读宋诗如品名茗，名茗就是名茶，名茶要慢慢地品，越品越觉得余香满口，回味无穷；因为宋诗中蕴藏着丰富的理趣，让人细细体味，味之愈长，思得愈多。

在本讲中，我们先对初唐、盛唐、中唐、晚唐诗坛的主要诗人和重要作品作一个提要介绍；然后在接下来的十二讲中，按题材内容对以唐诗为主的诗歌进行分类阅读与欣赏。大体顺序是，先赏读歌咏爱国精神的边塞诗、歌咏热爱家乡情怀的怀乡诗和怜爱黎民百姓的悯农诗，以及孝敬父母的孝亲诗和描写孩童乐趣的童趣诗，再赏读歌咏情感生活的闺怨诗、宫怨诗、爱情诗和表达思想内涵的哲理诗，以及歌咏和描写音乐的诗、歌咏饮酒的诗和歌咏月亮的诗。最后以简短的"余韵：唐诗的永恒魅力与现实意义"，收结全书。

## 三、初唐、盛唐、中唐、晚唐诗坛提要

### 1. 初唐诗坛

人们通常所说的初唐，大致从唐高祖李渊武德元年（618）开国起，到唐玄宗开元元年（713）前后，大致一百年。开国初始，唐朝

统治者从隋朝快速灭亡中吸取教训，采取了一系列减轻人民负担、缓和阶级矛盾的举措，休养生息，社会日趋安定，经济生活渐渐繁荣起来。但是，初唐时的诗歌，并没有跟政治、经济同步，很快繁荣，齐梁余风继续笼罩诗坛。宫廷诗人沈佺期、宋之问，将格律诗定型化。唐高宗（628—683）在位（649—683）时，“初唐四杰”崛起于诗坛，诗歌的题材内容和情感表达，都开始发生了明显的变化。但只有到了陈子昂，才从诗歌理论主张和诗歌创作实践上，深刻批判和完全摆脱了齐梁余风，端正了唐诗发展的方向，开辟了通往盛唐诗歌的康庄大道。

**（1）格律诗的定型——“沈宋体”**

沈佺期（约656—716）、宋之问（约656—约713），都是宫廷文人，诗歌创作并没有摆脱齐梁余风的影响。他们对诗歌的贡献，主要在声律方面。他们对日趋成熟的诗歌形式加以整理总结，完成了“回忌声病，约句准篇”（《新唐书·宋之问传》）的任务，将格律诗规范化、定型化，使以后的人们在作诗时，有了可以遵循的明确规格，对于诗歌的体裁发展作出了积极贡献。从此，不按照这一格律要求写的诗，人们称之为古体诗；而按照这一格律要求写的诗，在唐代人们称之为近体诗，后世人们统称之为格律诗。因为是沈佺期、宋之问将其最后定型的，所以格律诗又称为“沈宋体”。

格律诗的特点，笔者为简明起见，从以下五个方面介绍。

**①篇有定句**

一首律诗只能是八句，很严格，不能多也不能少。每两句为一联，一联中上句为起句，下句为对句；共分四联，依次为首联、颔联、颈联、尾联。

**②句有定字**

五律的每一句只能是五个字，七律的每一句只能是七个字。基本上只有五律、七律，极个别六律，余皆无。

**③中间对仗**

颔联和颈联必须对仗。所谓对仗，指同类词两两相对。词大致可分为九类：名词、动词、形容词、数词、颜色词、方位词、副词、虚词、代词。对仗又可以分为工对、宽对、借对、扇面对、流水对、隔句对等。

**④讲究平仄**

一句中平仄相间，相交替，如“平平仄仄平”等。一联中两句平仄相反（平起式对句的末字不用仄声而用平声），两联之间（即上联的对句与下联的起句）是相粘的——只需要将上联对句的最后一个字的平仄与倒数第三个字的平仄调换一下即可。

关于汉字的四声，唐代释处忠《元和韵谱》中有这样的描绘：“平声哀而安，上声厉而举，去声清而远，入声直而促。”明朝释真空作有一首《玉钥匙歌诀》，被清《康熙字典》录载，题名为“分四声法”。《玉钥匙歌诀》曰：“平声平道莫低昂，上声高呼猛烈强。去声分明哀远道，入声短促急收藏。”如果用普通话作一个简单的对照，就是阴平、阳平为平声，上声、去声为仄声。

**⑤注重押韵**

首句可押韵可不押韵，偶句必须押韵；必须押平声韵；一韵到底，不许换韵。在隋人所编的《切韵》及其增修本《唐韵》的基础上，北宋真宗时期于1008年官修了一部韵书《广韵》，将汉字划分为206韵。宋末金初，山西平水人刘渊所著《壬子新刊礼部韵略》中把同用的韵合并为107韵，此书已佚；后金代平水官员王文郁编纂有《平水新刊韵略》，有106韵，为明代及后人所沿用，称为“平水韵”。

以上所讲格律要求的五条中，前三条，是讲究外在形式上的整齐，具有建筑美；后两条，则是讲究内在音律上的抑扬起伏，跌宕回环，具有音乐美。格律诗要求严格，因难致巧，“戴着镣铐跳舞”，方显出诗人才华。格律诗将汉语的特点和优点发挥到了极致，是中国文学中最美的一种诗歌体裁。

格律诗中还有一种只有四句的诗叫绝句，以五绝、七绝为主，少数六绝；绝句在对仗、押韵等方面，都要灵活自由一些。从此，格律诗尤其是绝句，成为历代文人最喜闻乐用的一种诗歌体裁样式。

**（2）初唐四杰**

初唐宋之问在《祭杜学士审言文》中说，唐开国后“复有王杨卢骆”。这是并称这四人且以此序次评品这四人的最早史料。其后，杜甫《戏为六绝句》其二曰：“王杨卢骆当时体，轻薄为文哂未休。尔曹身与名俱灭，不废江河万古流。”这之后，此并称遂广为流行，次序也基本如此。

**①王勃**

王勃（650—676），字子安，绛州龙门（今山西河津）人。六岁能文，十六岁及第，授朝散郎。二十七岁那年，渡南海探望被贬为交趾（治所在今越南河内）令的父亲，返还时行经南海，船遇大风倾覆，溺水而死。王勃是一个才学兼富的才子，写过著名的《滕王阁序》。《滕王阁诗》七律，缀于赋尾，虽然写得也不错，但诗名为序名所掩，成了文学史上一个显例。其序用骈文写成，乃骈赋体中的佳作。其中名句如“物华天宝”“人杰地灵”“胜友如云”“高朋满座”“落霞与孤鹜齐飞，秋水共长天一色”“天高地迥，觉宇宙之无穷；兴尽悲来，识盈虚之有数”“老当益壮，宁移白首之心？穷且益坚，不坠青云之志”等，皆脍炙人口，广为传颂。

王勃诗有代表作《送杜少府之任蜀川》，乃唐人送别诗中名篇。诗中点化曹植“丈夫志四海，万里犹比邻”而成“海内存知己，天涯若比邻”，为送别诗中的名句。他还写过一首小诗《山中》曰：“长江悲已滞，万里念将归。况属高风晚，山山黄叶飞。”境界开阔，基调苍凉，气势浑然，亦出手不凡之作。

**②杨炯**

初唐四杰中杨炯（650—约693），字令明，华阴（今属陕西）人。幼聪颖，十岁时举神童。曾官盈川令。其边塞诗气势昂扬，风格豪放。如代表作《从军行》曰：

> 烽火照西京，心中自不平。
> 牙璋辞凤阙，铁骑绕龙城。
> 雪暗凋旗画，风多杂鼓声。
> 宁为百夫长，胜作一书生。

首联写见到战争的烽火映照京城，将士们慷慨报国之志顿起。颔联写将军手持兵符辞别皇城，战士们披坚执锐奔赴前线。颈联写战斗场景，猎猎军旗在纷飞的大雪中色彩黯淡，怒吼的北风中夹杂着咚咚战鼓声。尾联直陈胸臆，说宁愿在军中当一个小官为国冲锋陷阵，也不愿意做一个老死于笔砚章句间的腐儒书生。充满了投笔从戎、为国立功的壮志豪情。

**③卢照邻**

卢照邻（约637—约686），字昇之，号幽忧子，河北范阳（今北京附近）人。诗最擅长七言歌行体，其代表作《长安古意》，计68句476字。其中有名句曰：“得成比目何辞死，愿作鸳鸯不羡仙。”意谓如果能跟有情人结为夫妻，则万死不辞，连神仙都不羡慕。闻一多先生称赞这二句有“起死回生的力量”。

**④骆宾王**

骆宾王（约628—684），婺州义乌（今属浙江）人。曾经参加过徐敬业反对武则天的扬州起兵活动，军中书檄，皆出其手。所撰檄文中，最著名的是《讨武曌檄》，与王勃的《滕王阁序》堪称初唐赋中双璧。这篇檄文又名“代李敬业讨武曌檄”或“代李敬业传檄天下文”。檄文立论严正，先声夺人。以封建君臣之义为依据，将武则天置于被告席上，列数其罪状；借此宣告天下，共同起兵讨伐，具有很强的号召力与鼓动作用，当时便广为传诵。诗歌代表作有《在狱咏蝉》，诗曰：

西陆蝉声唱，南冠客思侵。
那堪玄鬓影，来对白头吟。
露重飞难进，风多响易沉。
无人信高洁，谁为表予心。

西陆，指秋天。南冠，即楚冠，这里是囚徒的意思。首联谓深秋时节，禁所西墙外老槐树上的寒蝉在不停地鸣叫，阵阵蝉声把身陷囹圄的我这个囚徒的思绪带到了远方。颔联谓怎么能忍受鸣蝉那乌黑的翅膀，来对着像吟咏《白头吟》如此哀怨诗歌的我。颈联谓蝉的翅膀很薄，因天寒露重而欲飞不能；强劲的风吹个不停，很容易就把蝉鸣声给淹没了。隐含世道险恶，冤情难申的感慨。尾联直抒胸臆，表达内心的希冀：没有人能相信我像秋蝉一般清廉高洁，有谁人能为我洗清冤屈、显露出内在的冰雪襟怀呢！诗表面咏物，实则咏怀；题目为咏蝉，咏蝉其实就是咏己。诗序中谓蝉：“有目斯开，不以道昏而昧其视；有翼自薄，不以俗厚而易其真。吟乔树之微风，韵姿天纵；饮高秋之坠露，清畏人知。”托蝉以言志抒怀，于咏物比兴之中，寄寓内心悲愤沉痛之情，情真调苦，哀怨感人。

初唐四杰在唐诗发展中的地位，是不容忽略的。杜甫曾在《戏为六绝句》其二中评价道："王杨卢骆当时体，轻薄为文哂未休。尔曹身与名俱灭，不废江河万古流。"王、杨、卢、骆四个人的诗歌，在初唐时期独具特色，与当时的诗风不同。那些自不量力的轻薄为文之流，对他们哂笑个不停。尔曹，犹言汝辈、你们；岂知你等嘲笑他们的人，不久便身与名一起消亡灭迹了，而四杰却万古长存，如同江河长流不废也。杜甫对"四杰"地位的充分肯定与高度评价，实在是很有历史眼光，中肯而又公允。

**（3）陈子昂诗**

陈子昂（659—700），字伯玉，梓州射洪（今属四川）人。少任侠使气，十七岁才开始奋发读书，三十四岁中进士。武后执政（684—704）期间，迁为右拾遗，献书朝廷论政，以直言敢谏见称。最后以父老解职归乡，为县令段简所害。

陈子昂在唐宋文学发展中的杰出贡献在于：一是他有一篇重要文章《与东方左史虬修竹篇序》，从理论上批判齐梁余风"彩丽竞繁""兴寄都绝""逶迤颓靡，风雅不作"。可谓是一针见血，切中要害。同时，还有自己正面主张，即诗文应当"骨气端翔，音情顿挫，光英朗练，有金石声"，明确提倡文学作品在内容和艺术形式上应该并重，应该有"兴寄"和"风骨"。二是他的诗歌创作实践了自己的主张。所写《感遇诗三十八首》中有名句曰："感时思报国，拔剑起蒿莱。"壮志豪情，直冲霄汉。明人高棅评其："继往开来，中流砥柱，上遏贞观之微波，下决开元之正派。"陈子昂是唐代诗坛上廓清齐梁余风迷雾、开辟高远清朗盛唐气象的第一个勇敢的革新者。

陈子昂少有才华，纵横任侠；胸怀大志，兼善天下。武则天时期曾两度上书，一次是劝谏不要把唐高宗灵柩从洛阳迁葬长安，一次是提出巩固河西边防的建议，非但未被采纳，反而屡遭打击。又曾两次从军，也没有被重用，怀才不遇。这样一种报国无门、请缨无路的悲愤之情，集中体现在他的代表作《登幽州台歌》中。诗曰：

前不见古人，后不见来者。
念天地之悠悠，独怆然而涕下！

幽州台，即蓟北楼，故址在今北京西南。诗人登上幽州台后，志士为国，忠心耿耿；输肝沥胆，壮志难酬的一腔悲愤，不可遏制地涌上心头，不选词择句而直接吐出。“前不见古人”，前代明君贤相诸如战国时燕昭王那样重用人才的人没有了（燕昭王曾经筑黄金台，“置千金于台上，以延天下之士”）。“后不见来者”，往后重用人才的人还没有出现。这两句是从前后纵的时间上，写历史长河里寂寞无人。第三句“念天地之悠悠”，是从横的空间上，写放眼望去天地旷远、空荡荡无一知音。由此逼出“独怆然而涕下”，诗人独自怆然流涕。因为有“前不见”和“后不见”，加上天地之间亦不见，所以才逼出一个“独”字。结句既不是写景，也不是抒情，而是刻画了孤独的诗人憔悴凄楚的自我形象。全诗没有前因，没有后果，只是对诗人登上幽州台时满腔悲愤之情一刹那间喷涌而出的一个直接记录，不假雕饰，质朴无华，感人肺腑，催人泪下。清人黄周星评曰：“胸中自有万古，眼底更无一人。古今诗人多矣，从未有道及此者。此二十二字，真可以泣鬼。”（《唐诗快》）

杜甫评价陈子昂：“有才继骚雅，哲匠不比肩。公生扬马后，名与日月悬。”（《陈拾遗故宅》）谓陈子昂的才华继承《诗经》与楚辞，明智而富有才华的人，声望地位也不能跟他相当。他生在同为蜀地人的大文学家扬雄和司马相如后，但英名像日月一样高悬于天地之间。韩愈称赞陈子昂："国朝盛文章，子昂始高蹈。"(《荐士》) 谓我们唐朝诗文昌盛，但第一个高步登上诗坛的是陈子昂。一直到金人元好问（1190—1257），在其《论诗三十首》其八中仍不遗余力地唱道：

> 沈宋横驰翰墨场，风流初不废齐梁。
>
> 论功若准平吴例，合着黄金铸子昂。

前两句说，沈佺期和宋之问在初唐诗坛上纵横驰骋，他们影响很大但并没有废除齐梁余风。风流者，影响很大也。后两句中有这样一个典故：吴王夫差与越王勾践相争，勾践失败被俘，侥幸逃回越国，"卧薪尝胆"，矢志复仇，重用谋士范蠡。范蠡出谋划策，将美人西施献给吴王，让吴王沉迷享乐，荒疏朝政。如此一来，吴国越来越衰落，而越国越来越强大，结果越国一举平定了吴国。在平吴的事业中，范蠡功劳巨大，越王想封赏他，但范蠡一概不要，不要高官厚禄，不要黄金万两，只要归还西施。于是他带着西施，泛舟太湖，隐居陶山，改名朱公，后世称之为陶朱公。越王思念范蠡，遂派人用黄金铸造了一个范蠡的像，放在案头，朝夕相见，既表示对范蠡的怀念，又显示范蠡功劳之巨大、地位之突出。元好问说：如果以平吴这件事作为准则评论功劳的话，那么应该用黄金铸造一个陈子昂的像。我们说，物质上的黄金并没有铸造出陈子昂的像，但精神上的黄金已经铸造了一个陈子昂的像，高高地耸立在唐代诗坛上！

## 2. 盛唐诗坛

盛唐，主要是指唐玄宗开元年间（713—741）和天宝年间（742—756），总共四十多年。此即史称所谓“开天盛世”。唐朝由盛到衰的转折是“安史之乱”（755—763）。

盛唐时期的诗歌，内容丰富，情感饱满；形式完美，题材多样；语言清新，技巧精纯；意象繁富，风格明朗；表现出昂扬、热烈、积极、振奋的时代气息，回荡着欢快、奔放、乐观、高亢的旋律。这就是文学史家们所津津乐道的“盛唐气象”。

盛唐诗坛上，我们先简要地分析一下以孟浩然、王维为代表的田园诗与山水诗（以高适、岑参、王昌龄为代表的边塞诗，放到下面的“唐人边塞诗”一讲中去分析），然后扼要地讲一下最能够代表盛唐气象的伟大诗人李白与杜甫。

**（1）孟浩然的田园诗**

盛唐田园山水诗的代表诗人是孟浩然（689—740），襄州襄阳（今属湖北）人。孟浩然与王维并称“王孟”。孟浩然早年隐居鹿门山，后应举长安，落第而归，遂游吴越，仕途不顺。孟浩然比李白整整大一轮十二岁，两个人友谊深厚。李白对孟浩然十分推崇，写过一首读了令人口齿生香的五律《赠孟浩然》：“吾爱孟夫子，风流天下闻。红颜弃轩冕，白首卧松云。醉月频中圣，迷花不事君。高山安可仰，徒此揖清芬。”诗的一开头就直呼“吾爱孟夫子”，直说“吾爱”，何等忘情，何等难得，这在李白诗中是罕见的。最后用“高山仰止，景行行止”的典故，表现了对孟浩然“揖清芬”的景仰之情。

孟浩然以田园诗著称，他的田园诗的可贵之处在于，描绘田园风景的同时，还表现了田园生活中人与人之间友情的醇厚真挚。其代表作是《过故人庄》。诗曰：

故人具鸡黍，邀我至田家。
绿树村边合，青山郭外斜。
开轩面场圃，把酒话桑麻。
待到重阳日，还来就菊花。

诗题中的“过”，不是经过，而是拜访的意思。这首五律起承转合分明。首联是起，说老朋友准备了饭菜邀请我去做客，盛情难却，我就欣欣然前往。鸡黍，杀个鸡，做点黄米饭，泛指农家接待客人亲友的饭菜。鸡黍，既可看作田家容易做的家常饭菜，也可以是田家接待亲友贵客的上好佳肴，是农家的特色菜。颔联是承，接上联，我接受邀请，去到他们的村庄，其近处是绿树环绕，远处则是青山横卧。“绿”和“青”是生命的本色，既美好，又充满活力；如果换成“大树村边合，高山郭外斜”，情韵就顿减了。颈联是转，写诗人与田家朋友兴奋地把酒话谈农事。陶渊明也说田家在一起是“相见无杂言，但道桑麻长”（《归园田居》其二）。最后尾联是合，分手时相约再聚之辞。刚刚分手，便想着相约下一次还要再来欢聚，可见，这次相聚令彼此十分满意，起到了深化友情的作用。“就菊花”的“就”字用得非常好，“就”是趋向动词，很有感情地凑过去，亲切依偎。如果改为“还来赏菊花”或“还来看菊花”，情感色彩就大大减弱了。清人沈德潜称赞道：“通体清妙。末句‘就’字作意，而归于自然。”（《唐诗别裁集》卷九）这首诗既是田园诗，也是友情诗。孟浩然对生活在田园中的劳动民众的这种淳朴真挚的情感，是十分难能可贵的。把农家田园村舍里的黎民百姓，当作自己的朋友，和他们平等地往来，平等地推杯换盏，推心置腹，说说笑笑，其乐融融，这才是本色的人，性情中的人，这样的人，才能写出为老百姓所喜欢的诗歌，并代代传诵不绝。

王维也写过很好的田园诗。王维多才多艺，是诗人，也是著名的画家。他的田园诗，能以画家敏锐的眼光和绘画的线条笔调，描绘田园风光的淡雅优美，着色不浓而意境清远。如《渭川田家》诗曰：

斜光照墟落，穷巷牛羊归。
野老念牧童，倚杖候荆扉。
雉雊麦苗秀，蚕眠桑叶稀。
田夫荷锄至，相见语依依。
即此羡闲逸，怅然吟式微。

一开始便大笔勾画出夕阳斜照村落的景象，苍茫暮色笼罩田园，也起到了统摄全篇的作用。这使人自然而然地联想到《诗经·王风·君子于役》中有句曰："鸡栖于埘，日之夕矣，牛羊下来。"接着一个特写镜头："野老念牧童，倚杖候荆扉"——柴门外一位慈祥的老爷爷拄着拐杖，正迎候着放牧归来的小孙子。一老等候着一小，无限亲情溢出纸面。拄拐杖，倚柴门，散发出浓郁的泥土芬芳。接下来再一个大笔濡染：野鸡在一片扬花抽穗的麦田里欢鸣，桑树上桑叶已稀疏，蚕儿开始吐丝作茧。紧跟着又一个特写镜头："田夫荷锄至，相见语依依"——三三两两的农夫扛着锄头收工回来，在田间小路上不期而遇，亲切地拉家常依依絮语。最后，在田园的清新和官场的污浊的对比中，作者抒发了由于羡慕田家生活的安然闲适而产生的归隐田园的念想。《诗经·邶风》中有一篇《式微》，篇中反复咏叹："式微，式微，胡不归？"后便以"式微"表示"池鱼思故渊"的思归之意。

盛唐时期的田园诗人还有储光羲、常建等。储光羲有描写田园生活的代表作《田家杂兴八首》，其八的前一部分写农家植桑种黍、丰衣足食，一家人妇孺和睦，与亲友友好往来，夏天吃菰米饭，秋天饮菊花酒，生活其乐融融。后一部分写于辛勤劳作之余，亲友们相聚在一起开怀畅饮，直到酩酊夜归，醉态朦胧地看银河清浅，望北斗低昂："酩酊乘夜归，凉风吹户牖。清浅望河汉，低昂看北斗。"最后与邻居分手时，诗人嘴里还絮絮叨叨地说："数瓮犹未开，明朝能饮否？"我没有喝够，还有几瓮酒没有打开，明天你能否再和我一起痛饮啊？其醉态宛然在目。其二中有句曰："禽雀知我闲，翔集依我庐。"诗人很高兴有众多的鸟雀，吱吱喳喳地翔集在自己的茅庐上。这跟陶渊明"众鸟欣有托，吾亦爱吾庐"（《读〈山海经〉十三首》其一）意趣相近；由此可见受陶诗的影响。

**（2）王维的山水诗**

到了盛唐，国力强盛，政治开明，游览山水，蔚成风气。李白所自我表白的"五岳寻仙不辞远，一生好入名山游"（《庐山谣寄卢侍御虚舟》），正是体现了当时的社会风气。诗人在登山临水中，对山水的观察更加细致，体会更加深刻，对山水的审美意识和刻画山水的艺术能力，也都得到了进一步的增强和提高，这使得盛唐的山水诗创作，呈现出前所未有的鼎盛局面。盛唐山水诗的总体风格一是"雄"，以李白为代表；一是"清"，以王维为代表。所谓"清"，即清新、清幽、清丽、清澹。

王维（701—761），字摩诘，祖籍太原，至父辈徙家河东蒲州（今山西永济），遂为河东人。与李白同一年出生，早一年去世。王维多才多艺，工诗善画，其诗众体兼备，尤以五律、绝句成就为高，与孟浩然并称"王孟"；其诗画、音乐兼美，被苏东坡称赞为："味摩诘之诗，诗中有画；观摩诘之画，画中有诗。"（《书摩诘蓝田烟雨图》）王维的诗，描绘了一幅幅生动的画面，如《山居秋暝》

等。王维的画，则具有诗的意境；这方面我们只能相信苏东坡的审美判断了，因为王维的画在宋代还有流传，苏东坡自己说看到过王维的《蓝田烟雨图》，而我们今人则无缘寓目矣。

王维的人生大体上以四十岁为界，分为前后两个时期。前期积极进取，胸怀理想，有建功立业的雄心壮志。代表性的诗句如："莫嫌旧日云中守，犹堪一战取功勋。"（《老将行》）体现了前期豪壮情怀。"安史之乱"爆发后，王维曾经在长安被迫接受伪职。因为其间曾经写过一首《凝碧池》诗，流露出对唐王朝的眷念之情，加上在朝廷做官的弟弟王缙愿意用自己的官职为哥哥赎罪，所以"安史之乱"平定后，王维才幸免于惩罚。经此人生巨变，王维后期遂转向消极，信奉佛教，于长安南的蓝田，购得唐初诗人宋之问的别墅，遂隐居终南山，优游于山水之中，对现实抱着一种"无可无不可"的消极态度："晚年唯好静，万事不关心。"（《酬张少府》）在隐居辋川别墅时，创作了很多山水诗。因为他擅长绘画，故擅长将绘画中讲究线条、色彩、构图、意境之美等艺术手法，巧妙地运用到山水诗的创作中。如五律《终南山》诗曰：

> 太乙近天都，连山到海隅。
> 白云回望合，青霭入看无。
> 分野中峰变，阴晴众壑殊。
> 欲投人处宿，隔水问樵夫。

首联是远眺，如同绘画中先以大笔濡染，勾画出终南山的总轮廓；说"连山到海隅"，乃由近到远，渐远渐无穷，笔意在于夸张终南山绵延不绝。颔联写近景，步入终南山中，白云弥漫，时分时聚，飘忽不定；青霭在蒙蒙烟岚中时隐时现，若有若无；移步换形，美不胜收。颈联又跳到了一个更高的视角上，俯视整个山景，以中峰作分野，变化阴晴，千山万壑，千姿百态。尾联又收结到“隔水问樵夫”这样一个具体的点上。全诗画面生动，布局井然，又有层次感，乃“诗中有画”之代表作。

王维的山水诗，不同于谢灵运模山范水、精雕细刻追求“形似”，而是开始追求“神似”，展现一种新的山水风貌。如《鹿柴》诗曰：“空山不见人，但闻人语响。返景入深林，复照青苔上。”前两句是耳中所闻，诉诸听觉；后两句是眼中所见，诉诸视觉；有声有色，情景宛然。此外，王维还在《竹里馆》诗中写道：“独坐幽篁里，弹琴复长啸。深林人不知，明月来相照。”人在自然中怡然自得，人与自然相亲相悦，体现了王维晚年的人生态度，充满了超然物外的避世情怀。又如《山中》诗曰：“荆溪白石出，天寒红叶稀。山路元无雨，空翠湿人衣。”在对山水的描写中，追求一种空灵的意境，寄寓一种醇雅的意趣。

**（3）诗仙李白**

最能代表盛唐精神的毫无疑问是李白与杜甫，一个是诗仙，一个是诗圣。这里先讲诗仙李白。

李白（701—762），字太白，出生在古代的碎叶城，即托克马克，也就是在今天的中亚内陆国家吉尔吉斯斯坦境内。五岁时随经商的父亲从碎叶城回到绵州昌隆（今四川江油）。因为受封建社会中“重农抑商”的传统理念影响，所以，李白一生从不炫耀自己的身世。不像有“奉儒守官”家庭背景的杜甫，一张嘴就是“诗是吾家事”，一张嘴就是“吾祖诗冠古”；李白则是以才华自傲，一张嘴就是“天生我材必有用”（《将进酒》），一张嘴就是“才力犹可倚，不惭世上雄”（《东武吟》），一张嘴就是“大鹏一日同风起，抟摇直上九万里”（《上李邕》）。

二十岁时，李白结束了书斋生活，先是漫游蜀中。二十五岁以后，离蜀出川，到过武昌，据传李白曾经登上黄鹤楼，见眼前大江东去，波光渺渺，触景生情，很想写一首诗。但看到稍前的诗人崔颢已经写过七律《黄鹤楼》，感觉崔颢的诗写得很好，自己难以超步，遂搁笔长叹曰："眼前有景道不得，崔颢题诗在上头。"后人曾在黄鹤楼侧，修建过一个亭子，取名为"搁笔亭"。

到了唐玄宗天宝元年（742），李白四十二岁，名声已经很大了。正好朝中好友吴筠向朝廷极力推荐，皇帝便下了诏书召见李白。得到诏书，李白以为自己"直取卿相"的理想可以实现了，兴高采烈，踌躇满志，在《南陵别儿童入京》诗中写道："仰天大笑出门去，我辈岂是蓬蒿人。"大有"春风得意马蹄疾"、一朝遂却平生愿的豪迈气概。李白奉诏入长安后，据唐孟棨《本事诗·高逸第三》记载："李太白初自蜀至京师，舍于逆旅。贺监知章闻其名，首访之。既奇其姿，复请所为文。出《蜀道难》以示之。读未竟，称叹者数四，号为'谪仙'。解金龟换酒，于倾尽醉，期不间日。由是称誉光赫。"另有记载说，贺知章读完《蜀道难》后，惊呼曰："公非人世之人，可不是太白星精耶？"这便是"诗仙"的由来。李白一生中最喜欢、最引为自豪，并且经常自称的一个雅号，就是"谪仙"——从天上贬谪到人间的仙人。贺知章于公元744年八十六岁去世，李白很悲痛，写了两首《对酒忆贺监》诗，其序曰："太子宾客贺公，于长安紫极宫一见余，呼余为'谪仙人'。因解金龟，换酒为乐。怅然有怀，而作是诗。"其一曰："四明有狂客，风流贺季真。长安一相见，呼我谪仙人。昔好杯中物，翻为松下尘。金龟换酒处，却忆泪沾巾。"杜甫在《寄李十二白二十韵》诗中，也写有"昔年有狂客，号尔谪仙人"的诗句，可见贺知章称李白为"谪仙"并以金龟换酒的事，应该是可信的。

从四十二岁到四十四岁，李白在长安供奉翰林，在皇帝身边做事，表面上很得志，实际上也只是充当御用文人而已。时间一长，李白发现在朝廷做的也就是一些点缀升平的事，遂于744年请求放还。唐玄宗对他的兴趣也淡了，于是赐金放还，李白遂得以漫游天下。

天宝十四年（755）十一月，“安史之乱”爆发。次年，唐玄宗传位儿子李亨，即唐肃宗。唐玄宗的另一个儿子永王李璘，以抗敌平乱为号召，实际上暗怀割据一方与朝廷分庭抗礼的野心，由江陵率师东巡，经过庐山。为了壮大声势，坚请此时正隐居庐山的李白参加其幕府。李白出于爱国热情就答应参加了，遂被“辟为府僚佐”。这期间，李白曾经写过《永王东巡歌十一首》颂扬永王，抒发“但用东山谢安石，为君谈笑静胡沙”和“南风一扫胡尘静，西入长安到日边”的豪情壮志。但永王阴谋很快败露，为朝廷的军队所杀。李白也因为“从璘附逆”罪被下到浔阳狱中，后被判流放夜郎。唐肃宗乾元二年（759）一月，流放途经重庆巫山，幸遇朝廷大赦，李白就不用向南到贵州夜郎，而是沿着长江一路东游，到安徽马鞍山投依任当涂县令的本家叔叔李阳冰。据史书记载，宝应元年（762）十一月，李白病逝，便葬在当涂的青山脚下。李阳冰为其编纂诗集，名为“草堂集”。在序中对李白称赞道：“自三代以来，《风》《骚》之后，驰驱屈（原）、宋（玉），鞭挞扬（雄）、马（司马相如），千载独步，唯公一人。”

半个多世纪后，中唐诗人白居易（772—846）曾经前往凭吊，写过《李白墓》一诗。诗曰：

采石江边李白坟，绕田无限草连云。
可怜荒垅穷泉骨，曾有惊天动地文。
但是诗人多薄命，就中沦落不过君。

诗中直抒胸臆：深可怜惜啊，在这荒郊野外的黄泉之下，李白已经变为一摊白骨，但就是这摊白骨，曾经“笔落惊风雨，诗成泣鬼神”，写过惊天动地的诗文！笔者以为，在众多凭吊李白的诗歌中，白居易的这首《李白墓》，是写得最好的一首。

李白一生充满悲剧色彩——胸怀大志，无法施展；赍志以殁，就是悲剧！他人生的不幸，成为中国文学的大幸！物质上的失败，造就了他精神上的成功；生前暂时的失败，造就了他死后永恒的辉煌；他的肉体和不幸的命运随那个时代消逝了，而他的精神、他的诗歌、他传奇的人生，却超越那个时代而永存！

李白的诗歌风格有两个最显著的特色，那就是豪放飘逸和清新自然。这是两种相差甚大的不同风格，一个人能够同时具有，而且能够各臻其极，诚非大手笔不能为也——李白正是这样举世无匹的大手笔。

**①李白诗歌风格之一：豪放飘逸**

如果我们用李白自己的诗句来形容豪放飘逸的风格，那就是：“兴酣落笔摇五岳，诗成笑傲凌沧洲。”（《江上吟》）如果我们用杜甫称赞李白的诗句来概括，那就是：“笔落惊风雨，诗成泣鬼神。”（《寄李十二白二十韵》）此乃概括李白豪放飘逸诗歌风格最生动、最形象、最准确的十个字。晚唐诗人齐己有一首《读李白集》诗，也将李白豪放诗风刻画得淋漓尽致。诗曰：“竭云涛，刳巨鳌，搜括造化空牢牢。冥心入海海神怖，骊龙不敢为珠主。人间物象不供取，饱饮游神向悬圃。锵金铿玉千余篇，脍吞炙嚼人口传。须知一一丈夫气，不是绮罗儿女言。”

能够代表李白豪放飘逸诗歌风格的，首推《蜀道难》。如果将《蜀道难》比作一首交响曲的话，那么，在诗的开头、中间和结尾处重复了三次的“蜀道之难难于上青天”九个字，就是这首气势磅礴的蜀道交响曲中，最激动人心的主旋律。还有《将进酒》《梦游天姥吟留别》以及《行路难三首》等。《行路难三首》其一曰：

> 金樽清酒斗十千，玉盘珍羞直万钱。
> 停杯投箸不能食，拔剑四顾心茫然。
> 欲渡黄河冰塞川，将登太行雪满山。
> 闲来垂钓碧溪上，忽复乘舟梦日边。
> 行路难，行路难，多歧路，今安在？
> 长风破浪会有时，直挂云帆济沧海。

这是李白在长安遭到种种打击、失意离去时所作，抒发了世路险恶、壮志难酬的激愤之情。开头四句一泻无余的宣泄，大有利刃破竹、洪水决堤之势。诗人面对着美酒佳肴而停杯投箸，无语凝思；拔剑四顾，心绪茫然，通过这一系列的外部行为动作的描写，表现了被种种烦恼煎熬的内心的苦闷。这几句，显然受到鲍照《拟行路难》中"对案不能食，拔剑击柱长叹息"诗句的影响。接下来"欲渡黄河冰塞川，将登太行雪满山"两句，则以比兴的手法，落到"行路难"的本题。说想要渡过黄河，坚冰却塞满了河川；将要登上太行山，白雪却掩埋了山径。世路艰难，举步皆蹶，人生坎坷，动辄得咎。"闲来垂钓碧溪上，忽复乘舟梦日边"两句，暗用两个典故，进一步抒发了复杂的心情。一是吕尚在未遇周文王时，曾经垂钓渭水；二是伊尹在受商汤重用前，曾经梦见自己乘船从日边经过。用这两个典故，表明诗人眼下虽然失意，但仍然心存希冀，期望能有被重用的一天。可是荆棘满眼，不知路在何方，所以改用三字句，连声浩叹："行路难，行路难，多歧路，今安在？"最后，诗人没有从苦闷走向消沉，而是展望前程，放声高歌："长风破浪会有时，直挂云帆济沧海。"结句疾如闪电，展示了自信和力量。

诗从满怀愁绪起，到满怀信心结，基调由黯淡转向明朗，情绪由悲愤转向昂扬。全诗有愤懑的激动，有苦闷的彷徨，有昂扬的乐观，有坚定的自信，交替而出，波澜起伏，转折振荡，动人心魄。

李白诗歌豪放的风格，与他笔下庞大的意象群有关。李白的笔下有一组高大壮美、流动飘飞的意象群，这种独特的意象群，决定了作家的艺术风格。李白喜欢描写大鹏、雄鹰、长江、黄河、明月、宝剑、云帆、沧海、高山、飞瀑、苍松、古柏等意象，这些高大壮美、流动飘飞的意象，本身就带有气势，让人惊心动魄。如："连峰去天不盈尺，枯松倒挂倚绝壁。飞湍瀑流争喧豗，砯崖转石万壑雷""君不见，黄河之水天上来，奔流到海不复回""欲渡黄河冰塞川，将登太行雪满山""大鹏一日同风起，抟摇直上九万里"等，凸显了李白的诗歌风格既豪放飘逸，跌宕激越，大气磅礴，同时又能灵动流转，自然明快。设想一下，如果不写大鹏、骏马，而写麻雀、老鼠——"麻雀飞翔九霄上，老鼠奔腾在屋梁"，任凭你怎么描写，怎么夸张，也显得渺小、猥琐，没有气势，不能激起人们欣赏的激情和审美的快感。

李白喜欢驰骋丰富的想象，喜欢对事物进行极度夸张的描写，这无疑极大地助推了豪放风格的形成。李白能够将一个事物，夸张到令人难以想象的地步，却真实可信。比如形容北国天寒雪花大，说成是"燕山雪花大如席"，将很小的事物，夸张到正常思维所无法想象的极大程度。又如说"黄河如丝天际来"，将很大的客观事物黄河，形容得像一根从遥远的天边飘来的细微的头发丝。这种驰骋想象和极度夸张的描写，使得这些意象更加恢宏瑰丽，气势磅礴，从而产生了更加巨大的艺术感染力。

**②李白诗歌风格之二：清新自然**

李白诗歌清新自然的艺术风格，如果也借用李白自己的诗句来形容的话，那就是："清水出芙蓉，天然去雕饰。"(《经乱离后天恩流夜郎忆旧游书怀赠江夏韦太守良宰》）李白早年漫游蜀中时，就写过一首《峨眉山月歌》，四句中连续用了五个地名，读起来却一点也不使人觉得涩滞，相反清新流畅，一气呵成。出蜀后漫游至金陵时，所作《金陵酒肆留别》诗曰：

风吹柳花满店香，吴姬压酒唤客尝。
金陵子弟来相送，欲行不行各尽觞。
请君试问东流水，别意与之谁短长？

首句写景，春风吹动柳花满店飘香。次句叙事，写酒店当垆卖酒女吴姬压酒，殷勤地劝客人品尝。压酒，刚刚酿成还没有出槽入瓮的酒，须压槽取之。下面两句说金陵的朋友们热情地置酒相送，一杯接一杯地开怀痛饮，起行的时间一再推迟。最后用问句，表达的却是肯定的内容：请你试问门前滔滔东流水，我们离别的情意与它相比孰短孰长？意即我们的离情比那东流水更长更绵远。宋人黄庭坚评"请君"两句曰："至此乃真太白妙处，当潜心焉。"（魏庆之《诗人玉屑》引）

再如，好朋友王昌龄被贬龙标后，李白写了一首七绝《闻王昌龄左迁龙标遥有此寄》。诗曰：

杨花落尽子规啼，闻道龙标过五溪。
我寄愁心与明月，随风直到夜郎西。

首句写景点明时节，在杨花落尽、杜鹃鸟啼叫的暮春时节，朋友被贬到龙标；听说龙标远在五溪之外。五溪，即今湖南怀化境内沅水的包括酉溪、辰溪等的五条支流，古称"武陵五溪"。我把我的满怀愁思，都寄予那光照两地的明月，一直陪伴着你到那遥远的夜郎西。你不会寂寞的，走到哪里都会有明月朗照，那朗照着你的明月，就是我时时刻刻紧紧相随地陪伴着你。清人黄叔灿评曰："首句兴起怀人，已觉黯然。'闻道'句悲其窜逐蛮地。接入'愁心'二句，何等缠绵悱恻。而'我寄愁心'，尤觉比'隔千里兮共明月'意更深挚。"（《唐诗笺注》）又如七绝《赠汪伦》短短四句，如同说家常话一样，平平常常，毫不雕琢；还有《静夜思》《子夜吴歌》等，都是清新宛转，自然天成，精妙感人。

**（4）诗圣杜甫**

杜甫（712—770），字子美，巩县（今河南巩义西南）瑶湾人。出生在一个奉儒守官的家庭，在《宗武生日》一诗中，杜甫对自己的儿子说："诗是吾家事，人传世上情。"他还时不时地对人夸耀说："吾祖诗冠古"（《赠蜀僧闾丘师兄》）。其祖父杜审言是初唐大诗人，与李峤、崔融、苏味道齐名，并称"文章四友"，是唐代近体诗的奠基人之一。

杜甫自幼好学，一生勤奋。自言："七龄思即壮，开口咏凤凰。"（《壮游》）"读书破万卷，下笔如有神。"（《奉赠韦左丞丈二十二韵》）杜甫年轻的时候也是慷慨激昂意气风发，充满豪迈之情。他说自己："性豪业嗜酒，嫉恶怀刚肠。""饮酣视八极，俗物都茫茫。"（《壮游》）此外，描写胡马"所向无空阔，真堪托死生"（《房兵曹胡马》），胡马如此凛然无畏的气度和一往无前的勇气，使人足可以以生死相托付。"何当击凡鸟，毛血洒平芜"（《画鹰》），什么时候雄鹰能从云霄俯冲而下搏击凡鸟，把毛血洒在广袤的原野上。对骏马和雄鹰的描写，体现了年轻的诗人杜甫有着一种慷慨豪情和不凡气概。早期的代表作《望岳》诗通过对泰山雄伟磅礴气象的描写，抒发了一种勇于攀登、傲视一切的雄心壮志，洋溢着蓬勃向上的朝气。尾联"会当凌绝顶，一览众山小"想象出登上泰山极顶俯瞰四周群山那种目空一切的情景。

杜甫从三十五岁到四十四岁，为困守长安的十年。诗人在长安过着“朝扣富儿门，暮随肥马尘。残杯与冷炙，到处潜悲辛”（《奉赠韦左丞丈二十二韵》）的屈辱的生活。“安史之乱”前夕，杜甫离开长安时写下了标志性的名篇《自京赴奉先县咏怀五百字》，表达自己“穷年忧黎元，叹息肠内热”的济世情怀。755年冬“安史之乱”爆发后，杜甫在动乱中颠沛流离，写下了辉煌的组诗“三吏”：《新安吏》《石壕吏》《潼关吏》，还有“三别”：《新婚别》《无家别》《垂老别》。这两组杰出的诗篇，加上《哀江头》《春望》《北征》《洗兵马》《悲陈陶》等一系列诗歌，成了那个动乱而又苦难的时代的历史记录。这些诗歌真实地记录了历史，本质地反映了历史，故被人们称为“诗史”。

杜甫一生的最后一个时期，从四十九岁到五十九岁去世，是漂泊西南时期。先在四川漂泊了八九年，后来又在湖北、湖南漂泊了两三年，最后于唐代宗大历五年（770），因病逝于湘江的一条破船上。临终前，杜甫写下了长诗《风疾舟中伏枕书怀三十六韵奉呈湖南亲友》，仍然念念不忘国家的不幸：“战血流依旧，军声动至今。”为爱国诗人的一生，画上了一个圆满的句号。

1961年12月，在瑞典首都斯德哥尔摩举行的世界和平理事会主席团会议上，杜甫被列为1962年（杜甫1250周年诞辰）纪念的世界文化名人之一。2020年4月6日，BBC（英国广播公司）播放了一部纪录片《杜甫：中国最伟大的诗人》。著名作家、纪录片大师迈克尔·伍德先生是这样评价杜甫的：“他不仅是中国最伟大的诗人，也是全世界最伟大的诗人，没有人比杜甫在表达人类共同情感方面更出色。他不仅是一个诗人，还是这个国家良知的守护者，他在构建这个国家价值观方面，比任何皇帝都做得多。”伍德先生评价中国的诗歌历史“比荷马的《伊利亚特》和《奥德赛》更加古老”，而且还称：“诗歌是最能抒发中国人情感的文体，这其中，最伟大的诗人就是杜甫。”——评价何等睿智、深刻！伟大没有国界，世界自有公认！

伟大的诗人杜甫，不仅在中国古典诗歌发展史上影响深远，而且在中华民族优秀传统的形成中地位突出，被后世尊称为“诗圣”。在千千万万诗人中，人们只尊杜甫一人为“诗圣”，是因为杜甫总是把自己的悲喜忧乐，与祖国的兴衰荣辱紧密相连，二者息息相关，休戚与共。当祖国在“安史之乱”的苦难中痛苦呻吟时，诗人与祖国一起流泪，写下了《春望》一诗：“国破山河在，城春草木深。感时花溅泪，恨别鸟惊心。烽火连三月，家书抵万金。白头搔更短，浑欲不胜簪。”流的是忧国之破的悲痛之泪。而当安史叛军的大本营被唐朝军队捣毁、蓟北被朝廷收复、祖国有了转机和希望的时候，诗人欣喜若狂，唱出了“生平第一首快诗”（清浦起龙《读杜心解》）《闻官军收河南河北》，流下了狂喜之涕泪。诗曰：“剑外忽传收蓟北，初闻涕泪满衣裳。却看妻子愁何在，漫卷诗书喜欲狂。白日放歌须纵酒，青春作伴好还乡。即从巴峡穿巫峡，便下襄阳向洛阳。”全诗八句如一句，一气而下，其疾如飞。明人王嗣奭《杜臆》曰：“说喜者云喜跃，此诗无一字非喜，无一字不跃。其喜在‘还乡’，而最妙在束语直写还乡之路，他人绝不敢道。”

我们尊杜甫为“诗圣”，还因为杜甫对人民爱得无比诚挚。杜甫一生对民生疾苦总是抱有深切同情，以人民之忧为忧、以人民之乐为乐。他“穷年忧黎元，叹息肠内热”，一年到头为百姓的疾苦而忧虑，而叹息，而衷肠炽热。在《自京赴奉先县咏怀五百字》诗中，杜甫写下了震撼人心的十个字：“朱门酒肉臭，路有冻死骨。”可以看作是整部古代封建社会历史的一个缩影，传达出诗人热爱人民、对苦难中人民深切同情的博大的悲悯情怀。

我们尊杜甫为“诗圣”，还在于杜甫总是从自己的不幸，联想到他人的不幸、人民的不幸；而越是想到他人的不幸、人民的不幸，越是忘记自己的不幸——这就是他的襟怀壮丽和伟大之处。杜甫晚年在成都写下了著名的诗作《茅屋为秋风所破歌》。此诗开门见山，单刀直入，点明题目。“八月秋高风怒号”，秋风非常猛烈；“卷我屋上三重茅”，很多层的茅草被刮得到处飘飞。“茅飞渡江洒江郊”，茅草飘洒到了江边，高的挂到了树梢上面，低的飘转到低洼的地方。第三段则写狂风之后，大雨接着又来。“床头屋漏无干处”，说床头到处都漏雨，没有一个干的地方。“雨脚如麻未断绝”，外面的雨密密麻麻地下个不停，诗人家里面屋漏得雨水也滴个不停。强化了诗人遭遇的痛苦和不幸。最后写诗人在痛苦不眠之夜所产生的宏伟的理想和美好的愿望：“安得广厦千万间，大庇天下寒士俱欢颜。风雨不动安如山。”如果能有广厦千万间，庇护着天下的穷苦人，人们生活都能够非常欢乐温暖，风不打头雨不打脸，那该多么好啊！

诗人从自己眼前的不幸遭遇，联想到了自己长久以来的不幸；从自己长久以来的不幸，进一步联想到了天下人民的不幸，从而产生了一种甘愿为天下人民的不幸而牺牲自己的这样一种伟大的情怀。“呜呼”，一声长叹；“何时眼前突兀见此屋”，什么时候眼前高耸起广厦千万间，让天下的人都能够住进去，生活得安安稳稳，那么，只有我杜甫一个人的茅屋破了，我自己一个人受冻，哪怕是冻死了，我也心甘情愿——“吾庐独破受冻死亦足！”全诗在这个高潮中，戛然而止，给人一种强烈的心灵震撼！我们称杜甫为“诗圣”，圣在哪里？圣就圣在这里。为了普天下人民都能够安安稳稳，诗人自己“吾庐独破受冻死亦足”——这是一种多么伟大的利他精神！一种为了他人而甘愿牺牲自己的崇高而又壮丽的襟怀！

我曾对北大同学们说过这样一句话：如果一个人只为自己做事，做成事，做成好事，做成大好事，那是你的才，你有才；那是你的能，你能干；那是你杰出的“才能”。如果一个人为他人做事，为天下的老百姓做事，为我们社会做事，做成事，做成好事，做成大好事，那才是你的德，你的美德；那才是你的行，你的品行；那才是你高尚的“德行”。——杜甫正是这样一位德行高尚的伟大诗人！人民是历史的真正创造者，也是对历史事件和历史人物最公正的评判者。一个真正爱国爱民的伟大诗人，才能赢得历代人民的衷心爱戴。诗圣杜甫永远活在中华民族的光辉史册上，永远活在一代一代中国人的心中！

**（5）李白与杜甫的友谊**

李白和杜甫是两个伟大的诗人，他们各有风采，各具特色，一样伟大。我们既不能抑杜扬李，也不能抑李扬杜，而是要记住中唐诗人韩愈的忠告：“李杜文章在，光焰万丈长。不知群儿愚，那用故谤伤。蚍蜉撼大树，可笑不自量。”（《调张籍》）

李白与杜甫虽然只相差十一岁，却代表了两种不同的时代风貌和时代精神。李白是在唐代走向鼎盛的上升时期，走上他人生和创作的舞台的，是那个强盛的、辉煌的、积极进取的时代的代表。使得唐王朝由盛转衰的“安史之乱”755 年爆发时，李白五十五岁，李白之所以成为李白的主要的、代表性的名篇都基本上已经完成。而“安史之乱”爆发时，杜甫刚刚四十三岁，这一年创作的《自京赴奉先县咏怀五百字》，标志着杜甫在社会生活的大海上，扬起了反映现实和担负社会苦难的风帆。杜甫是在唐代由盛转衰的转折时期，走上他人生和创作的舞台的，他是那个动乱的、苦难的时代的代表。

李白和杜甫是好朋友，他们的友谊是伟大的友谊。杜甫堪称是李白最伟大的知音！杜甫最早写过一首七绝《赠李白》，诗曰："秋来相顾尚飘蓬，未就丹砂愧葛洪。痛饮狂歌空度日，飞扬跋扈为谁雄。"清人杨伦在《杜诗镜铨》中引蒋弱六云："是白一生小像。公赠白诗最多，此首最简，而足以尽之。"首句写李白飘零身世，相顾飘蓬，有惺惺相惜意，统摄全篇。次句写李白崇尚炼丹求仙，然不精，终未成。第三句写李白放纵于诗酒，空自度日，有壮志难酬的一腔悲愤。第四句写李白桀骜不驯，旁若无人。四句刻画了李白最具特征的四个方面，尤其是"痛饮狂歌""飞扬跋扈"八个字，将一个活生生的李白展现在历代读者的面前。

公元744年，四十四岁的李白从长安放还，来到东都洛阳，遇见了三十三岁的杜甫，两个人一见如故，携手漫游齐鲁之间。分手后李白思念杜甫，在《沙丘城下寄杜甫》中写道：

我来竟何事，高卧沙丘城。
城边有古树，日夕连秋声。
鲁酒不可醉，齐歌空复情。
思君若汶水，浩荡寄南征。

诗人难忘在齐鲁漫游时饮酒不醉、听歌抒情的美好日子。结句说我思念你的感情，犹如滔滔的汶水，浩浩荡荡送达你的身边。杜甫更是思念和称赞李白，他的《春日忆李白》诗曰："白也诗无敌，飘然思不群。清新庾开府，俊逸鲍参军。渭北春天树，江东日暮云。何时一尊酒，重与细论文。"开头说李白诗歌世无对手，卓然不群；清新如庾信，俊逸似鲍照。比拟确切，盛赞贴切。渭北、江东，遥遥相望，谓离别后朝夕相思。最后说真诚渴望能尽快重逢，吟诗唱和，把酒论文。不胜企盼，一往情深。

"安史之乱"中，李白因为"从璘附逆"获罪下狱的消息传来，杜甫十分悲痛，写了《不见》一诗。诗曰：

不见李生久，佯狂真可哀。
世人皆欲杀，吾意独怜才。
敏捷诗千首，飘零酒一杯。
匡山读书处，头白好归来。

杜甫说满朝的人都要治你死罪，但是我跟世人的看法完全相反，“吾意独怜才”啊！你才思敏捷，千首诗一挥而就；但是命运不济，身世飘零，薄酒一杯。多么盼望你早日脱离缧绁之灾，头白之时，重归庐山你曾经的读书处，终老旧居，落叶归根。真情弥漫在字里行间。

李白去世后，杜甫仍然念念不忘李白，有一天做梦梦见了李白，马上起身，展纸奋笔，情不可待地写了《梦李白二首》。其二曰：

浮云终日行，游子久不至。
三夜频梦君，情亲见君意。
告归常局促，苦道来不易。
江湖多风波，舟楫恐失坠。
出门搔白首，若负平生志。
冠盖满京华，斯人独憔悴。
孰云网恢恢，将老身反累。
千秋万岁名，寂寞身后事。

老朋友啊，你知道我日夜思念你，所以连续几夜频繁地进入我的梦中与我相见。足见君意殷殷，我情切切。你壮志未酬，独自憔悴。谁说天网恢恢，疏而不漏，你平生志在报国，却在晚年遭受牢狱之累。你虽然寂寞身后，不被看重，但一定会千秋万岁，英名永传。对亡友尚且如此，足见杜甫笃于友情，诚乃诗圣博大之悲悯情怀也。

李白杜甫是真正心灵相通的伟大知音！著名的中国古典文学研究专家、中华诗词学会名誉会长、加拿大皇家学会院士叶嘉莹先生，在讲李白时，曾经有过这样一段十分精彩的论述：

> 古人说“文人相轻”，文人总是抬高自己，贬低别人。这是一种对同行的嫉妒。但凡这样的人都不是大家，因为他自己的才情确实有比不上人家的地方，所以才会嫉妒。而真正的天才，一定有他自己的东西，并不需要跟别人去比较。而且，一般的人往往不能认识一个天才的好处，只有才气相近的人，才能理解真正的天才。所以，真正的天才必然是互相欣赏的。杜甫和李白就是如此。

这真是一段精彩绝伦的论述，鞭辟入里，不可移易，闪射着永恒的智慧之光！李白与杜甫是两位伟大的诗人，伟人英名，万世永存！李白与杜甫的友谊也是伟大的友谊，友谊之树，万古长青！

### 3. 中唐诗坛

所谓中唐，大致从唐代宗宝应元年（762），到唐敬宗宝历元年（825），一共六十多年；主要包括唐德宗的贞元年间（785—805）和唐宪宗的元和年间（806—820）。“安史之乱”后，唐王朝元气大伤。直到唐德宗贞元和唐宪宗元和时，才渐渐恢复元气，社会呈现出中兴气象，这就是史家所说的“唐室中兴”。中唐处于有矛盾有弊病但又有转机有希望的时期，所以政坛和文坛都出现了改革潮流。我们知道，如果一个社会盛世清明，没有矛盾，没有弊端，“春色满园关不住”“万紫千红总是春”，那就不需要革新了。相反，如果濒临崩溃，没有转机，没有希望，“无可奈何花落去”“流水落花春去也”，那么也就不用革新了。所以，正是在中唐这样一个历史时期，才出现了以王叔文、王伾“二王”为首、刘禹锡和柳宗元等后来被贬为“司马”的八人参与的政治改革运动。因为事件发生在唐顺宗永贞元年（805），所以史称“永贞革新”。不久，改革失败，王叔文被杀，刘禹锡和柳宗元等八人，均被贬到外地担任有名无实的司马官，这就是中唐历史上有名的“二王八司马事件”。

当时政坛上的革新潮流，也对文坛、诗坛产生了影响。文坛上有以韩愈、柳宗元为代表的提倡散体文、反对骈文的古文运动。因为我们主要讲唐代诗歌，所以关于古文运动就不讲了。在诗坛上，中唐的诗歌已经失去了盛唐诗歌那种昂扬激奋的精神风貌，不再雄浑奔放，而是情致淡远。当时的主流，则是白居易继承杜甫诗歌反映现实、关心民生疾苦的精神而倡导的新乐府运动。其外，中唐诗坛上还有韩孟诗派、刘柳诗派和李贺等。

**（1）白居易**

白居易（772—846），字乐天，号香山居士，祖籍山西太原，后迁居下邽（今陕西渭南）。贞元年间举进士第，授秘书省校书郎，元和年间任左拾遗及左善赞大夫。元和十年（815）因得罪权贵，被贬江州司马。后历任杭州、苏州刺史等，官至刑部尚书。

唐宪宗元和三年（808），三十七岁的白居易任左拾遗，抱着“达则兼善天下”宏愿，写了大量反映社会现实的讽喻诗，希望能以此上达君王，下泄民情，补察时政，有益社稷民生。诗人明确表示：“但伤民病痛，不识时忌讳。”（《伤唐衢二首》其二）只要是与民生疾苦相关的事，一定直接书写，不怕触犯权贵，无所忌讳。元和十年，白居易因事遭到弹劾被贬为江州司马。其实，被贬的真实原因是，他所写的很多新乐府讽喻诗触犯了权贵们的切身利益，使他们“变色”“扼腕”“切齿”。

白居易的人生以被贬江州司马为界，分为前后期。前期的总体倾向是：达则兼善天下。创作了《新乐府》五十首、《秦中吟》十首。《新乐府》五十首中，有一首题为“卖炭翁”，诗中有让人刻骨铭心的两句诗曰：“可怜身上衣正单，心忧炭贱愿天寒。”北风怒号，天寒地冻，可怜卖炭老翁身上衣服单薄，冻得哆哆嗦嗦，可是如果天气不寒冷的话，炭就卖不出好价钱，所以卖炭翁希望天气再寒冷一点。诗人将饱含深切同情的笔，一直深入到最下层人民的内心最深处，揭示出他们真切的心理活动，催人泪下。还有一首“忧农桑之费”的讽喻诗《红线毯》，最后一声断喝：“地不知寒人要暖，少夺人衣作地衣。”如此精美贵重的线毯铺在地上，地是不知道寒冷的，可是人是要温暖的，你们少夺下给人制作衣服的锦布，覆盖到不知寒的地面上。而在另一首《杜陵叟》诗中，诗人由委婉的劝谏转为激愤的谴责和抨击，直接把统治阶级比作剥衣夺食、虐人害物的豺狼：“剥我身上帛，夺我口中粟。虐人害物即豺狼，何必钩爪锯牙食人肉？”他们虽然没有钩爪锯牙，但同样是食人肉的豺狼。作为一个封建士大夫，白居易对当朝统治者能有如此深刻的认识和严厉的批判，其见识、其勇气和其魄力，实在可嘉也！

白居易在人生前期，曾经写过一首七言歌行体长诗《长恨歌》，共120句，840字，描写的是唐玄宗与杨贵妃的爱情故事。唐玄宗李隆基（685—762）晚年，因为宠幸杨国忠、杨玉环兄妹，而荒于朝政，误国殃民，终于酿成了“安史之乱”。祸乱于天宝十四年（755）十一月爆发，第二年唐玄宗在长安待不住了，仓惶逃往成都，途经马嵬驿时，军队哗变。士兵们认为大唐王朝之所以落得如此结局，就是因为杨国忠、杨贵妃兄妹二人祸国殃民，如果不把他们杀掉，就不再护驾了。迫于压力，唐玄宗不得不先杀死杨国忠父子；还不行，又不得不赐杨贵妃自缢身亡。

唐宪宗元和元年（806），白居易任盩厔（今陕西西安周至）县尉。一日，他与友人陈鸿、王质夫到天宝十五载（756）军队哗变、赐死杨贵妃的马嵬驿附近的仙游寺游览，谈及正好五十年前在这里发生的李隆基与杨贵妃的事，不胜唏嘘。王质夫认为，像这样十分突出的历史事件，如果没有大手笔加工润色，就会随着时间的推移而销声匿迹，岂不可惜。他鼓励白居易道："乐天深于诗多于情者也，试为歌之，何如？"于是，白居易就写下了这首长诗。因为长诗的最后两句是"天长地久有时尽，此恨绵绵无绝期"，所以诗人就取上下句第二个字，称之为"长恨歌"。陈鸿也同时写了一篇传奇小说《长恨歌传》。一诗一传奇，交相辉映。

《长恨歌》是一首长篇叙事诗，以叙事和抒情相结合的手法，叙述了唐玄宗和杨贵妃在"安史之乱"中的爱情悲剧。唐玄宗和杨贵妃都是历史人物，杨贵妃在马嵬驿被逼致死，也是曾经发生过的历史事件。但白居易并不拘泥于历史，而是借着历史的一点影子，根据当时人们的传闻杂说和街巷闾里的艺人传唱，进行了创造性的艺术加工，演化出一个回旋曲折、跌宕起伏、缠绵悱恻、哀婉动人的爱情故事。《长恨歌》源于历史又高于历史，成为一首千古传诵的名篇佳作。

被贬江州，对白居易是一个沉重的打击。他在任江州司马期间，写过一首著名的长诗《琵琶行》，我们将在"唐人描写音乐诗"一讲中详细赏读。白居易在人生后期，思想转向消极，"宦途自此心长别，世事从今口不言"（《重题》），乐天安命，明哲保身，"面上灭除忧喜色，胸中消尽是非心"（《咏怀》）。为了远祸全身，他力求远离权力中心，自请外任，做过杭州和苏州刺史，之后又以太子宾客分司东都洛阳，与刘禹锡交往密切，常有诗歌唱和，度过了最后十八年"似出复似处"的安逸生活。晚年转向"穷则独善其身"，写了大量的闲适诗。但白居易也没有完全丢弃兼济之志，外任期间，在力所能及的情况下为百姓做好事，如在杭州修筑白堤等。还能时常念及下层百姓："心中为念农桑苦，耳里如闻饥冻声。"（《新制绫袄成感而有咏》）所作《新制布裘》的最后六句曰："丈夫贵兼济，岂独善一身。安得万里裘，盖裹周四垠。稳暖皆如我，天下无寒人。"前两句是化用孟子名言："穷则独善其身，达则兼善天下。"（《孟子·尽心上》）意谓大丈夫可贵之处在于兼济天下，哪能只管自己一个人好呢？诗人由自己新制的裘衣，联想到如果能有万里长的裘衣，就能把天下四面八方都盖裹起来，这样一来，所有的人都能像他一样安安稳稳、暖暖和和，普天下就不再有饥寒交迫的人了。如此胸襟，对于封建文人来说，实在难能可贵。

白居易四十四岁被贬江州司马时开始给自己编诗集，自称："仆数月来，检讨囊箧中，得新旧诗，各以类分，分为卷目。"（《与元九书》）历代诗人中，自编诗集始于白居易。所以，在《全唐诗》中，白居易存诗数量最多、诗歌保存得最为完整，一共有二千八百多首，数量超过李白（九百多首）、杜甫（一千四百七十多首）两人诗歌数量之和。留存诗作如此完备，真不知是幸运还是不幸。我们知道，任何诗人的诗歌都不可能首首精品，总是良莠不齐的。所以保存得越完整，就越难免有一部分不怎么好的诗歌也留存下来。像李白，他去世后，本家叔叔当涂县令李阳冰帮他编诗集，名为"草堂集"，序中说："自中原有事，公避地八年，当时著述，十丧其九，今所存者，皆得之他人焉。"也就是说十分之九已经散失了，现在保留下来的这九百多首，只是全部诗作的十分之一，还是从他人处收集得来的。岁月和读者是最公正的裁判，凡是消失了的东西，一般都不是最精彩的；相反，真正精彩的东西，一定会被人们广泛传诵，代代流传。当然，就白居易这个具体诗人而言，我以为哪怕他其他的诗歌都没有，只要有《长恨歌》和《琵琶行》，他就会在唐代诗坛乃至整个古代诗坛上永远不朽！

**（2）韩孟诗派**

该诗派以韩愈、孟郊、贾岛等诗人为代表。他们认为杜甫诗歌的“奇险处，尚有可推扩；故一眼觑定，欲从此劈山开道，自成一家”（清赵翼《瓯北诗话》）。这一流派的诗风，以奇峻、寒峭、瘦硬为特色，创作上以苦吟著称。

**①韩愈**

韩愈（768—824）是倡导古文运动的大家，其诗歌也以文为诗，铺叙议论，散文化倾向明显；诗风上追求奇崛险怪，喜欢用奇字险韵等。韩愈有代表作七古《山石》。题为“山石”，但仅是取本诗首句“山石荦确行径微”的首二字为题，其实是“无题”。这是一首纪游诗。全诗采用游记散文的路数，按照时间顺序，从黄昏到寺，到坐阶观景，到夜深静卧，到次日天明离去，糅合散文的特点，文脉暗含诗中，有意追求“非诗之诗”，自成一格。韩愈的以文为诗，在《山石》中还不太明晰；而他的长篇古诗《南山诗》，共204句，完全是文赋的铺张扬厉的手法，一连用了五十余个带“或”字的诗句，如“或连若相从，或蹙若相斗。或妥若弭伏，或竦若惊雊。或散若瓦解，或赴若辐凑。或翩若船游，或决若马骤。或背若相恶，或向若相佑。或乱若抽笋，或嵲若炷灸”等，从不同的角度，用不同的事物作喻，表现南山的种种奇特风貌，铺陈排比，力求穷形尽相。还有《月蚀诗效玉川子作》中，有诗句曰：“月形如白盘，完完上天东。忽然有物来啖之，不知是何虫。”从语气到句式，完全散文化。清人赵翼在《瓯北诗话》中指出：“以文为诗，自昌黎始；至东坡益大放厥词，别开生面，成一代之大观。”

我们说以文为诗是韩愈诗歌创作的一个重要特色，但不是韩愈诗的全部特色，他也写过充满真情实感的诗歌，如七律《左迁至蓝关示侄孙湘》。韩愈在任刑部侍郎时因为写了一篇《谏迎佛骨表》，触怒了唐宪宗，被贬谪潮阳。在被贬谪途中，写了这首诗。诗曰：

一封朝奏九重天，夕贬潮阳路八千。
欲为圣朝除弊事，肯将衰朽惜残年。
云横秦岭家何在，雪拥蓝关马不前。
知汝远来应有意，好收吾骨瘴江边。

首联叙述自己因为上书被贬潮阳。颔联表白自己所作所为是出于公心，为了朝廷“除弊事”；所以即便是赔上性命也在所不惜。颈联“云横秦岭家何在，雪拥蓝关马不前”，对仗工整，寓意深刻，遂成千古名句。“云横秦岭”与“雪拥蓝关”，既是写景，云烟迷茫，前路坎坷；又具有象征意义，象征前路艰险，生死难料。家在哪里？无家可归。马亦畏惧，裹足不前。最后回到题目，说侄孙韩湘到蓝关来送我的意思是“好收吾骨瘴江边”。这里流露出的既有心境悲凉、无可奈何、十分悲伤的一面，也有“虽九死其犹未悔”、不改初衷、之死靡它的一面。

**②孟郊**

孟郊（751—814），字东野，湖州武康（今浙江德清）人。孟郊出身寒微，一生困穷不得志。他曾经描写自己搬家的时候“借车载家具，家具少于车”(《借车》)，全家的家具连一车也没有装满。“食荠肠亦苦，强歌声无欢。出门即有碍，谁谓天地宽。”(《赠崔纯亮》)好不容易终于登科，十分得意，写了一首《登科后》。诗曰：“昔日龌龊不足夸，今朝放荡思无涯。春风得意马蹄疾，一日看尽长安花。”以前的种种不得志就不用去说它了，今天终于登科，高兴之情奔放无涯。春风得意，跃马扬鞭，马蹄欢快，一日便游遍长安名胜地，赏尽都城所有佳卉名花。短短四句，生动地刻画出一个科举蹭蹬、经历了数十载寒窗之苦、一旦登科便万分得意的士子形象。

孟郊另外写有讲母爱的千古名篇《游子吟》，我们将在讲母爱亲情的“唐人孝亲诗”一讲中细细赏析。孟郊与贾岛作诗都是以苦吟著称，注重炼字造语，追求奇特构思；而且意象清冷，基调苦涩，因此孟郊与贾岛并称为“郊寒岛瘦”。孟郊去世后，韩愈曾经写过一首诗《赠贾岛》，诗曰：“孟郊死葬北邙山，从此风云得暂闲。天恐文章浑断绝，更生贾岛著人间。”诗谓孟郊去世后埋葬在洛阳的北邙山，从此诗坛上风云顿减，一片空荡荡。上天唯恐随着孟郊的去世人世间文章断绝，所以又生了诗人贾岛在人间。韩愈这里主要意在称颂贾岛，但显然夸张得有点过分。其实，贾岛比孟郊小二十八岁，孟郊 814 年六十四岁去世时，贾岛三十六岁，活跃在当时文坛诗坛上的有四十三岁的白居易、三十六岁的元稹、四十三岁的刘禹锡、四十二岁的柳宗元，韩愈自己也才四十七岁，都是正年富力壮之时，文坛、诗坛上可谓群英际会，云蒸霞蔚，天地间一点也不闲。

**③贾岛**

贾岛（779—843），字阆仙，幽州范阳（今河北涿州）人。他作诗勤苦，自言“一日不作诗，心源如废井”(《戏赠友人》)，以苦吟著称，人称“诗奴”。宋曾慥所编《类说》卷二十七所收《唐宋遗史》中记载了“推敲”的典故。说出身寒微的贾岛曾经出家当和尚，居住在长安青龙寺。一天他骑着毛驴去郊外拜访朋友李凝，夜深人静时才到李凝门前。皎洁的月光下他怕敲门声惊动了树上的小鸟，便将此情此景写了一首五律《题李凝幽居》，颔联曰：“鸟宿池边树，僧推月下门。”次日，他骑驴返回长安，觉得“推”字似乎不妥，骑在毛驴上，一边吟哦，一边作推门、敲门状，不觉走神，冲撞了时任京兆尹的韩愈的仪仗队，由此便留下了一段“推敲”的佳话。宋代阮阅《诗话总龟》中也有这样的记载，文字稍有不同。贾岛另外有《送无可上人》诗，在苦吟而得的“独行潭底影，数息树边身”句下，写有《题诗后》一绝曰：“两句三年得，一吟双泪流。知音如不赏，归卧故山秋。”

其实，贾岛苦吟而得的诗篇中，除了“鸟宿池边树，僧敲月下门”一联为人传诵外，好诗并不太多。倒是没有苦吟、仿佛脱口而出的一些诗歌堪称名篇。如《剑客》诗曰：“十年磨一剑，霜刃未曾试。今日把示君，谁有不平事。”仗剑远游天涯的侠客，用十年的工夫磨了一把好宝剑，锋利的白刃还没有用过。今天取出来给你看一看，如果谁有不平的事情，剑客就拔剑而起，打抱不平，除恶扬善，主持正义。小诗中迸发出的豪侠之气，穿云裂石，不同凡响。

**（3）刘柳诗派**

刘柳诗派以刘禹锡、柳宗元为代表。刘禹锡（772—842），字梦得，洛阳（今属河南）人，为匈奴族后裔。与柳宗元等人参与永贞年间短命的政治改革活动，结果失败被贬远郡，后又一贬再贬。晚年回到洛阳，仍然有“马思边草拳毛动”的豪气；与同在洛阳的白居易友善，留下了很多唱和诗。在诗歌体裁上，尤以七绝成就突出，与李白、王昌龄、杜牧的七绝，同为后人称道。

柳宗元（773—819），字子厚，河东解县（今山西运城西南）人，有“诗豪”之称。与刘禹锡都是“二王八司马事件”成员。当时，柳宗元被贬柳州，柳州虽然也很远，但尚处在当时南北交通的主要通道边上。而刘禹锡被贬的地方是播州，即夜郎，属于今天贵州的遵义，乃当时西南部遥远而又偏僻的蛮荒之地。刘禹锡很孝顺，有高龄老母在堂，要带着老母亲到如此偏远之地，实在是苦不堪言。疾风知劲草，路遥知马力，烈火识真金，患难见真情。柳宗元主动上书朝廷，请求将自己的贬所与刘禹锡的贬所对调一下，自己到播州去。这件事感动了朝廷的一些朋友，他们从中斡旋，最后没有调换，但将刘禹锡的贬所由播州改到连州，其地今属广东，位于广东与湖南接壤处，比柳州还要近一些。

刘禹锡当然十分感激，铭记不忘。被贬期间，柳宗元写过《重别梦得》："二十年来万事同，今朝歧路忽西东。皇恩若许归田去，晚岁当为邻舍翁。"想象被贬结束后挂冠归田，结邻而居。刘禹锡亦有同感，作七绝《重答柳柳州》曰："弱冠同怀长者忧，临歧回想尽悠悠。耦耕若便遗身老，黄发相看万事休。"耦耕，就是两人并耕。黄发，指老年人的头发由白转黄。表示诗人希望老年时能够与柳宗元一起务农，结伴而耕，黄发相对，什么纷纭杂事都不用过问了。

刘禹锡被贬十年后，朝廷拟任用他，把他召还京都。他写了一首《元和十年自朗州承召至京戏赠看花诸君子》，诗曰："紫陌红尘拂面来，无人不道看花回。玄都观里桃千树，尽是刘郎去后栽。"诗中对当时朝廷掌权的新贵们暗含讽刺，被政敌告发，结果刘禹锡没有被任用，又被贬了下去。十四年后再度被召回，他又写了一诗《再游玄都观》。诗前有小序曰："余贞元二十一年为屯田员外郎时，此观未有花。是岁出牧连州，寻贬朗州司马。居十年，召至京师。人人皆言，有道士手植仙桃满观，如红霞，遂有前篇，以志一时之事。旋又出牧，今十有四年，复为主客郎中，重游玄都观，荡然无复一树，惟兔葵、燕麦动摇于春风耳。因再题二十八字，以俟后游。时大和二年三月。"诗曰："百亩庭中半是苔，桃花净尽菜花开。种桃道士归何处？前度刘郎今又来！"庭院荒芜，到处都是青苔；桃花没有了，只剩下菜花在盛开。当年种桃的道士不知道到哪里去了，之前那个刘郎却依然如故，又回来了。抒发了自己不怕打击、不改初衷的倔强精神。结果他又被人告发，又没被任用。“前度刘郎今又来”所体现的不屈不挠的抗争精神，一直为人们称颂，化成了一个成语——“前度刘郎”。刘禹锡的咏史怀古诗也很出色，如《蜀先主庙》《西塞山怀古》《金陵五题》等。

柳宗元于被贬期间，曾写过一首七律《登柳州城楼寄漳汀封连四州》，寄给与自己境遇相同的漳州韩泰、汀州韩晔、封州陈谏、连州刘禹锡，这四个人和作者都在参加“永贞革新”而遭贬的“八司马”之列，都是和诗人同患难共命运而又天各一方的好朋友。诗曰：

城上高楼接大荒，海天愁思正茫茫。
惊风乱飐芙蓉水，密雨斜侵薜荔墙。
岭树重遮千里目，江流曲似九回肠。
共来百越文身地，犹自音书滞一乡。

首联写自己登上柳州城楼，极目所见，一片荒莽，如海如天一样的茫茫愁怨和思念一起涌上心头。境界空阔苍茫，情思深沉浓重。颔联写近处所见，忽然间狂风大作，猛乱地吹着水里的荷花；紧接着密集的暴雨随风吹落，击打着覆盖在墙上的木莲。以暴风骤雨摧残香洁美好的荷花和木莲，暗喻现实中邪恶势力对被贬的几人的严酷的打击迫害。颈联写远处景致，诗人心驰远方，那层层叠叠的山峦连绵起伏，遮住了远望你们漳、汀、封、连四州的视线；弯弯曲曲的柳江，犹如那饱受思念之苦的百转千回的愁肠。前一句是一仰，重岭密林，遮断千里之目；后一句是一俯，江流曲折，恰是九回之肠。对仗工整，感染力极强。尾联谓诗人与挚友一起被贬到这岭南蛮荒之地，不但见不了面，而且远隔重重山水，连望都望不见。那么就该顺利地通通书信吧，也不行，连一点音书也无法送达。这首诗表达了同病相怜、同气相求的真挚友情和患难之中的相思之苦。今人俞陛云在《诗境浅说》中评此诗曰：“唐代韩柳齐名，皆遭屏逐。昌黎《蓝关》诗，见忠愤之气，子厚柳州诗，多哀怨之音。起笔音节高亮，登高四顾，有苍茫百感之慨。三、四言临水芙蓉，覆墙薜荔，本有天然之态，乃密雨惊风横加侵袭，致嫣红生翠，全失其度。以风雨喻谗人之高张，以薜荔芙蓉喻贤人之摈斥，犹楚辞之以兰蕙喻君子，以雷雨喻摧残，寄慨遥深，不仅写登城所见也。五、六言岭树云遮，所思不见，临江迟客，肠转车轮。恋阙怀人之意，殆兼有之。首句归到寄诸友本意，言同在瘴乡，已伤谪宦，况音书不达，雁渺鱼沉，愈悲孤寂矣。”所评极是，极深，极简略，且极精辟。

柳宗元在被贬永州时还作有著名的五绝《江雪》，诗曰：“千山鸟飞绝，万径人踪灭。孤舟蓑笠翁，独钓寒江雪。”还有山水小诗《渔翁》，诗曰：

> 渔翁夜傍西岩宿，晓汲清湘燃楚竹。
> 烟销日出不见人，欸乃一声山水绿。
> 回看天际下中流，岩上无心云相逐。

这首诗题表明诗的主人公是一位捕鱼的老翁。但在我国传统文学中，渔翁往往不仅是一个打鱼人，而且是一位漂泊江湖的隐者形象，成了自由自在、不与世俗同流合污的一个固定意象。《庄子·渔父》中的渔父，其实是一位主张“持守其真”、回归自然的隐道者。而《楚辞·渔父》中的渔父，同样是超然物外的隐士。首两句说渔翁昨天晚上倚靠着西山岩歇宿，今早起来汲取清澈的湘水，以楚竹为柴做早饭。说“汲清湘”，不说汲清水；说“燃楚竹”，不说燃枯竹，造语新奇，给人以不同寻常、超凡脱俗的感觉，似乎象征着诗人孤高的气质。接下来两句写太阳出来烟消雾散却不见人影，忽然从远处传来橹桨的“欸乃一声”，循声望去，人却隐没在青山绿水之中。“山水绿”，一派生机，勃勃盎然。最后两句“回看天际下中流，岩上无心云相逐”，画面更加开阔，说红日升起，回看水天相连处渔船已经驶过中流，视野所及的山巅上片片白云飘绕，忽前忽后似在无心地相互追逐。结句化用陶渊明“云无心以出岫”（《归去来兮辞》）句意，宕开一笔，使得诗的意境超逸悠然。

**（4）李贺**

李贺（790—816），字长吉，福昌（今河南宜阳西）人。青少年时，才华出众，名动京师。可是因避父讳（晋肃），终身不得登第。韩愈曾为此鸣不平，写了《讳辩》一文据理力争。曰：如果“父名晋肃，子不得举进士；若父名仁，子不得为人乎？”很有道理，也很有力，但没有作用。李贺一生不得志，愁苦抑郁，体弱多病，只做过三年奉礼郎。加之苦吟为诗，呕心沥血，严重影响了他的健康，他不幸过早地熄灭了人生的火焰，去世时年仅二十七岁，与王勃同龄，也同样令后人起“千古文章未尽才”之叹。文学史上有“鬼才”“诗鬼”之称。

李商隐在《李长吉小传》中记载了李贺带着“诗囊”骑驴觅诗的故事。李贺“恒从小奚奴，骑距驴，背一古破锦囊，遇有所得，即书投囊中；及暮归，太夫人使婢受囊出之。见所书多，辄曰：‘是儿要当呕出心始已耳！’”李贺冷僻孤傲的性格，使得诗歌的风格奇崛幽峭，而且冷艳诡丽。“冷艳”，本来是用来形容那种“冷如秋霜，艳如桃李”的美人，借以比拟李贺诗歌风格，倒也比较确切。

李贺写过一首描写采玉老人采玉的艰辛和内心痛苦的诗《老夫采玉歌》。这类采玉题材，在古代诗歌中是比较少见、十分独特的。这首诗以现实社会生活为题材，而且又是一个十分特殊的采玉人的生活，反映下层人民的苦难，尤其难能可贵。作者在对现实生活的描绘中，加入浪漫主义的奇想，其艺术匠心更是不同凡响。

李贺也是一位很有豪情的诗人，他在《浩歌》一诗中，写过这样的四句豪侠之语："不须浪饮丁都护，世上英雄本无主。买丝绣作平原君，有酒唯浇赵州土。"此外，他的《南园十三首》其五写道：

男儿何不带吴钩，收取关山五十州。
请君暂上凌烟阁，若个书生万户侯。

这首绝句由两个设问组成，每一联一个设问，节奏明快，一气呵成。顿挫激越，直抒胸臆，蕴含家国之痛，慷慨悲愤；抒发身世之悲，沉郁酣畅。因为骑驴觅诗，呕心沥血，所以李贺诗中有很多广为后人传诵的名句，如《金铜仙人辞汉歌》中"天若有情天亦老",《致酒行》诗中"雄鸡一声天下白"，等等。李贺以二十七岁的短暂生命，取得了十分辉煌的文学成就，在唐代诗坛上，与李白、李商隐并称为"三李"，成为中国文学史上享有盛名的浪漫主义诗人。

**4. 晚唐诗坛**

晚唐从文宗大和元年（827）到唐亡（907），一共八十年。上面朝廷是宦官专权，政治腐败，党争激烈；下面是藩镇割据，民不聊生，阶级矛盾尖锐，875年终于酿成了黄巢农民大起义，唐王朝在农民起义的烽火中寿终正寝。

晚唐诗歌总体上气度窄僻狭小，不像盛唐恢宏博大；情感衰飒苍凉，不像盛唐昂扬奋发；艺术上刻意雕琢，不像盛唐自然高妙。李商隐诗中的名句“夕阳无限好，只是近黄昏”，成了晚唐社会政治、经济和诗坛状况的真实写照。笔者有这样一种看法，一个时代的兴衰，是会影响当时人们的心态和情绪的。如果一个社会是蓬勃向上的，充满希望的，那么人们的心态也会健康、积极。比如同样是“夕阳”，在晚唐李商隐的笔下是“夕阳无限好，只是近黄昏”，而在中唐诗人刘禹锡的笔下则是“莫道桑榆晚，为霞尚满天”（《酬乐天咏老见示》），意谓不要说已经到了太阳快要落山的桑榆晚景，太阳即便快要落山，也还能放射出满天的霞光，染红整个天宇。李商隐的感叹是，夕阳好是好啊，可是快完了；而刘禹锡则说即便快完了，依然无限好。时代的氛围，影响着诗人的情绪；诗人自身的境遇和情绪，使诗人笔下的诗篇带有不同的气韵、意趣和倾向。

晚唐主要诗人是李商隐、杜牧，他们乃晚唐诗坛双星。后人依照盛唐诗坛双星李白、杜甫并称为“李杜”（大李杜）之先例，称李商隐、杜牧为“小李杜”。杜牧本人也十分推崇李白杜甫，说“李杜泛浩浩”（《冬至日寄小侄阿宜诗》），李杜像大海一样壮阔浩瀚。

**（1）杜牧**

杜牧（803—853），字牧之，长安（今陕西西安）人。出身官宦世家，祖父杜佑是三朝宰相，学识渊博，曾纂《通典》。杜牧少有大志，诗文俱工，能文擅武，精于论兵，亦擅书法。早年有理想，“平生五色线，愿补舜衣裳”（《郡斋独酌》），读书留意于“治乱兴亡之迹，财赋兵甲之事；地形之险易远近，古人之长短得失”（《上李中丞书》）。喜欢兵法，曾经注《孙子》；善于论兵，著有《战论》《守论》。他称自己的创作是“苦心为诗，本求高绝，不务奇丽，不涉习俗，不今不古，处于中间”（《献诗启》），但他怀才不遇，又不愿意随流俗，于是索性纵情声色，放浪形骸。其《遣怀》诗曰：“落魄江南载酒行，楚腰肠断掌中轻。十年一觉扬州梦，赢得青楼薄幸名。”

唐人七绝有四大高手，即：王昌龄、李白、刘禹锡、杜牧。杜牧七绝中有很多名篇，如描写春景的《江南春绝句》，诗曰：“千里莺啼绿映红，水村山郭酒旗风。南朝四百八十寺，多少楼台烟雨中。”还有咏春的名篇《清明》、咏秋的名篇《山行》等。杜牧还有咏史的七绝《过华清宫绝句三首》，其一曰：“长安回望绣成堆，山顶千门次第开。一骑红尘妃子笑，无人知是荔枝来。”唐玄宗宠爱杨贵妃，杨贵妃喜欢吃荔枝，荔枝必须趁新鲜食用。而荔枝生长在岭南，从岭南到长安道路遥远，必须用快马递送才行。“一骑红尘妃子笑”，犹如今天电影中的蒙太奇手法，一个镜头是载有新鲜荔枝的快马频频加鞭，风尘滚滚；紧接着一个镜头是杨贵妃含笑啖荔枝，风情万种。作者表面上如实写来，不动声色，实质上，含蓄地讽刺了晚唐帝王们的荒淫享乐，批判的笔力冷峻有力，意味深长。

此外，杜牧还有一首为友人张祜怀才不遇而鸣不平的七律《登池州九峰楼寄张祜》诗，也写得很好。首联以逆挽之笔，倾泻出满腔感喟：“百感中来不自由，角声孤起夕阳楼。”写诗人于傍晚在画角声中登上了夕阳映照的九峰楼，一时间多少感慨涌上心头，不能自已。这里的“不自由”，就是不能自已、欲罢不能的意思。颔联“碧山终日思无尽，芳草何年恨即休”，写对着连绵的青山整日思念没有尽头，何年何月离愁别恨才能和芳草一同罢休。“碧山”“芳草”，色彩鲜明；“思无尽”“恨即休”，对仗工整。颈联“睫在眼前长不见，道非身外更何求”，谓眼睫毛就在眼前，却总是看不见；大道本不在身外，还要去何处寻求呢？这是曲笔书写，另有所指，暗喻友人张祜很有才华而不为人所识。尾联“谁人得似张公子，千首诗轻万户侯”，把隐含的意思挑明，有谁人能比得上你张公子，以千首诗之横溢才华，足以傲视万户侯。“谁人得似”，即无人可比；其推崇之意，几乎无以复加。全诗风格俊迈，情思绵邈而格调拗峭，集中体现了小杜诗风之清俊。

**（2）李商隐**

李商隐（813—858），字义山，怀州河内（今河南沁阳）人；幼年习业王屋山，有文曰“故山峨峨，玉谿其中”，故号玉谿生。早年受到节度使令狐楚器重，受聘为幕僚。令狐父子在当时牛李党争中属于“牛党”。牛党以科第出身的牛僧孺为首，代表庶族利益；而李党以门阀出身的李德裕为首，代表士族利益。令狐楚去世不久，李商隐又入了属于李党的王茂元幕府，不久娶王的女儿为妻。从此生活在两党倾轧夹缝中，屡遭贬谪，仕路坎坷，人生辛酸。去世后，稍晚的后辈诗人崔珏作了七律《哭李商隐》二首，深哀巨痛，情辞并茂。其二的首联曰：“虚负凌云万丈才，一生襟抱未曾开。”说李商隐有“万丈才”，可是怀才不遇，“虚负”了。可谓知音矣。

李商隐存诗六百多首，有很多为咏怀诗，其实即政治诗。还有以“无题”为题的诗，或者以首句开头的词为题，其实也是无题的诗，总共也有二十多首，有人认为是借男女爱情以影射政治，其实这些诗歌，基本上都可以看作爱情诗，我们在后面的“唐人爱情诗”一讲中再加以赏读。

晚唐那样一种衰飒的时代氛围，在李商隐的后期诗中多有体现。他的诗歌总的特色是基调低沉，色彩冷暗，往往在哀思缠绵中，流露出对衰飒凋零、缺月残花的赏玩情趣。如“秋阴不散霜飞晚，留得枯荷听雨声”（《宿骆氏亭寄怀崔雍崔衮》），把审美的兴奋点集中在“枯荷”上，而不是欣赏雨点洒落在夏天翠绿荷叶上的脆亮声。

诗人审美的兴奋点总是聚焦在快要终了的事物上。如“回头问残照，残照更空虚”（《槿花二首》其二），“夕阳无限好，只是近黄昏”（《乐游原》），“日向花间留返照，云从城上结层阴”（《写意》）等，都可以看出晚唐人的一种日暮衰飒的心态。又如他的五律《晚晴》的颔联曰：“天意怜幽草，人间重晚晴。”诗人想象大概是天公有意怜惜那些生长在幽僻处遭霖雨之苦的小草，故特意为之放晴，使之得以沾沐晚晴余晖而平添一点生意。自然界如此，人间也要格外看重晚晴。晚晴美好，然而十分短暂，人们在流连感叹惋惜其匆匆消逝的同时，也更加珍惜晚晴给人世间带来的一丝温暖、短暂的明朗和难能可贵的生意与希望。

在这类诗中，我们选择一首七绝《花下醉》试作分析。诗曰：

寻芳不觉醉流霞，倚树沉眠日已斜。
客散酒醒深夜后，更持红烛赏残花。

诗展示了诗人的“爱花极致”和对美陶醉流连的痴迷心态。诗人因爱花而寻芳，寻芳如愿以偿而“不觉”为花之美艳所陶醉。流霞，传说中的仙人有流霞酒，饮一杯而数日不饥。这里语含双关，既指为美酒所醉，也指为美花所醉。“流霞”一词，也让人想见花的绚丽、灿烂、光艳。题目是“花下醉”，既是为花所醉，亦是为酒所醉，“醉”是全诗的核心。首句明出一个“醉”字，次句则进一步写醉，因为醉酒迷花而醉倚花树，以至于沉迷睡去，一直睡到红日西斜。可见身心两醉的程度之深。第三句写客人散去，酒也醒了，一般人日间欣赏过盛开的花的美艳，不会再对夜晚已凋残的花感兴趣了；诗人却不然，对深夜的残花，非但不感到意兴阑珊，反而更激发起对衰残的美的审美兴致，于是，又举起红烛来兴致盎然地“赏残花”。刘学锴先生评此诗时说道：“这种从‘醉流霞’直至

‘赏残花’的爱，才是真正的‘爱花极致’（姚培谦评语），才是对花的最深的陶醉。说‘更’，正表明这是持续不断的赏爱过程中更深的层次，说‘持红烛’而赏，则又把这种珍爱之情表现得何等热烈而尊重！如果说这首诗包蕴着某种爱的真谛，那么这就是：爱对方的全部生命。”刘先生独具只眼，点出了此诗的真谛。

**（3）唐末其他诗人**

晚唐国运衰微，矛盾尖锐，战乱频仍，民生凋敝，出现了一批继承新乐府“惟歌生民病”精神的诗人，如皮日休、陆龟蒙、聂夷中、杜荀鹤、罗隐等。他们通过对田园凄苦生活的描绘，抨击和揭露晚唐黑暗现实，同情下层人民的不幸生活，几乎到了字字血、句句泪的地步。

**①皮日休**

皮日休（约838—约883）与陆龟蒙（？—约881）并称“皮陆”。两人吟风弄月，诗酒唱和了六百多首诗，编为《松陵唱和集》，成为晚唐诗坛上的江湖隐逸派。但两个人的笔下也有反映现实的诗歌，如陆龟蒙的《新沙》：“蓬莱有路教人到，应亦年年税紫芝。”皮日休有《正乐府十篇》，其中《橡媪叹》，颇类白居易《卖炭翁》。诗中描写农民将辛辛苦苦种的粮食“持之纳于官，私室无仓箱”；而官场黑暗：“狡吏不畏刑，贪官不避赃”，“如何一石余，只作五斗量”，明明是一石即十斗的粮食，到了官府却被量成了五斗，而且全部“归官仓”，老百姓只能“自冬及于春，橡实诳饥肠”了。诗中所描写和刻画的橡媪形象及其遭遇，实乃晚唐广大农民不幸命运的一个缩影。

皮日休的小品文在晚唐很有特色，其思想倾向与诗歌完全一致，而且批判得更加锋芒毕露。如《读司马法》中曰：“古之取天下也，以民心；今之取天下者，以民命。”《鹿门隐书》中曰：“古之杀人也，怒；今之杀人也，笑。……古之置吏也，将以逐盗；今之置吏也，将以为盗。”“古之官人也，以天下为己累，故己忧之；今之官人也，以己为天下累，故人忧之。”在《原谤》中，皮日休更是认为皇帝如果是暴君，老百姓就可以将其处死并灭其九族：“呜呼！尧舜大圣也，民且谤之。后之王天下，有不为尧舜之行者，则民扼其吭（喉咙），捽其首，辱而逐之，折而族之，不为甚矣。”如此一针见血、入木三分的批判，正喊出了农民起义大爆发前夕广大民众内心深处的愤怒。

**②聂夷中**

与皮日休同时期、揭露现实同样深刻的，还有诗人聂夷中。聂夷中（837—约884），字坦之，河东（今山西永济）人。出身贫苦，备尝辛楚，对民生疾苦体验深刻。如《咏田家》诗中曰：“二月卖新丝，五月粜新谷。医得眼前疮，剜却心头肉。”在猛于虎的苛政下，农民不得不“剜肉补疮”，救得眼前饥饿，却顾不上日后更加悲惨。这四句比喻形象贴切，与李绅的五绝《悯农》“春种一粒粟，秋收万颗子。四海无闲田，农夫犹饿死”，同样呼喊出社会底层深处的雷鸣。

**③杜荀鹤**

晚唐诗人杜荀鹤（846—904），字彦之，池州（今属安徽）人。《自叙》中他称自己“诗旨未能忘救物”，其反映民生疾苦的诗歌也很突出，如七律《山中寡妇》。诗曰：“夫因兵死守蓬茅，麻苎衣衫鬓发焦。桑柘废来犹纳税，田园荒后尚征苗。时挑野菜和根煮，旋斫生柴带叶烧。任是深山更深处，也应无计避征徭。”诗人在这首诗中淋漓尽致地揭露了晚唐赋税苛政、横征暴敛之苦，哪怕你藏匿在深山的最深处，也没有办法躲避无孔不入的苛捐杂税。此诗以一个寡妇的不幸命运，概括了当时下层人民的痛苦生活，把批判的笔锋一直插入社会的最深处。宋人蔡正孙谓“此诗备言民生之憔悴，国政之烦苛，可谓曲尽其情矣”（《诗林广记》）。

与此诗题旨相同的，还有晚唐诗人陆龟蒙的《新沙》。诗曰：“渤澥声中涨小堤，官家知后海鸥知。蓬莱有路教人到，应亦年年税紫芝。”这首诗十分生动地讽刺了官府征税的无孔不入：海边新的沙地刚刚形成，他们比海鸥知道得还要早，赶过去征税。后两句说，如果蓬莱仙山有路可通的话，仙人的灵芝仙草也得年年纳税。将官府敲骨吸髓的盘剥行径，揭露得淋漓尽致。读此诗，使人想到南宋末贾似道推行丈量土地的亩田法时，有一首嘲讽和揭露的诗是这样说的：“量尽山田与水田，只留沧海与青天。如今那有闲洲渚，寄语沙鸥莫浪眠。”幽默诙谐，一针见血。

**④ 罗隐**

晚唐诗人罗隐（833—910），字昭谏，杭州新城（今属浙江）人。其小诗《雪》虽然字句浅显明白，如道家常，却批判尖锐，感慨深刻。诗曰：“尽道丰年瑞，丰年事若何。长安有贫者，为瑞不宜多。”人们都说“瑞雪兆丰年”，可是年丰了之后又能怎么样呢？潜台词就是：年丰了粮食也都被搜刮入官仓，老百姓一样贫穷。长安有无数无家可归的贫苦百姓，在漫天风雪中饥寒交迫，所以“为瑞不宜多”，老天爷啊，还是少下点雪吧。诗人对风雪中被冻得瑟瑟发抖的流浪者，给予了无限同情，把体贴入微的笔一直深入到最下层贫苦者痛苦内心的最深处，感人肺腑。

唐王朝最后一个皇帝唐哀帝李柷（892—908），于天祐四年（907）四月，被梁王朱温逼迫禅让出皇位，朱取而代之，改国号曰“大梁”。大唐王朝遂宣告灭亡，黯然落下了宏大的帷幕。从唐高祖李渊武德元年（618）建国，至此共289年。唐亡后，历史进入了“五代十国”时期。五代，指后梁、后唐、后晋、后汉、后周五个依次更迭的政权；而十国，是那个时期在中原以外地区所建立的十余个国家的合称。北宋欧阳修在所撰《新五代史》中，最早提出了“十国”的说法。《新五代史》中的十国包括：前蜀、后蜀、南吴、南唐、吴越、闽、楚、南汉、荆南、北汉。960 年宋太祖赵匡胤建立了大宋王朝。波澜壮阔的封建社会大舞台上，又上演了一幕首尾长达 319 年的新的历史长剧。

## /第二讲/

# 唐人边塞诗

边塞，本指边疆地区的要塞，后泛指边疆。《史记·三王世家》："宜专边塞之思虑，暴骸中野无以报。"唐孟浩然《同张明府清镜叹》诗："寄语边塞人，如何久离别。"由此称驻守边境的官员、守卫边防的部队士兵为边人、边兵；称边境地区的老百姓为边民等。

所谓边塞诗，大体指以戍守边塞的征战生活为题材的诗，如唐严武的《军城早秋》："昨夜秋风入汉关，朔云边月满西山。更催飞将追骄虏，莫遣沙场匹马还。"也包括一些描写边塞异域风光的诗，如唐岑参《走马川行奉送封大夫出师西征》开头写道："君不见，走马川行雪海边，平沙莽莽黄入天。轮台九月风夜吼，一川碎石大如斗，随风满地石乱走。"又如唐张敬忠《边词》："五原春色旧来迟，二月垂杨未挂丝。即今河畔冰开日，正是长安花落时。"边塞诗中还有一些描写因征夫从军或多年未归，或一去不还，居家妻子感到无限离别痛苦的思妇诗，如王昌龄的《从军行》："烽火城西百尺楼，黄昏独坐海风秋。更吹羌笛关山月，无那金闺万里愁。"等等。

## 一、唐前边塞诗——修我戈矛，与子同仇

我国自古以来就是一个多民族的国家。任何一个多民族的国家

在其形成发展的过程中，都不可避免地伴随着不同民族的互相征战与互相交融。以这些征战为题材的诗歌，早在《诗经》中就已经出现。如《秦风·无衣》的第一章曰：

> 岂曰无衣，与子同袍。
> 王于兴师，修我戈矛，与子同仇。

意谓怎能说没有军装？我与你可以同穿一件战袍。朝廷出师去前方打仗，我们携手并肩修整好戈与矛，拿起武器，同仇敌忾，为了共同的目标，战胜来犯之敌。气势何等豪迈！清人陈震评曰："起笔奇崛，意在笔先，二句止如一句。收笔雄劲，辞以气行，三句止如一句。实则上呼下应，五句一气卷舒也。三百篇中仅见。"（《读诗识小录》）

楚辞中，屈原的名篇《国殇》，开头的四句描写了沙场战斗激烈和残酷的情景：

> 操吴戈兮被犀甲，车错毂兮短兵接。
> 旌蔽日兮敌若云，矢交坠兮士争先。

为了国家的安危，战士们手操起吴地制造的锋利戈矛、身披用犀牛皮做的厚实而坚牢的铠甲，投入战斗。双方短兵相接，战车的毂轴交错，十分激烈。战旗遮天蔽日，敌人众多如云，流矢相对交互坠地，但战士们依然奋勇争先。最后四句曰：

> 诚既勇兮又以武，终刚强兮不可凌。
> 身既死兮神以灵，子魂魄兮为鬼雄！

确实是精神无畏、武力高强，始终刚强勇猛、不可侵犯。战死沙场依然威灵显赫，魂魄坚毅牺牲了也是鬼雄。国殇，指为国捐躯者。全诗表达了对为国牺牲的英雄们的热烈赞扬和深深尊崇。

《国殇》乃《九歌》中的一篇。《九歌》大多是人神之间的恋歌，包括《东皇太一》《云中君》《湘君》《湘夫人》《河伯》《山鬼》等。诗人将悼念颂赞国殇之辞与祭神乐歌归在一起，可见楚人对为国牺牲者的崇敬之情。英雄以国事为重，为国捐躯，义无反顾，死了也是鬼雄。宋代杰出的女词人李清照在北宋灭亡后所写的《夏日绝句》中那“生当作人杰，死亦为鬼雄”的名句，无疑是受到“子魂魄兮为鬼雄”诗句的影响，受到《国殇》诗中所体现的这种英武豪迈、为国献身的精神的陶冶。

汉代的乐府诗和汉古诗中，也有与边塞征战相关的诗歌。如乐府诗《战城南》，诗开头描写战争幸存者看到的士兵战死沙场、曝尸野外、任乌鸦啄食的悲惨情景：“战城南，死郭北，野死不葬乌可食。”最后表示对阵亡者的悼念：“思子良臣，良臣诚可思，朝行出攻，暮不夜归。”良臣，指忠心耿耿为国奉献一切乃至献出生命的人。

另外，汉古诗《十五从军征》，描写了一位十五岁从军、八十岁才死里逃生回到家乡的士兵的痛苦经历。诗曰：

十五从军征，八十始得归。
道逢乡里人：家中有阿谁？
遥看是君家，松柏冢累累。
兔从狗窦入，雉从梁上飞。
中庭生旅谷，井上生旅葵。
舂谷持作饭，采葵持作羹。
羹饭一时熟，不知贻阿谁！
出门东向看，泪落沾我衣。

清人张玉穀评曰："此伤久从征役，归家无人之诗。首四，从幼役老归叙起，问有阿谁，已极凄惨。'遥望'二句，乡人答辞，但云多冢，已答无人，用笔灵动。'兔从'四句，接写到家后空室无人之景，两就动物说，两就植物说。后六句，即借谷葵作饭作羹，逗出贫苦，随以熟无所贻，望家泪落，收足无人之痛。音节亦近乐府。"（《古诗赏析》卷四）这一分析，把握了诗的精神内涵和结构脉络，颇中肯綮。

三国魏曹植的《白马篇》中，也写有如下豪句：

> 弃身锋刃端，性命安可怀。
> 父母且不顾，何言子与妻。
> 名编壮士籍，不得中顾私。
> 捐躯赴国难，视死忽如归。

好男儿为了国家，把性命交付给锋刃，连父母都顾不了了，更何谈妻子孩子呢？既然自己的名字已经编入壮士之列，就不能顾及一己之家和儿女私情。好男儿为国捐躯，把死看得跟回家似的。"视死如归"四个字，鼓舞了一代又一代中华儿女为国为民为了正义的事业奋不顾身，赴汤蹈火。

到了两晋南北朝时期，边塞题材的诗歌虽然也有创作，但多沿用乐府旧题，借题发挥，一般比较空泛，缺少个性。只有北朝庾信的一些诗歌，带有比较浓厚的边塞色彩。

庾信（513—581）本来是南朝梁诗人，梁元帝萧绎承圣三年（554）奉命出使北朝西魏，梁亡（557）后被强留北方。乡关之思与屈身之痛，困扰和折磨了他一生；而迥然不同于江南故里的异域风情和边塞特有的大漠风光，为他的诗歌创作带来了全新的面貌，其创作风格与在南朝时迥然不同，一变为苍劲沉郁，描写的内容更是令人耳目一新，光景焕然。如《拟咏怀》其七曰：

> 榆关断音信，汉使绝经过。
> 胡笳落泪曲，羌笛断肠歌。
> 纤腰减束素，别泪损横波。
> 恨心终不歇，红颜无复多。
> 枯木期填海，青山望断河。

写自己去国离乡的愁苦怨恨。榆关，战国时的关名，在今陕西榆林东。后泛指北方的关塞。诗人被扣留西魏，南方故国的音信一点也没有。汉使，汉人使者，这里指梁使；也早已经断绝音信了。诗人滞留北国听到异域的胡笳曲而哀痛落泪，闻凄清的羌笛声而伤心断肠。形体消瘦更加纤细，恨别流泪损伤眼睛。离恨之心始终不能歇止，美好的容颜日渐衰老。最后两句用精卫填海的神话故事，表明一心归国的愿望，就如同想用枯木来填海、想以青山崩塌来阻断黄河一样，无法实现。绝望悲伤，意绪苍凉。庾信的《拟咏怀》诗中，也有写边塞奇异风光的名句，如："阵云平不动，秋蓬卷欲飞""流星夕照镜，烽火夜烧原""轻云飘马足，明月动弓弰"等，都景象奇崛，与南方景色截然不同，而且风格遒劲，笔力刚健。

唐之前，这些诗零零星星地写到边塞风物和战争生活；直到唐代，边塞诗才得以最终确立，并且大放异彩。

## 二、高适边塞诗——死节从来岂顾勋

唐人边塞诗的内容十分丰富，包括描写边塞征战生活和金戈铁马的豪情，描写边塞奇异风光和异域风土人情，以及描写征夫思妇离别相思之情等。唐代边塞诗兴盛的原因是多方面的，归纳起来大致有以下几点。

一是唐代国力强盛，希望弘扬国威，开疆拓土，这就难免导致征战频仍，烽火长燃。这种大的历史背景，为边塞诗的产生，提供了丰厚的土壤和丰富的创作素材。

二是唐代政治开明，使得知识分子不甘心久事于笔砚之中，渴望到边疆去施展才干，求取功名。当时的社会氛围，也是鼓励人们通过立边功封侯并出将入相，这就大大激发了读书人投笔从戎的热情和尚武精神。李贺的《南园十三首》其五曰："男儿何不带吴钩，收取关山五十州。请君暂上凌烟阁，若个书生万户侯。"抒发的就是唐代诗人的这种勇立边功的豪情和积极进取的心态。

三是传统的儒家思想影响。传统的读书人历来具有"达则兼善天下"的报国济世情怀。"天下兴亡，匹夫有责"，成了中国知识分子精神领域里代代相传的遗传基因。如王维的"孰知不向边庭苦，纵死犹闻侠骨香"（《少年行四首》其二），戴叔伦的"汉家旌帜满阴山，不遣胡儿匹马还。愿得此身长报国，何须生入玉门关"（《塞上曲二首》其二），等等。

四是"少而学，壮而游"的社会风气影响。好男儿仗剑游遍天涯，是当时的一种时尚，像高适、王昌龄等人，都有过猎奇游边的经历，而他们的身份只是文人，并不在军旅行武之列。有如此种种原因，边塞诗得以在唐代大量产生，也就显得顺理成章了。

唐人边塞诗尤其是盛唐边塞诗，具有为强大的国力所激发起来的民族自豪感和自信心，富于昂扬奋发的浪漫主义色彩，是那个国力鼎盛时代的全面而宏大的展示。盛唐的边塞诗的最大特色，就在于诗人主要不是描绘和渲染战争中血肉横飞的场景，而是着力于抒发为国立功、一往无前的豪迈气概和积极向上、昂扬乐观的进取精神，谱写了那个时代蓬勃向上的英雄主义赞歌。如杨炯的“宁为百夫长，胜作一书生”（《从军行》），岑参的“功名只向马上取，真是英雄一丈夫”（《送李副使赴碛西官军》），高适的“相看白刃血纷纷，死节从来岂顾勋”（《燕歌行》），王昌龄的“气高轻赴难，谁顾燕山铭”（《少年行》）等。又如王维的《少年行四首》其二曰：

> 出身仕汉羽林郎，初随骠骑战渔阳。
> 孰知不向边庭苦，纵死犹闻侠骨香。

少年英豪，投笔从戎；雨雪风霜，寒来暑往；转战渔阳，艰辛备尝。谁不知道到边疆打仗的艰苦呢，但好男儿为了国家，纵然是战死沙场，化成白骨，那白骨也是香的。这是何等视死如归的豪情！

盛唐边塞诗人中，成就突出的诗人有高适、岑参、王昌龄等。先讲高适。

高适（700—765），字达夫，渤海蓨（今河北景县）人，早年随父旅居岭南。比李白早一年出生、晚三年去世，完全是同时代的人，两人还有过交往，并有诗歌唱和。高适曾经于三十岁到三十三岁之间，北上蓟门，漫游燕赵，有过游历边塞的生活经历。游边时所作《塞上听吹笛》诗曰：

> 雪净胡天牧马还，月明羌笛戍楼间。
> 借问梅花何处落，风吹一夜满关山。

冬雪消融殆尽，又到了牧马的初春时节。皎洁的月光下，从戍边的岗楼里传出悠扬的笛声。“借问梅花何处落”中的“梅花”，明指笛曲《梅花落》。宋郭茂倩《乐府诗集》中，鲍照《梅花落》题解曰：“《梅花落》，本笛中曲也。”当然，也可以暗指梅树枝上开放的梅花。而“风吹一夜满关山”，既指悠扬的笛声一夜之间传遍了边关，又引发起梅花的花瓣和花香散满了关山的想象。“安史之乱”后，高适官运亨通，晚年于唐代宗朝前期，甚至官至左散骑常侍，进封渤海县侯。盛唐诗人中，不乏自比王侯或者啸傲王侯的人，但真正封侯的大概只有高适等少数诗人。

高适年轻的时候，就有立功边塞的渴望和不畏艰险的豪情。他的《淇上酬薛三据兼寄郭少府微》诗开头八句写道：

> 自从别京华，我心乃萧索。
> 十年守章句，万事空寥落。
> 北上登蓟门，茫茫见沙漠，
> 倚剑对风尘，慨然思卫霍。

另外，所作《送李侍御赴安西》诗曰：

> 行子对飞蓬，金鞭指铁骢。
> 功名万里外，心事一杯中。
> 虏障燕支北，秦城太白东。
> 离魂莫惆怅，看取宝刀雄。

表示自己不愿寻章摘句，老死于笔砚之间，而渴望倚剑横戈，像卫青、霍去病一样金鞭直指铁骢，驰骋万里疆场，求取功名。“看取宝刀雄”，雄心勃发，壮志豪情。他的《塞下曲》，同样充满了这样的慷慨豪情。诗曰：

> 结束浮云骏，翩翩出从戎。
> 且凭天子怒，复倚将军雄。
> 万鼓雷殷地，千旗火生风。
> 日轮驻霜戈，月魄悬雕弓。

青海阵云匝，黑山兵气冲。

战酣太白高，战罢旄头空。

万里不惜死，一朝得成功。

画图麒麟阁，入朝明光宫。

大笑向文士，一经何足穷。

古人昧此道，往往成老翁。

男子汉安能皓首穷一经，碌碌无为；自当投笔从戎，挥戈跃马，转战于边陲的青海黑山之间，“万里不惜死”，不惜赴汤蹈火，出生入死。“一朝得成功”，便可以封侯画像，载入麒麟阁，“入朝明光宫”。

高适边塞诗中最有代表性的是《燕歌行》。诗曰：

汉家烟尘在东北，汉将辞家破残贼。

男儿本自重横行，天子非常赐颜色。

摐金伐鼓下榆关，旌旗逶迤碣石间。

校尉羽书飞瀚海，单于猎火照狼山。

山川萧条极边土，胡骑凭陵杂风雨。

战士军前半死生，美人帐下犹歌舞。

大漠穷秋塞草衰，孤城落日斗兵稀。

身当恩遇常轻敌，力尽关山未解围。

铁衣远戍辛勤久，玉箸应啼别离后。

少妇城南欲断肠，征人蓟北空回首。

边风飘飖那可度，绝域苍茫更何有。

杀气三时作阵云，寒声一夜传刁斗。

相看白刃血纷纷，死节从来岂顾勋。

君不见沙场征战苦，至今犹忆李将军。

诗前小序曰：“开元二十六年（738），客有从元戎出塞而还者，作《燕歌行》以示适，感征戍之事，因而和焉。”客之姓名，已不得而知；客所作之《燕歌行》，可惜亦不存。但从此序中，我们可知高适的这首《燕歌行》乃是对朋友诗歌的和作。序中“元戎”，一般认为指张守珪。据《旧唐书·张守珪传》载，张守珪于开元二十三年（735）因战功拜辅国大将军、右羽林大将军，兼御史大夫。二十六年，张守珪为奚族余部所败，却谎报得胜，次年事泄，贬括州刺史。高适所谓“感征戍之事”，当即指此。也有认为高适所感之事，并不限于张守珪事。此前，作者曾经北游燕赵，对边塞生活和军中内幕多有了解，反映的事情应该是更为广泛，更具有普遍意义的。

诗中诗人热情地赞扬了战士们勇往直前、舍生忘死、为国捐躯的大无畏精神：“孤城落日斗兵稀”“相看白刃血纷纷，死节从来岂顾勋”。揭露和批判了军中将帅骄奢享乐、官兵矛盾、苦乐不均的事实：“战士军前半死生，美人帐下犹歌舞。”以及征夫思妇、生离死别、人生惨淡的境况：“少妇城南欲断肠，征人蓟北空回首。”诗中蕴含了诗人对当时边防问题的敏锐观察、深刻思考与正面主张，那就是要任用像李广那样的杰出的统帅，才能平息边患：“至今犹忆李将军。”这首诗思想之深邃，艺术之精湛，情感之饱满，格局之宏大，在唐代全部的边塞诗中，也堪称出类拔萃之作。清人王夫之评曰：“词浅意深，铺排中即为诽刺。此道自《三百篇》来，至唐而微，至宋而绝。”（《唐诗评选》卷一）

## 三、岑参边塞诗——风掣红旗冻不翻

岑参（717—770，一说715—769），祖籍南阳（今属河南），出生于荆州江陵（今属湖北）。天宝五载（746）登进士第，授右内率府兵曹参军。八载（749）三十多岁时，首次出塞赴龟兹（今新疆库车），入节度使高仙芝幕府中任掌书记。两年多后返回长安，与高适、杜甫等人有交往，并有诗唱和。十三载（754）再度出塞，赴庭州（今新疆吉木萨尔），入北庭都护使封常清幕中任职约三年。岑参两次出塞，深入西北边陲，时间长达五六年之久，在唐代诗人中，是一位亲历真正边塞，生活最丰富、体验最深刻、创作的边塞诗数量最多、成就最高的一位诗人。元人辛文房谓其“累佐戎幕，往来鞍马烽尘间十余载，极征行离别之情，城障塞堡，无不经行”（《唐才子传》）。岑参与高适并称“高岑”。

岑参的边塞诗最为突出的一点，就是以慷慨豪迈的语调和不同寻常的艺术手法，描绘出西北荒漠的奇异风光与新鲜独特的风土人情，别具一种神奇壮丽之美，体现了诗人积极进取的精神，有力地烘托了将士们克服困难的勇气和一往无前的英雄气概。如《走马川行奉送封大夫出师西征》：

> 君不见，走马川行雪海边，平沙莽莽黄入天。
> 轮台九月风夜吼，一川碎石大如斗，随风满地石乱走。
> 匈奴草黄马正肥，金山西见烟尘飞，汉家大将西出师。
> 将军金甲夜不脱，半夜军行戈相拨，风头如刀面如割。
> 马毛带雪汗气蒸，五花连钱旋作冰，幕中草檄砚水凝。
> 虏骑闻之应胆慑，料知短兵不敢接，车师西门伫献捷。

这首诗的谋篇布局，与另一歌行体名篇《白雪歌送武判官归京》异曲同工；而结构上别具一格，句句用韵，三句一转，层层深入。描写军队戎马倥偬，战斗的生活是："将军金甲夜不脱，半夜军行戈相拨，风头如刀面如割。马毛带雪汗气蒸，五花连钱旋作冰"。将军的铠甲夜里都不离身，半夜行军兵器碰撞，寒风如刀一样割人面颊。雪落在猛烈奔跑的马的身上，立即被热气融化，但因为气温极低，融化的雪水很快又结成了冰。隆冬的边塞奇寒，军旅生活奇苦，没有亲身经历过边塞生活的人，是一定写不出这样生动真切的诗句的。

又如，咏边地风雪兼表达送别之情的歌行体《白雪歌送武判官归京》，诗的开头描写边地奇景："北风卷地白草折，胡天八月即飞雪。忽如一夜春风来，千树万树梨花开。"胡天八月就已经北风劲吹、大雪纷飞了。那怒号的北风卷地，将干枯的白草都刮折了。本来草是柔软的，应该是风吹草偃，现在却是风过草折。何因？一是表明奇寒，连枯草都被冻僵了；二是表明风之猛烈，把僵硬的草都给刮折了。下面两句"忽如一夜春风来，千树万树梨花开"，成了千古咏雪名句。下面十句或者明写雪、或者暗写雪，全诗气象开阔，在对边塞奇境的描写中，展示出诗人豪迈的襟怀。

此外，岑参在《凉州馆中与诸判官夜集》中描写异域风情之奇异、边塞生活之孤寂苍凉，曰："弯弯月出挂城头，城头月出照凉州。"于"风萧萧兮夜漫漫"的边城秋夜，诗人与一起守边的河西节度使幕僚老朋友几年未见，难得重逢，于是开怀痛饮，最后唱出了看似旷达而又带有几分悲凉的心声：

> 河西幕中多故人，故人别来三五春。
> 花门楼前见秋草，岂能贫贱相看老。
> 一生大笑能几回，斗酒相逢须醉倒。

人的一生开怀大笑能有几回呢？边地沙场一相逢，举起斗酒碰一杯，自当不醉不休也。豪情勃发，酣畅淋漓，表达了渴望建功立业的豪迈襟怀。

岑参还有两首七绝《山房春事》，其二曰：

梁园日暮乱飞鸦，极目萧条三两家。
庭树不知人去尽，春来还发旧时花。

本来美好的梁园，经历战乱后一片荒凉。清冷的暮色中，群鸦乱飞；极目望去只有萧条衰瑟的三两户人家。庭院中的树儿不知道原来的主人们已经逃亡殆尽，春光里又开出像往年一样的花。自然界中的花儿应时而发，而社会生活中的人已经完了去尽。两相映衬，有力地控诉了战争给人民带来的苦难。小诗中充满了博大的悲悯情怀，催人泪下。

## 四、王昌龄边塞诗——不教胡马度阴山

王昌龄（约698—756），字少伯，长安（今陕西西安）人。曾任江宁丞，又因曾被贬为龙标尉，世称王江宁、王龙标。以七绝见长，人称“七绝圣手”。题材方面比较丰富，咏怀、怀古、闺怨、宫怨等均有涉猎，但其中成就最突出的是边塞诗。如《出塞二首》其一：

秦时明月汉时关，万里长征人未还。
但使龙城飞将在，不教胡马度阴山。

首句“秦时明月汉时关”，是互文见义，即：秦时明月秦时关、

汉时明月汉时关，这是在时间的长河里从秦写到汉，实际上一直延续到唐。第二句则从空间上写，千万里的长征路上，没有几个人能够生还。后两句“但使龙城飞将在，不教胡马度阴山”，则提出了平定边患的重要措施，就是要任用飞将军李广那样的杰出将领。这实际上既对朝廷用人不当委婉地提出了批评，又对边塞将帅无能进行了有力的抨击。短短四句二十八个字，内容丰富，蕴涵丰厚。

以“出塞”为题的另一首诗曰：

骝马新跨白玉鞍，战罢沙场月色寒。
城头铁鼓声犹振，匣里金刀血未干。

第一句是以物写人。宝马新跨上白玉宝鞍，没有写人，但可以想象骑在马上的将军，该是多么威武强悍。第二句是以冷写热。月光冷冷地照在战斗刚刚结束的沙场上，反衬着刚才的战斗十分激烈。第三句是以动写静。城头的铁鼓余振犹在，可见刚才战斗之激烈，擂动战鼓力量之猛烈；同时反衬出激烈的战斗后空寂的沙场上死一般的沉寂。结句说匣中的金刀上殷红的鲜血还没有干。前句有声，此句有色，有声有色。诗人避开对战争的正面描写，将笔墨集中在战争刚刚结束的情景上，通过结果来显示过程，给人留下了联想、想象和补充的空间。

王昌龄另有《从军行七首》，其四曰：

青海长云暗雪山，孤城遥望玉门关。
黄沙百战穿金甲，不破楼兰终不还。

青海雪山，孤城荒凉，苦斗百战，哪怕是黄沙磨穿了铁甲，但只要一天没有消灭敌人，将士们就一天不回还。不畏艰苦，不怕牺牲，直到胜利。这后两句也有人认为“作豪语看亦可，然作归期无日看，倍有意味”（清沈德潜）。这种解释也讲得通，意谓不消灭敌人，就归期无望，也有一定道理。另外，清人黄叔灿还认为：“玉关在望，生入无由；青海雪山，黄沙百战；悲从军之多苦，冀克敌以何年。‘不破楼兰终不还’，愤激之词也。”（《唐诗笺注》）亦是一解。诗能启发人多解，亦可见内涵蕴藉，并非了无余味也。

他的《从军行七首》其五曰：

> 大漠风尘日色昏，红旗半卷出辕门。
> 前军夜战洮河北，已报生擒吐谷浑。

四句诗写了两支队伍。前一联写大漠之中，风尘滚滚，日色昏暗；一支增援的部队，在暮色中半卷红旗，开出辕门，奔赴战斗的前线。后一联写还没等后面的援军到达，前军昨夜便已经在洮河北一举歼灭了敌人，传来了生擒敌酋吐谷浑的捷报。后军写其出发而不写其结果，前军写其结果而不写其出发。在短短四句二十八字中，精心取舍，剪裁得当，诗短情长，内涵丰富。

盛唐边塞诗中，描写边塞生活又豪迈昂扬又旷达苍凉的诗歌，最典型的要数王翰的《凉州词》。诗曰：

> 葡萄美酒夜光杯，欲饮琵琶马上催。
> 醉卧沙场君莫笑，古来征战几人回？

在激烈的战斗间隙，征人们举起斟满葡萄美酒的夜光杯，正欲痛饮，战斗的号令又响起，催人立即上马出征，令人情何以堪！即便是醉卧沙场，酣态狼藉，又有何妨。请不必讪笑，因为自古以来赴边的征人，能有几个活着回来呢——“古来征战几人回？”这既豪迈又沉痛的一问，一千多年来回荡在历史的大漠风尘中，久久不绝，无从回答，无法知晓，无人能答！

## 五、中晚唐边塞诗——一将功成万骨枯

在特定的时代氛围中生活的诗人所创作的诗歌，不可避免地要受到那个时代精神的影响。盛唐过后的中晚唐边塞诗，渐渐减弱乃至失去了明亮的色泽和昂扬的基调，变得黯淡和感伤起来。如中唐时期比“大历十才子”略晚的诗人李益（746—829），字君虞，陇西姑臧（今甘肃武威）人，曾居边塞十余年。其描写边塞生活的七绝《夜上受降城闻笛》诗曰：

回乐峰前沙似雪，受降城外月如霜。
不知何处吹芦管，一夜征人尽望乡。

诗中写一个久戍边关的征人，因思念家乡家人，用芦管吹奏起家乡小曲。乐曲声在边塞的夜风中四处飘散，征人们引起了强烈共鸣而“尽望乡”。曲折地道出了征人们对战争旷日持久、不能回故乡的哀怨怅恨之情。

又如柳中庸（生卒年不详），名淡，祖籍河东蒲州（今山西永济），后迁居京兆（今陕西西安）。柳宗元的同族。边塞诗抒发征怨之情，如《凉州曲二首》其一曰：

关山万里远征人，一望关山泪满巾。
青海戍头空有月，黄沙碛里本无春。

遥远的青海边塞，只有冷冷的月光相照，而没有暖暖的春色相伴。所以征人们一望关山，便思念起远方的故乡而禁不住“泪满巾”。可见征人们的望乡思归之情，何等饱满充沛，令人不禁为之一掬同情之泪。从“青海戍头空有月，黄沙碛里本无春”的诗句

中，人们已经感受不到盛唐边塞诗那种英勇戍边的豪迈气息。柳中庸的另一首七绝《征人怨》诗曰："岁岁金河复玉关，朝朝马策与刀环。三春白雪归青冢，万里黄河绕黑山。"基调相同，苦涩苍凉。

此外，中唐诗人张籍（约772—830）写过一首《征妇怨》，诗曰：

九月匈奴杀边将，汉军全没辽水上。
万里无人收白骨，家家城下招魂葬。
妇人依倚子与夫，同居贫贱心亦舒。
夫死战场子在腹，妾身虽存如昼烛。

先交代深秋九月，匈奴犯边；汉军就是唐军，全军覆灭。万里白骨无人收，收不了骸骨下葬，所以只能"招魂葬"。在这大悲剧的背景下，诗人选择了一个战死了的征夫的妻子，通过她的口倾诉道：女子一生倚靠的就是丈夫和孩子，如果能够平安地生活在一起，哪怕是贫贱也舒心。现如今丈夫在前方的战场上战死了，而腹中尚有没有出生的孩子，如此苟且地活着，就如同白天点燃的蜡烛，有跟没有一个样。一个人如果像死一样地活着，那是何等痛苦！结句催人泪下！

中唐诗人李贺生活在一个藩镇割据、征战不息的时代，他有一首七律《雁门太守行》，这首诗所描写的或许是某一次平定叛乱的战争。诗曰：

黑云压城城欲摧，甲光向日金鳞开。
角声满天秋色里，塞上燕脂凝夜紫。
半卷红旗临易水，霜重鼓寒声不起。
报君黄金台上意，提携玉龙为君死。

前四句写激烈的战争正在进行之中。首句渲染了敌军大举进攻、兵临城下的紧张气氛和危急形势，“黑云压城城欲摧”，黑云，既是写景，即乌云滚滚；也是比拟，谓敌人来势汹汹的阵势。“城欲摧”，城快要守不住了。着一个“压”字，把敌众我寡、大敌压城的危急情势刻画得淋漓尽致。忽然之间风云变幻，一道阳光从黑云的缝隙中直射下来，照在守城将士们的铠甲上，反射出耀眼的金光，“甲光向日金鳞开”。这一句写守城军队披坚执锐，严阵以待。

接下来写战斗的紧张激烈。一句写“声”：“角声满天秋色里”，飒飒秋风里嘹亮的号角劲吹，战斗正在激烈地进行；鏖战从白天一直持续到傍晚：“塞上燕脂凝夜紫”——这一句写“色”。晚霞映照着战场，塞上染遍了大块大块胭脂般殷红的鲜血，透过暮霭，大地呈现出一片紫色。这里诗人写战争避开了对短兵相接、血肉横飞场面的描写，而将笔墨集中在对战争结束时场景的描写上，效果格外强烈。盛唐诗人王昌龄的《出塞》诗中，描写“战罢沙场”的情景是“城头铁鼓声犹振，匣里金刀血未干”，两者着笔角度相同。

后面四句主要写奔驰而来的后援部队：“半卷红旗临易水，霜重鼓寒声不起。”“半卷红旗”写黑夜偃旗息鼓急行军，希望早一点赶到，又希望能出其不意、攻其不备。“临易水”，既点出战场所在地，又暗示出将士们具有“风萧萧兮易水寒，壮士一去兮不复还”的豪迈而又悲壮的情怀。后援部队一到战场便擂鼓进攻，无奈“霜重鼓寒声不起”，夜寒霜重，战鼓声不那么洪亮。但将士们依然挥动宝剑，奋勇杀敌，报效朝廷。玉龙，宝剑的代称。结尾两句，我以为可以理解为既指援军，也指守军，即整个队伍都同仇敌忾，众志成城，不惜为国捐躯，勇做国殇。

到了晚唐，国事衰微，江河日下，社会动乱，民生凋敝；李商隐的名句“夕阳无限好，只是近黄昏”，成了当时社会现实、世态人情和诗文格调的真实写照，边塞诗亦然。边塞诗的基调比中唐更加凄凉，有的甚至是血泪控诉。如大约唐武宗会昌年间（841—846）在世的陈陶，曾经写过四首七绝《陇西行》。其二曰：

> 誓扫匈奴不顾身，五千貂锦丧胡尘。
> 可怜无定河边骨，犹是春闺梦里人。

战士们为国赴边灭敌，冲锋陷阵，奋不顾身，激烈的战斗使得五千将官捐躯沙场。貂锦，即貂裘和锦衣，借指穿着锦衣的军中将官。身着貂锦的将官都死伤了五千，普通士兵的伤亡人数可想而知，更是不可胜计。“五千”者，概数也，言其多也。可怜这些在无定河边战死还来不及掩埋的将士，日子一长，都被销蚀成一堆堆白骨；可是因为信息不通，远在故乡的妻子还不知道丈夫已经牺牲，依旧夜里在梦中与丈夫团聚。这实在是血泪凝成的诗句，读了让人情不能已。宋人魏泰评曰：“李华《吊古战场文》曰：‘其存其没，家莫闻知。人或有言，将信将疑。悁悁心目，寤寐见之。’陈陶则云：‘可怜无定河边骨，犹是春闺梦里人。’盖愈工于前也。”（《临汉隐居诗话》）

如此刻骨铭心的悲情描写，还有南唐诗人沈彬。沈彬（？—约961），字子文，高安（今属江西）人。其《入塞二首》其二中有句曰：“鸢觑败兵眠白草，马惊边鬼哭阴云。”《塞下三首》其二中有句曰：“陇月尽牵乡思动，战衣谁寄泪痕深。金钗谩作封侯别，劈破佳人万里心。”特别是他的七绝《吊边人》诗曰：

> 杀声沉后野风悲，汉月高时望不归。
> 白骨已枯沙上草，家人犹自寄寒衣。

此诗意旨，与陈陶的《陇西行》同一机杼。战争进入白热化，震天杀声之后，将士死伤殆尽，战场被悲雾笼罩。战死了的将士，枯骨被野草掩埋，然而远方的家人并不知道，还在千针万线地缝制寒衣送往前线。诗人以十分冷峻的笔触，既对为国捐躯的将士们表示了深深的同情，又对造成这种不幸的社会制度给予了有力的谴责！

“白骨已枯沙上草，家人犹自寄寒衣”，与“可怜无定河边骨，犹是春闺梦里人”，与白居易《卖炭翁》中的“可怜身上衣正单，心忧炭贱愿天寒”，同样是为生活在苦难的最下层的民众呐喊呼号，同样催人泪下，令人不忍卒读！

“张王乐府”中的王建（约766—约830），曾经以女子的口吻，写过一首《送衣曲》。诗曰：

去秋送衣渡黄河，今秋送衣上陇坂。
妇人不知道径处，但问新移军近远。
半年著道经雨湿，开笼见风衣领急。
旧来十月初点衣，与郎著向营中集。
絮时厚厚绵纂纂，贵欲征人身上暖。
愿身莫著裹尸归，愿妾不死长送衣。

此诗以一位丈夫在前方打仗的思妇口吻叙说去年秋天送征衣远渡黄河，今年秋天送征衣又要越过陇山。你行军打仗，转移不定。我把寒衣做得厚厚的，里面铺上多层丝绵，希望你穿在身上能暖暖和和的。结句写思妇发自内心的期望，说：“愿身莫著裹尸归，愿妾不死长送衣。”我盼你能活着啊，不要穿着我送去的寒衣裹尸归来；我自己也要活着，这样才能每年给你送去寒衣。何等刻骨铭心，读了亦催人泪下！

说到边塞诗中的寄寒衣，自然联想起陈玉兰的《寄夫》诗。相传陈玉兰是晚唐大顺年间（890—891）进士、诗人王驾的妻子。《寄夫》诗写得格外情真意切，哀怨动人。诗曰：

> 夫戍边关妾在吴，西风吹妾妾忧夫。
> 一行书信千行泪，寒到君边衣到无？

首句“夫戍边关妾在吴”，丈夫在边关戍边，自己在江南吴地，天涯睽隔，千山万水。次句“西风吹妾妾忧夫”，一阵秋风吹在妾的身上，寒意袭来，妾不由得担忧起远方丈夫的冷暖。第三句“一行书信千行泪”，妻子想到丈夫便立即提笔写信，一行书信，纸短情长；千行泪，感情丰富复杂，有恩爱，有哀怨，有期盼，有失望。经过这多层铺垫，最后推到诗的最内核：“寒到君边衣到无？”严寒的天气已经到了你的身边，但不知道寄去的寒衣到了你身边没有。语气是问话，但表达的意愿却是肯定的：但愿寒衣能赶在严寒之前送达你的身边。唐人边塞诗，绝大多数是男性诗人创作的，或者是男性诗人以女子的口吻写成的，虽然刻画生动，摹拟真切，但读了总使人感觉隔了一层。而这首诗，则是女子自己抒写内心情感，细腻而蕴含真情，情动于衷，故格外感人肺腑。

战争给广大民众带来的是苦难，而只有少数将领从战争中获益，受到封赏。唐末诗人张蠙，字象文，清河（今属河北）人，生卒年和生平均不详。其《吊万人冢》诗曰：

> 兵罢淮边客路通，乱鸦来去噪寒空。
> 可怜白骨攒孤冢，尽为将军觅战功。

一场大战，尸横遍野；乱鸦啼叫，阴寒塞空。多少鲜活的生命变成了累累白骨，都是为将军求得战功。攒，聚集。结句乃一篇之警策：“尽为将军觅战功”，词约义丰，何等深刻，何等冷峻，何等沉痛！

这种“可怜白骨攒孤冢，尽为将军觅战功”的控诉，在晚唐诗人曹松的《己亥岁二首》诗中，诉说得更加清晰醒豁。其一曰：

泽国江山入战图，生民何计入樵苏。
凭君莫话封侯事，一将功成万骨枯。

其二曰：

传闻一战百神愁，两岸强兵过未休。
谁道沧江总无事，近来长共血争流。

题目“己亥岁”，诗题下原注：“僖宗广明元年。”广明元年（880）的干支为庚子年，其前一年即僖宗乾符六年（879），为己亥年。此诗大概是诗人于广明元年追忆前一年己亥年发生的事情而作。

唐末曾经发生过大规模的农民起义，朝廷兴兵镇压。战乱殃及大江以南、江汉流域，这就是首句所写的背景，江域泽国的一片山河都被揽入战图。烽火连天，民不聊生，老百姓连打柴割草勉强度日也不可能。樵，是砍柴；苏，是割草。其一第三句“凭君莫话封侯事”的“凭”字，意在“请”与“求”之间，更有一点恳求的意味。恳请你别再提封侯的事情吧，一个人因为军功被封侯了，其背后却是成千上万的士兵都变成了白骨：“一将功成万骨枯。”其二中将“万骨枯”具体化，更直观：“谁道沧江总无事，近来长共血争流。”一场大战之后，沧江里的水都被血染红了。江里血水争流，岸上万骨枯矣，换来的却只是“一将功成”。

“一将功成万骨枯”的内涵，已经远远超出了对唐末“己亥岁”所发生的那场具体悲剧的概括与控诉，而成了对历朝历代战争只使得极少数人受赏封侯，却给绝大多数人带来苦难的历史事实的高度概括与强烈控诉。其沉痛的呼喊，在千百年历史的长空中回响，悠远不息而又浑厚悲凉。

唐代以后，边塞题材的诗歌依然代代不绝，且不乏佳作；但新意难以超步唐人边塞诗，总体上已失去了唐人边塞诗的气势、神采和深刻、辉煌。

## / 第三讲 /

# 唐人怀乡诗

怀乡，就是怀念故乡。故乡，就是家乡，一个人出生或长期居住过的地方。《荀子·礼论》曰：“过故乡，则必徘徊焉，鸣号焉，踯躅焉，踟蹰焉，然后能去之也。”徘徊，来回地行走；鸣号，放声大哭；踯躅和踟蹰，都是迟疑犹豫、依恋逗留、徘徊不进的样子。一个人少小离乡，漂泊天涯，成年或老年后一旦回到故乡，一定是心情激动地来回走动，徘徊盘桓，抚今追昔，感慨万千，依依不舍，不忍离去。

故乡，一个多么朴素、多么迷人的字眼！每个人都有自己的故乡，每个人都爱自己的故乡。我们说：水是故乡甜，山是故乡青，月是故乡明，人是故乡亲！我们在故乡的怀抱里，吮吸着母亲的乳汁长大，之后为了求学、为了工作、为了事业等，或背井离乡，或萍踪天涯。然而，不管走到哪里，不管什么时候，也不管境况如何，总忘不了自己的故乡，并把热爱故乡的淳朴感情，升华到热爱祖国的理性高度，为百姓的幸福、祖国的富强和民族的兴旺，一辈子鞠躬尽瘁、死而后已。热爱故乡的情感，是多么值得珍惜的美好情感。我以为：一个人如果对生他养他的那一方热土没有真诚而又热烈的爱，是绝不会成为一个伟大的爱国主义者的！

## 一、依恋故土乃万物之本性——胡马依北风，越鸟巢南枝

依恋故土，原本是世间万物的本性。战国时伟大的爱国诗人屈原在楚国的首都郢都被敌人攻破后，于《哀郢》诗中痛苦地唱道："鸟飞返故乡兮，狐死必首丘。"说鸟儿飞得再远，也还是要返回自己的故乡；相传狐狸这种动物临死的时候，如果不能回到自己出生的土丘，总是将自己的头朝向自己出生的狐穴和生活过的土丘再死去。比喻思念故土，不忘根本。《礼记·檀弓上》："礼，不忘其本。古之人有言曰：狐死正丘首，仁也。"正，不偏地对着。到了汉末建安时期，曹操在《却东西门行》中，写下了诗句："冉冉老将至，何时返故乡。神龙藏深渊，猛虎步高冈。狐死归首丘，故乡安可忘。"表达了步入老境、风云际会了一生的英雄，也终究是不忘故乡，渴望能"狐死归首丘"，回到故乡的怀抱。

东汉文人《古诗十九首》的《行行重行行》一首，写游子思妇的离别相思："行行重行行，与君生别离。相去万余里，各在天一涯。道路阻且长，会面安可知。胡马依北风，越鸟巢南枝。""胡马"两句意谓北方的马儿不管走到哪里，总是依恋从北方吹来的风。因为北方吹来的风带着它家乡的气息，那个气息是它从小时候起便最熟悉、最难忘、最亲切的气息。越，今浙江的杭州、绍兴一带，指南方。南方的鸟儿，如果飞到北方，总是选择在向南伸展的树枝上筑巢做窝。因为向南的树枝，离它吴越一带的家乡更近一点。鸟者，禽也；马者，兽也；禽兽尚且有故土之恋，何况人乎？！——我们人，更要热爱生我养我的故乡！

由北朝入隋的诗人薛道衡（540—609），字玄卿，河东汾阴（今山西万荣西南）人。初仕北齐，再仕北周，入隋后官至司隶大夫。

他曾经写过一首小诗《人日思归》。所谓“人日”，即农历正月初七日。古代正月初一到初七分别是鸡日、狗日、猪日、羊日、牛日、马日、人日。诗曰：

入春才七日，离家已二年。
人归落雁后，思发在花前。

诗的前两句很平常，仿佛诗人在屈指计算时日。人日入春刚刚七日，可是诗人离家由北方到南方仕宦，已经经过旧年和新年两个年了。似不经意，但在平淡的诗句中，思乡之情已经弥漫其中。后两句先说大雁已经由南往北回归，而人却没有能够回归故乡，人归落在雁归之后——人不如雁，情何以堪！接着说春花还没有开放，而思念故乡之情却已经在花开之前勃发——乡情比春花还早地萌发，思乡爱乡之情，何等充沛！

《隋唐嘉话》载：“薛道衡聘陈，为《人日》诗云：‘入春才七日，离家已二年。’南人嗤之曰：‘是底言？谁谓此虏解作诗！’及云‘人归落雁后，思发在花前’，乃喜曰：‘名下固无虚士。’”这一记载很有趣，说薛道衡从北朝来到南朝陈朝，作了一首题为“人日”的诗。刚说出前两句诗，南方人嗤之以鼻，这是什么诗啊，还都说此人能作诗呢！等到薛道衡说出后两句诗，众人才大喜，叹服果然名不虚传。小诗自然平实，委婉含蓄，思乡之情却表达得细腻真诚，充实饱满。

## 二、李白杜甫怀乡诗——月是故乡明

首先，我们来欣赏一下李白流传最广的一首小诗《静夜思》。

诗曰：

床前明月光，疑是地上霜。
举头望明月，低头思故乡。

全诗似脱口而出，明白晓畅；然意蕴丰厚，历久弥新。床，历来有多种解释，或曰像今天马扎一样的胡床，或曰天井里的井栏等。我的看法是，学术研究完全可以详细考证；但一般地理解，似也可不必强作某一解，即便理解为今天的卧具床，也未尝不可。有人说如果解释成今天的床，那么躺在床上，下面就无法“举头望明月”了。其实，一者，“床前”不一定就是躺在床上，站在床前也说得通。二者，即便原来躺着，现在因为月亮升起，诗人起身来望明月，也能讲得通。照在床前皎洁明亮的月光，让人以为是铺在地上的白霜。白霜，给人一种寒冷的感觉，这与客中旅人孤寂凄清的心境是一致的。最后一句“低头思故乡”，具体思什么，不说破。清人沈德潜说它写“旅中情思，虽说明却不说尽”(《唐诗别裁集》)。唯其不说尽，才给读者留下了更加广阔的想象余地，才引起人们更加广泛的共鸣，使得历代客居异地、望月思乡的人，都可以借助这首小诗来抒发自己所特有的丰富情感。换言之，“举头望明月，低头思故乡”这十个字中涵盖了历代人们千千万万种丰富的情感，可以被人们永远借用——这就是伟大的十个字。

这首诗还有一点神奇之处，就在于它能让人一读就记住，一记住就一辈子也忘不了。这种巨大的艺术感染力，一方面，固然跟这首诗清新自然、诗句如同脱口而出、有到口即消之妙有关；另一方面，我以为更加主要的原因，就在于这首诗中所蕴涵的情感，跟人们普遍对故乡怀有深厚的真情实感，是十分契合的。所以才能让人一读便引起内心深深的共鸣，刻骨铭心，永记不忘。

若干年前，我曾经与时任香港城市大学校长的张信刚教授一起参加一个有关弘扬传统国学的论坛，张校长在前面演讲中说到现在香港青年人中国传统文化根底很差，问他们会背什么唐诗啊，他们只会背“床前明月光”。后来我在发言中顺便说道：“张校长刚才说了问题的一个方面，问题的另一个方面就是：能脱口而出背出‘床前明月光’的，说明他就是中国人，是中国人代代相传的怀乡恋土情结，无形地、悄无声息地融入了他的血脉中。”张校长会后也表示同意我的看法。

李白还有一首七绝《春夜洛城闻笛》，诗曰：

谁家玉笛暗飞声，散入春风满洛城。
此夜曲中闻折柳，何人不起故园情。

春天的夜晚，客居洛阳城的诗人，听到夜风中传来悠扬的笛声。玉笛吹奏的《折杨柳》小曲，搅动起诗人的满腹乡愁。沉浸在故园之思中的诗人，推己及人，想到哪有人闻此笛声而不引起思乡之情的呢。“何人不起故园情”，既表达了诗人自己思乡之情的饱满，又写出了天下游子思乡之情的普遍共性。

与李白同为唐代诗坛上“双璧”的杜甫，对故乡也感情深厚，也曾写过十分精彩的怀乡诗。杜甫的名篇《秋兴八首》，其一曰：

玉露凋伤枫树林，巫山巫峡气萧森。
江间波浪兼天涌，塞上风云接地阴。
丛菊两开他日泪，孤舟一系故园心。
寒衣处处催刀尺，白帝城高急暮砧。

枫林里的枫树在深秋的风露侵蚀下逐渐凋零，巫山和巫峡也笼罩在萧瑟阴森的迷雾中。江间波浪滔天，天空的乌云压到地面，一片阴沉沉的。菊花开了又谢、谢了又开，春秋再度，已经过了两载。自己还孤舟四处漂泊，虽身不能东归故里，心却长系故园。人们都在赶制冬天的寒衣了，白帝城上传来一阵紧过一阵捣制寒衣的砧声。眼看着一年又要过去了，我对故园的思念却越发浓烈。诗风沉郁顿挫，情感深厚凝重。

"孤舟一系故园心"，诗圣无论孤舟漂泊何方，总是不忘故乡。在《秋兴八首》其二中，杜甫在开头便唱道："夔府孤城落日斜，每依北斗望京华。"诗人无论走到哪里，总是遥望京华，心系故国故园。他的另一首五律《月夜忆舍弟》诗曰：

> 戍鼓断人行，边秋一雁声。
> 露从今夜白，月是故乡明。
> 有弟皆分散，无家问死生。
> 寄书长不达，况乃未休兵。

这是唐肃宗乾元二年（759），诗人客居秦州，思念当时正处在"安史之乱"战乱中的河南洛阳一带的几个弟弟所写的一首五律。舍弟，乃谦称自己的弟弟。首联描写大的环境，戍楼上的更鼓声表明夜已经很深，行人都断绝了。深秋边塞的寒夜里，传来阵阵孤鸿的哀鸣。颔联"露从今夜白，月是故乡明"，谓从今夜就进入了白露节气，月亮还是故乡的那一轮最皎洁明亮。颈联写自己虽有兄弟但都四处离散，各在一方，他们的近况无从得知。结尾说寄往洛阳城的家书本来就老是不能送达，更何况战乱频仍，不知道何日能够结束这种骨肉分离的境况。世情反复，生死茫茫，前路难以逆料。

全诗含蓄蕴藉，充满了手足深情。特别是"月是故乡明"，感人肺腑，脍炙人口。明知普天下共一轮同样的明月，却偏说故乡的月亮最明亮，这就是移情于物。此乃诗人主观上对故乡怀有特别深厚情感的心理因素所致。这种偏爱，似不合理，却很合情，一往情深。笔者曾经撰“土乃华夏热”句，与“月是故乡明”，组成一副对联，曰：“土乃华夏热，月是故乡明”，意思既十分切合，格律亦颇为工稳。后意犹未尽，又续了两句，写成一首五绝，曰：“土乃华夏热，月是故乡明。万里人生路，一颗中国心。”人生的道路千万里，中国人哪怕是远在天涯海角，血管里流的依然是华夏民族的血，胸腔里依然是一颗中国心。诗虽直白，意亦欠蕴藉，然其情殷殷，其心切切，愿与读者诸君共勉之。

## 三、唐人其他怀乡诗——每逢佳节倍思亲

古往今来，也不知有多少诗人写了多少怀念故乡的诗歌，除上面赏析的李杜怀乡诗外，唐代诗坛上，还有很多诗人写过很好的怀乡诗。我们先讲一下长寿诗人贺知章（659—744）所写的七绝《回乡偶书二首》。其第一首历来脍炙人口，家喻户晓，妇孺皆知。诗曰：

少小离家老大回，乡音无改鬓毛衰。

儿童相见不相识，笑问客从何处来。

诗人从小离开家乡，一直到老大才回来；虽然乡音没有改变，但两鬓已经斑白。衰，音 cuī，等衰、等次的意思；这里指鬓发逐日减少。随着岁月的流逝，鬓发渐渐脱落，现在都快要“浑欲不胜簪”（杜甫《春望》）了。村里的孩子们都不认识我，很有礼貌地笑着问我是从哪里来的，要找谁。字里行间洋溢着诗人对故乡的依恋和久别故乡的感慨。我们说这首诗好，好在哪里呢？好就好在全诗没有一个

字说家乡“好”，但每一个字都渗透着诗人对家乡刻骨铭心的爱。

其实，第二首也同样语浅意深，耐人寻味。诗曰：

> 离别家乡岁月多，近来人事半消磨。
> 惟有门前镜湖水，春风不改旧时波。

诗人说离开家乡已经很长很长时间了，近来无情的岁月风霜已经将村里一多半年纪大的亲人们消磨去世了。只有门前的镜湖水，春风一起，又跟往年一样春水涣涣，碧波荡漾。镜湖就是鉴湖，贺知章是越州永兴（今浙江杭州萧山西）人，故乡毗邻鉴湖。故乡风景依然而人事不再，这种物是人非、物在人亡的感慨，引起了异代不同时的人们的强烈共鸣。古往今来，也不知有多少漂泊天涯后重回故里的游子，触景生情，默默地一边吟诵着这首小诗，一边寻踪旧径，徘徊故池，流连村前屋后，追念儿时伙伴，回忆左邻右舍。“惟有门前镜湖水，春风不改旧时波”，一吟再吟，免不了唏嘘感叹，慨然神伤。

盛唐诗人王维的绝句《九月九日忆山东兄弟》写道：

> 独在异乡为异客，每逢佳节倍思亲。
> 遥知兄弟登高处，遍插茱萸少一人。

九月九日就是重阳节，古代以九为阳数，阳数重叠，故称重阳。忆，思念。山东，王维迁居的蒲州（今山西永济）在华山之东，故称山东。诗人独自在他乡做客，每逢佳节便加倍思念远方亲人。今天重阳节，遥想兄弟们插戴茱萸携手登高之时，就缺了我一个。茱萸，一种香草，即草决明。古人以为重阳节插戴茱萸，可以避灾驱邪。“每逢佳节倍思亲”，成为人人意中皆有、笔下皆无、而今却人人口中传诵的千古名句。

记得2000年秋季学期开学后，我给全校开公共选修课“中国古代诗歌选讲”。全校文、理、工各院系，共有二三百个学生选此课。课安排在每周二下午的第7、8节。9月12日星期二，正好是中秋节，“月到中秋分外明”，我特地给学生们讲了几首古代著名的咏月诗。下课前灵机一动，步王维的这首七绝原韵，口占一绝曰：“求学暂为燕园客，适逢中秋倍思亲。遥知父母倚栏处，正叹圆月照离人。”北大学子求学北大，本科四年，都是燕园匆匆过客。今天适逢中秋佳节，免不了加倍地思念家乡、思念亲人。遥想远方的父母亲，此刻正倚靠在家里阳台的栏杆上望月怀远，一边思念着我，一边叹息圆月照离人，月圆人未圆。我讲这门课，每次都布置课后作业，那就是课后背诵一首诗，下一次课先检查点名背诵。这次我没有布置背诵诗，而是要求凡是家里有电话的（当时电话刚刚开始普及，手机就更没有了），今晚给家里打一个电话，向父母问安。下周二讲课前我检查作业时说，请中秋节给父母打过电话的同学举一下手。望着那一片高高举起的手臂，我不禁热泪盈眶。

除夕之夜，盛唐诗人高适独居旅馆，怀念家乡，写下了七绝《除夜作》。诗曰：

旅馆寒灯独不眠，客心何事转凄然。
故乡今夜思千里，霜鬓明朝又一年。

除夕夜晚，诗人独居旅馆，守着寒灯，难以入眠。不知道什么事情让人心情凄然，原来是想起了千里之外的故乡。尽管已经两鬓斑白，但明天一早，又要开始奔波漂泊的新的一年了。

与高适同为盛唐边塞诗人、并称为“高岑”的岑参，在西部守边时，碰到了一位正赶回京城的使者，诗人想起了故园，写下了《逢入京使》一诗。诗曰：

故园东望路漫漫，双袖龙钟泪不干。

马上相逢无纸笔，凭君传语报平安。

诗人在边塞骑马征战途中，碰到了入京的使者，想要将思念家乡的情感，写成一封家信寄送家人。身在西域，东望故园，道路漫漫，欲归无计。诗人禁不住涕泪横流，双袖怎么擦拭也擦拭不干。龙钟，涕泪淋漓的样子。军旅生涯，戎马倥偬中居无定所，行军途中没有纸笔从容写一封家信，只能请你带一句口信、传一句话给我的家人，报一个平安。明人钟惺、谭元春在《唐诗归》中评道："人人有此事，从来不曾写出，后人蹈袭不得，所以可久。"谓人人都曾有过这种境况，而笔下都没有这样的诗，且后世人人都没有办法模仿，所以可永远流传也。

此外，中唐诗人贾岛《渡桑乾》诗曰：

客舍并州已十霜，归心日夜忆咸阳。

无端更渡桑乾水，却望并州是故乡。

诗人离开家乡咸阳客居并州已经十年了，日日夜夜思念家乡，企盼归去。无端，无缘无故，没有由来。可是眼下，诗人不但没有能够回咸阳，反而越走越远，无缘无故地又要离开并州、渡过桑乾河，去到更加遥远的北方。那时候再回望并州，却像在并州思念咸阳一样，把并州当作故乡来思念了。这种衬托的写法，使得思念家乡咸阳的情感，倍深一层。这种心情，很能引起客中又更远行的游子的共鸣。

中唐诗人顾况还写过一首《忆故园》，诗曰：

惆怅多山人复稀，杜鹃啼处泪沾衣。

故园此去千余里，春梦犹能夜夜归。

客居他乡，离故园千余里；乡愁浓郁，然而身不能归去；相思成梦，只能夜夜在春梦中回到故乡的怀抱。梦回故里，固然欣然开怀，等到一梦醒来，则免不了加倍怅惘。

因为参加中唐的改革运动而被贬岭南的诗人柳宗元，在贬所写了一首《与浩初上人同看山寄京华亲故》诗。诗曰：

> 海畔尖山似剑芒，秋来处处割愁肠。
> 若为化得身千亿，散上峰头望故乡。

被贬岭南的诗人与好朋友浩初上人，一起眺望远山，思念京城的亲戚朋友。诗人眼前那一座座尖尖的山峰，犹如一道道锋利的剑芒，秋色中将思念家乡的愁肠割得寸断。诗人说如果能有什么办法将自身变化成千千亿亿个自身，那该多好啊，诗人将千千亿亿个自身，散向那千千亿亿个峰头。在千千亿亿个峰头上，伫立着千千亿亿个诗人，千千亿亿个诗人一起北望故乡。思乡之情何等饱满、深厚、殷切。

唐代怀乡诗，我们仅摘取一部分略作赏析。整个古代文学史上优秀的怀乡诗，实在是不胜枚举也。我们中国人就算走到天之涯、海之角，都不应该，也不会忘记华夏故国这一片热土。

# / 第四讲 /

# 唐人悯农诗

## 一、五谷是维系人生命的最基本的物质

随着人类社会的不断发展，人们的生活水平也在不断地提高，食物品种不断增多，但粮食，始终是维系生命的主要食品，或者说是构成人们的食品的最主要、最基本的原材料。

古人的主要粮食有五种，称为“五谷”，具体哪五种，有两种说法，一是指稻、黍、稷、麦、菽；另一种说法区别仅在于去掉稻换上麻。五谷是农人在土地里耕种出来的。经过春耕，夏锄，秋收，冬藏，一年到头，寒来暑往，雨雪风霜，农人辛勤耕耘在野外田间，面朝黄土背朝天，洒血流汗，换来了丰硕的果实，供人们享用。普天下农人最辛苦，最平凡；也最崇高，最伟大。

清代乾嘉时期的诗人郑板桥（1693—1765），能诗，善画，工书，时称“三绝”。他在家书中写过这样一段话：

> 我想天地间第一等人只有农夫，而士为四民之末。农夫……皆苦其身，勤其力，耕种收获，以养天下之人；使天下无农夫，举世皆饿死矣。吾辈读书人……一捧书本，便想中举、中进士、作官，如何攫取金钱，造大房屋，置多田产，起手便错走了路头，后来越做越坏，总没有个好结果。

真是一声断喝，掷地有声，千古真理，不可移易。这种“万般皆下品，唯有农人高”的重农贱士的观点，虽然有失偏颇，有矫枉过正之嫌，但这种观念，不仅在当时的封建社会士大夫中是难能可贵的，而且直到今天，仍然闪烁着真理的光芒，具有针砭时弊的意义。

中唐诗人白居易担任谏官时，“达则兼善天下”，写了五十首《新乐府》、十首《秦中吟》，同情民生疾苦。他写过一首五言古风《观刈麦》，其中对农人耕作辛劳的情景，是这样描写的：

相随饷田去，丁壮在南冈。
足蒸暑土气，背灼炎天光。
力尽不知热，但惜夏日长。

在“五月人倍忙”的麦收时节，农家的壮劳力到南冈去抢收麦子，脚踩在灼热的土地上，炎热的太阳直晒在背上；他们拼命干活，都顾不上暑热难挨，为的是争分夺秒完成夏收。“力尽不知热，但惜夏日长”十个字，道尽了农家的苦辛。

农人们成年累月在外干活，劳动强度最大，生活条件最艰苦，所求最少而奉献最多，所以农人是最值得怜恤、哀悯的，最值得天下人尊重、感恩的。在古代诗人中很多有良知的诗人，写了很多关心农事、悯农赞农的诗歌。如晚唐诗人来鹏（？—883）有小诗《云》写道：

千形万象竟还空，映水藏山片复重。
无限旱苗枯欲尽，悠悠闲处作奇峰。

这首诗的作者《全唐诗》原作来鹄，《全唐诗外编》作来鹏。来鹏又见于《新唐书·艺文志》《唐才子传》。诗题为“云”，前两句写天上的云彩千形万状，变幻莫测，重重叠叠，倒映在水面、遮藏着群山。后两句写天下大旱，田里的禾苗都快全枯死了，你云彩还在那里悠闲自得地幻化异山奇峰。表面上写云，实际上却是借对云的不满和谴责，表达了诗人对农事的关切和对遭受旱灾的劳动人民的同情，以及对不关心民生疾苦的统治者剥削者含蓄委婉的批评指责。

来鹏在这首诗里责备云，晚唐诗人罗隐（833—909）的小诗《雪》则是责备雪。对象虽然不同，主旨却异曲同工。诗曰：

> 尽道丰年瑞，丰年事若何。
> 长安有贫者，为瑞不宜多。

诗也是平白浅显，人们都说“瑞雪兆丰年”，可是年丰了之后又能怎么样呢？对老百姓又能有什么好处呢？丰年的粮食也是被官府搜刮尽，老百姓不是一样贫困。长安有无数无家可归流落街头的穷苦人，在风雪中饥寒交迫，所以“为瑞不宜多”，老天爷啊，还是少下点雪、少降一点“瑞”吧。诗人真切地体会最下层贫寒者的内心痛苦，给予了无限同情；站在他们的立场上发声，十分感人。

## 二、唐人悯农诗——谁知盘中餐，粒粒皆辛苦

关于悯农诗，特别要讲中唐诗人李绅。李绅（772—846），字公垂，祖籍亳州（今属安徽），出生于乌程（今浙江湖州）。唐穆宗时被重用，任右拾遗、翰林学士，官至中书舍人。与李德裕、元稹并称为“三俊才”。李绅与白居易、元稹交往甚密。很巧的是，他生年与卒年都与白居易完全相同，同情民生疾苦的思想倾向也基本相

同，也同为中唐新乐府运动的倡导者和积极参与者。李绅写过两首有名的绝句《悯农二首》。其一曰：

春种一粒粟，秋收万颗子。
四海无闲田，农夫犹饿死。

农家春天种下一粒种子，除草施肥，精耕细作，秋天收获了很多粮食。所有的土地都耕作了，没有一点空闲地，田里种的庄稼也获得了丰收，本应该是丰衣足食，可是农夫还是在饥寒交迫中饿死。因为收获的粮食再多，也都被官府搜刮去了。宋人杨万里也写过诗句曰："荒山半寸无遗土，田父何曾一饱来。"（《发孔镇晨炊漆桥道中纪行》）说的是虽然半寸土地也没有浪费，都被农人辛勤耕耘了，可是老农还是连一顿饱饭也吃不上，还是免不了饥寒交迫的贫苦命运。

《悯农二首》的第二首更负盛名。诗曰：

锄禾日当午，汗滴禾下土。
谁知盘中餐，粒粒皆辛苦。

农人在烈日下除草，大滴大滴的汗珠滴到了禾苗下面的土中。人们可知道一日三餐盘碗中的米饭，每一粒都是农人的汗水换来的。我们可以断言：只要人类存在，这二十个字就永远是千古真理，不可移易！清人贺裳《载酒园诗话》曰："'诗有别趣，非关理也。'然理原不足以碍诗之妙，如……李公垂《悯农》诗，真是六经鼓吹。"六经，指儒家的六部经典，即《庄子·天运》中所说的："孔子谓老聃曰：'丘治《诗》《书》《礼》《乐》《易》《春秋》六经，自以为久矣，孰知其故矣。'"论者认为李绅《悯农》诗的内涵，宣扬的是儒家核心思想，不可以等闲视之。

白居易的好朋友元稹（779—831），与白居易并称“元白”。元稹于元和十二年（817）得刘猛、李余古所题乐府数十首后，和作了十九首，将他在江陵、通州一带所见所闻，一一写进这组古题乐府诗中。其中有一首题为“田家词”，诗曰：

> 牛吒吒，田确确。
> 旱块敲牛蹄趵趵，种得官仓珠颗谷。
> 六十年来兵簇簇，月月食粮车辘辘。
> 一日官军收海服，驱牛驾车食牛肉。
> 归来攸得牛两角，重铸锄犁作斤劚。
> 姑舂妇担去输官，输官不足归卖屋。
> 愿官早胜仇早覆，农死有儿牛有犊，
> 不遣官军粮不足。

全诗以农民自诉的口吻，用白描的手法叙事，在看似平静的叙述中，表达了农民痛苦的心声。久旱不雨，土地坚硬，牛在上面艰难地耕作，牛蹄在坚硬的土块上发出了“趵趵”的声音。吒吒，呵斥牛的声音。确确，土块坚硬的样子。用汗水换来的珍珠一样的粮食，都被收进了官仓。六十年来征战不息，官军收复海服之地，运粮的大车年年月月不停地把粮食运往前方。古代把京城附近方圆千里之地叫京畿，自京畿之外每五百里称作一服，把由近及远的区域分别称为“侯服”“甸服”等九服；这里的“海服”，泛指临近海边的藩镇割据之地。没有想到朝廷连人带牛车一起征用，最终牛被官兵宰杀吃掉了，农民只收得两只牛角回来。攸得，就是所得。农民回来只能重铸犁锄农具。斤劚，砍伐用的农具。重新耕种一年收获的粮食，又被迫“姑舂妇担”地送给了官府，还不够，农民只好回来把房屋也卖掉去买粮食完成纳税。

全诗最后以怨恨的反语作结，说但愿官军早日胜利，藩镇割据之仇早日报了，我们不要紧啊，累死了还有儿子，牛儿被杀了还有小牛犊，不会让你们官军缺少军粮的。诗人以旧题发新意，词极精妙而意至沉痛。

在封建社会里，苛捐杂税是压在劳动人民头上尤为沉重的大山。这就是白居易在《观刈麦》中所说的“家田输税尽”；就是元稹在《田家词》中说的“姑舂妇担去输官，输官不足归卖屋”；就是杜荀鹤在《山中寡妇》中说的“任是深山更深处，也应无计避征徭”。唐代诗人张碧也写有反映人民不堪征税重负的诗歌。

张碧，字太碧，生平不详，唐德宗贞元年间（785—805）人。孟郊读其诗集，曾写了一首五古《读张碧集》诗，前八句曰：“天宝太白殁，六义已消歇。大哉国风本，丧而王泽竭。先生今复生，斯文信难缺。下笔证兴亡，陈词备风骨。”说自从天宝年间李白去世后，六义消歇，大雅不作；而今所幸又有张碧再世，使诗坛重振风骨。可谓推崇之极。张碧写过一首《农父》，诗曰：

> 运锄耕劚侵星起，陇亩丰盈满家喜。
> 到头禾黍属他人，不知何处抛妻子。

劚，锄类农具。这里作动词，指挖掘土地。一位老农一家人起早贪黑辛勤耕耘，眼看丰收在望，全家人满心欢喜。后两句笔锋一转，一年收成都被盘剥，尽属他人，到头来还免不了抛妻撇子，家破人散。

唐代到了晚期，朝廷里党争激烈，地方上军阀割据，战祸连年，社会底层的农民更是民不聊生。晚唐诗人聂夷中（837—？）的《田家二首》其一，将这样的社会现实描写得倍加深刻。诗曰：

父耕原上田，子劚山下荒。

六月禾未秀，官家已修仓。

诗中所写的这种父耕子劚的情景，不仅是对这一家父子所做事情的描述，而且概括了千千万万个农民家庭的辛劳状况。父子俩辛辛苦苦长年累月地开荒耕种，没想到刚刚到了六月，庄稼还没有扬花秀穗，官府早就窥伺好了、紧锣密鼓地修建粮仓，准备掠夺收粮。劚，挖掘；劚荒，即垦荒。秀，指庄稼吐花出穗。

聂夷中还写过一首《伤田家》诗，更加沉痛。诗曰：

二月卖新丝，五月粜新谷。

医得眼前疮，剜却心头肉。

我愿君王心，化作光明烛。

不照绮罗筵，只照逃亡屋。

在官府的逼迫下，刚刚二月，蚕还没有做完茧子，农民就提前缫丝去卖了；五月田里的谷子还没有成熟，农民就被迫采摘卖新谷了。解决了眼前的苦难，医治好眼前的小疮，却剜掉了心头的肉。我希望君王的心化作光明烛；不去照那些豪门大族的筵席，去照一照流离失所的逃亡人的陋屋吧。表面上是略带恳请的“愿”言，实际上吐诉的是满腹激愤的“怨”言，是对君王“只照绮罗筵，不照逃亡屋”义正词严的斥责。

晚唐诗人杜荀鹤的《山中寡妇》诗，写一个寡妇的不幸命运，也很典型、深刻。诗曰：

夫因兵死守蓬茅，麻苎衣衫鬓发焦。

桑柘废来犹纳税，田园荒后尚征苗。

时挑野菜和根煮，旋斫生柴带叶烧。

任是深山更深处，也应无计避征徭。

丈夫在战争中死去，寡妇穿的是麻布衣服，两鬓焦黄，孤独地守着破茅屋。家前屋后的桑柘已经荒废了，但还要交税；田园都荒芜了，颗粒无收，但还要缴纳青苗税。没有粮食吃，寡妇只能挖些野菜，连着草根一起煮着充饥；刚刚砍的新柴，带着绿叶一起推入灶膛烧火做饭。这些具体的、个性的描写之后，诗人总结深化了一个普遍性的结论：任凭你在再深的深山深处，你也没有办法躲避官府的赋税和徭役。既揭示出苦难的根源，又把眼前的苦难推到一个更广、更深、更长久的现实天地，写出了这种苦难的广泛性。尾联可以看作下层民众对吃人的苛捐杂税的愤怒呐喊。

杜荀鹤另外还有一首七绝《田翁》，诗曰：

白发星星筋力衰，种田犹自伴孙儿。
官苗若不平平纳，任是丰年也受饥。

一个田舍翁已经满头白发，筋力衰竭。星星，鬓发花白的样子。他带着小孙子耕种度日。官苗，指官府征收的青苗税。平平，公平。任，即使。如果不能公平纳税，那么即便是丰收之年，农人也还是免不了忍饥挨饿。

晚唐其他诗人，如皮日休的《橡媪叹》，描写的也是下层人民的不幸生活。诗曰：

秋深橡子熟，散落榛芜冈。
伛伛黄发媪，拾之践晨霜。
移时始盈掬，尽日方满筐。
几曝复几蒸，用作三冬粮。
山前有熟稻，紫穗袭人香。

细获又精舂，粒粒如玉珰。
持之纳于官，私室无仓箱。
如何一石余，只作五斗量。
狡吏不畏刑，贪官不避赃。
农时作私债，农毕归官仓。
自冬及于春，橡实诳饥肠。
吾闻田成子，诈仁犹自王。
吁嗟逢橡媪，不觉泪沾裳。

官场黑暗，“狡吏不畏刑，贪官不避赃”。一石即十斗，十斗的粮食，到了官府那里，只被量成了五斗，盘剥搜刮何等厉害。所以老百姓只能“自冬及于春，橡实诳饥肠”了。

还有晚唐诗人颜仁郁写过一首《农家》，诗曰：

夜半呼儿趁晓耕，羸牛无力渐艰行。
时人不识农家苦，将谓田中谷自生。

颜仁郁，字文杰，号品俊，泉州（今属福建）人。生于唐大和（827—835）年间，祖籍河南温县。祖父任福州侯官县令，诗人随父入闽。诗描写农家半夜便叫孩子起床一起趁早下田耕种，瘦弱的老牛力量不济行进艰难，累得几乎拉不动犁具了。羸牛，就是瘦牛。时人，这里主要指豪门贵族；他们不知道农家劳作的艰辛，以为粮食是从田里自然生长出来的呢！这种指责，理直气壮，喊出了普天下农人的心里话。

今天，人们的物质生活条件发生了天翻地覆的变化，然而随着城市经济急剧膨胀，农田被蚕食，耕地荒漠化的现象日益严重，实在是令人担忧！今天我们不仅要“悯”农人之辛勤劳苦，还应

“悯”农田之萎缩退化。长此下去，有一天人们吃饭都会成为问题，那时就悔之晚矣。但愿这永远是笔者的杞人之忧。

## 三、诗圣的爱民情怀——穷年忧黎元，叹息肠内热

在古代千千万万个诗人中，我们尊杜甫为“诗圣”，就是因为杜甫既对国家爱得无比忠诚，又对人民爱得无比真挚。“诗圣”，圣就圣在他总是一心想着他人而忘记自己。杜甫一生对民生疾苦总是抱有深切的同情，以人民之忧为忧、以人民之乐为乐。在《自京赴奉先县咏怀五百字》中，杜甫说自己是“穷年忧黎元，叹息肠内热”。穷年，就是一整年；一年到头为黎民百姓的疾苦而忧虑，而叹息，而衷肠炽热。在这首诗中，杜甫还写出了千百年来震撼人心的十个字：“朱门酒肉臭，路有冻死骨。”这十个字，简直是一部中国封建社会的历史缩影，传达出诗人热爱人民、对苦难中人民深切同情的博大的悲悯情怀。

“安史之乱”平复后，杜甫晚年曾写过一首《蚕谷行》。诗曰：

天下郡国向万城，无有一城无甲兵。
焉得铸甲作农器，一寸荒田牛得耕。
牛尽耕，蚕亦成。
不劳烈士泪滂沱，男谷女丝行复歌。

诗人渴望将战争用的兵器铠甲都熔化掉，重新铸造成农具，让每一寸土地都得到开垦，种上庄稼，这样男耕女织，百姓得以安居乐业，天下太平。这是诗人对和平生活的热情向往，是忧国忧民的心灵深处长期描画的理想王国的美好蓝图。

“安史之乱”中，杜甫同情人民苦难，写下了著名的组诗“三吏”“三别”。“三吏”，即《新安吏》《石壕吏》《潼关吏》；“三别”，即《新婚别》《无家别》《垂老别》。下面试各举一首，简单分析一下。

杜甫《石壕吏》诗曰：

暮投石壕村，有吏夜捉人。
老翁逾墙走，老妇出门看。
吏呼一何怒，妇啼一何苦。
听妇前致词，三男邺城戍。
一男附书至，二男新战死。
存者且偷生，死者长已矣。
室中更无人，惟有乳下孙。
有孙母未去，出入无完裙。
老妪力虽衰，请从吏夜归。
急应河阳役，犹得备晨炊。
夜久语声绝，如闻泣幽咽。
天明登前途，独与老翁别。

这是一首杰出的反映社会现实的叙事诗。开头写差吏到处征兵，到石壕村乘夜捉人强迫去前方打仗的情景。老翁闻信跳墙逃走，他的三个儿子都应征服役，两个已经战死。儿媳妇“出入无完裙”，没有一件遮体的衣服，出不了门。老妇人生怕守寡的儿媳妇被抓后，膝下尚未断奶的孙子无人养育，所以主动提出自己去服役：“犹得备晨炊”，可以到军营里给军人们做做饭。最后写“天明登前途，独与老翁别”，暗示老妪已被捉走了。清人浦起龙评曰：“《石壕吏》，老妇之应役也。丁男俱尽，役及老妇，哀哉！”（《读杜心解》）诗中可以看出诗人矛盾的心情。一方面，通过连年老力衰的老妇人也被抓去服役的这件事，揭露了官吏的残暴和兵役制度的黑暗，对“安史之乱”中人民遭受的苦难表示深切的同情。另一方面，为了平息叛乱又不得不全民动员，共赴国难。

这样一种矛盾心情，在下面这首《新婚别》中也有真切的体现。

兔丝附蓬麻，引蔓故不长。
嫁女与征夫，不如弃路旁。
结发为妻子，席不暖君床。
暮婚晨告别，无乃太匆忙。
君行虽不远，守边赴河阳。
妾身未分明，何以拜姑嫜。
父母养我时，日夜令我藏。
生女有所归，鸡狗亦得将。
君今往死地，沉痛迫中肠。
誓欲随君去，形势反苍黄。
勿为新婚念，努力事戎行。
妇人在军中，兵气恐不扬。
自嗟贫家女，久致罗襦裳。
罗襦不复施，对君洗红妆。
仰视百鸟飞，大小必双翔。
人事多错迕，与君永相望。

一对新婚夫妇，“暮婚晨告别”，前一晚刚刚洞房花烛，“席不暖君床”，婚床尚未暖，第二天天一亮，新郎便“守边赴河阳”。新娘在“君今往死地”的情况下，说自己本来也想随丈夫一起去的：“誓欲随君去”，但又担心“妇人在军中，兵气恐不扬”，去了可能对军中士气有不良影响，所以希望丈夫“勿为新婚念，努力事戎行”。自己从此洗去红妆，独守空闺，寂寞度日。最后说：“人事多错迕，与君永相望。”人世间不如意的事情很多。错迕，违逆，不如意。但愿你我两地同心，永远相望，永不相忘。字里行间，我们也可以感受到诗人的矛盾心情，一方面，对这一对新婚夫妇“暮婚晨告别”表示深深的同情和惋惜；另一方面，又对新娘通晓大义鼓励丈夫“努力事戎行”的行为，表示赞叹。

杜甫对贫苦人民的关心和同情，是细致入微的，如感人肺腑的七律《又呈吴郎》。

> 堂前扑枣任西邻，无食无儿一妇人。
> 不为困穷宁有此，只缘恐惧转须亲。
> 即防远客虽多事，便插疏篱却甚真。
> 已诉征求贫到骨，正思戎马泪盈巾。

这首诗的背景是这样的，唐代宗大历二年（767），即杜甫漂泊到四川夔州的第二年，他在瀼西建了一个草堂，草堂前有几棵枣树，西边邻居的一个寡妇，常常过来打枣子勉强度日，杜甫都慨然允许，从不干涉。后来，杜甫把草堂让给一位姓吴的亲戚。不料想这位吴郎一住下来，就在草堂边插上了一道篱笆，不许西邻老寡妇过来打枣子。寡妇见此，便去向杜甫诉苦，杜甫就写了这首诗，好言劝告吴郎，希望能允许寡妇“堂前扑枣”。

第一句“堂前扑枣任西邻”，既是对杜甫以前这样做的情况的陈述，也是杜甫写这首诗想达到的目的，希望吴郎继续让西邻随意打枣子。第二句说西邻是“无食无儿一妇人”，没得吃、没有子女、没有老伴，孤苦伶仃的一个寡妇。

颔联为寡妇开脱：“不为困穷宁有此，只缘恐惧转须亲。”如果不是因为困穷得实在没有一点办法，她哪能做出打别人家枣子的事情呢？正因为她提心吊胆的，我们才要转过来对她更加亲切。

颈联又为吴郎回护："即防远客虽多事，便插疏篱却甚真。"说西邻老妇人对你这位远客有所提防，虽然也有点多事——其实你并不是那种吝啬之人，她实在没有必要对你有防备之心。但是，你刚刚住下来便在茅屋边插上篱笆，仿佛使人觉得你真的不让人打枣子似的。潜台词是：你其实不是那种吝啬的人——给吴郎留下改正错误行为的下坡台阶，以达到首句所提及的目的。

最后，诗人诚恳地对吴郎说："已诉征求贫到骨，正思戎马泪盈巾。"老妇人诉说官府横征暴敛，致使家里一贫如洗贫到骨了。一想到战争不停，黎民百姓生活在水深火热之中，不由人热泪沾巾，我们何不舍几颗枣子救人一命呢？！

这首诗可见杜甫对下层贫困人民充满了博大而深厚的悲悯情怀。特别是颔联，令人感觉到诗人的这种同情，是何等的细致入微：那无食无儿的寡妇，如果不是因为困穷到走投无路的地步，哪能来打别人家的枣子呢？！正因为她打别人家枣子自己提心吊胆惴惴不安，所以我们才更要对她和蔼亲近——这实在是"仁义之人，其言蔼如也"（韩愈《答李翊书》）。明末卢世潅评此诗曰："杜诗温柔敦厚，其慈祥恺悌之衷，往往溢于言表。如此章，极煦育邻妇，又出脱邻妇；欲开示吴郎，又回护吴郎。八句中，百种千层，莫非仁音。所谓'仁义之人，其言蔼如也'。"（《读杜私言》）

人民是历史的真正创造者，也是对历史事件和历史人物最公正的评判者。一个真正爱国爱民的伟大诗人，才能赢得历代人民的衷心爱戴。诗圣杜甫永远活在中华民族的光辉史册上，永远活在一代一代中国人的心中！

# /第五讲/

# 唐人孝亲诗

这一讲，我们一起赏读唐人的孝亲诗。亲，指父母，亦偏指父或母。《诗经·豳风·东山》：“亲结其缡，九十其仪。”缡，佩巾。女子新婚出嫁时，由其母亲把佩巾结在她的衣带上。九、十，言其多也。谓嫁时有种种仪式、礼节。古代称父母的心为亲心，称父母的年岁为亲年，称父母尊长为亲长，父母所居的内室为亲闱，等等。所谓孝亲，就是指子女孝顺父母。《孟子·尽心上》：“孩提之童，无不知爱其亲者；及其长也，无不知敬其兄也。”孩子很小的时候，就没有不知道爱自己父母的；长则敬兄。

我们中国有句古话“滴水之恩，涌泉相报”，就是说对于他人的一点点恩惠，要千百倍地报答。在人的一生中，应该千百倍、千万倍地报答的恩情，我以为第一就是父母的养育之恩，特别是母亲的大恩大德、深情厚爱！

## 一、孝弟也者，其为仁之本与

《孝经》是同《周易》《尚书》《诗经》《论语》等并列于“十三经”中的儒家重要典籍。《孝经·三才章》中有句曰：“夫孝，天之经也，地之义也，民之行也。”认为孝敬父母是天经地义的，是人最为根本的品行。孝是人世间最为美好的一种感情，必须时时珍惜，身体力行；孝道观念是中华民族优秀传统文化的核心价值之一，必须代代传承，大力弘扬。

在《论语·学而》中，子曰："弟子，入则孝，出则弟，谨而信，泛爱众，而亲仁。"意思是说：为人弟、为人子的人，进家要孝顺父母，出外要顺从兄长，行为时常谨慎、守信，博爱大众，并且亲近有仁德者。《论语·学而》中还记载，孔子的学生有子曰："君子务本，本立而道生。孝弟也者，其为仁之本与。"意思是说：君子要致力于根本，根本建立了道理，法则和原则也就有了。孝敬父母，顺从兄长，这就是"仁"的根本啊。所谓"仁"，就是指以人为本，富有仁爱之心。儒家把"仁"作为最高的道德原则、道德标准和道德境界，认为在以"仁"为核心的伦理思想结构中，"孝弟"是基础和根本。

"孝弟"中的"弟"（悌），指友善兄弟；而"孝"，则指孝敬父母双亲。儒家讲爱由爱亲始，就是要从爱父母开始。一个人只有懂得人世间的爱是从爱父母开始，具备了爱父母这样一个基本的情感，才能由近及远、由亲到疏去爱别人、爱普通百姓、爱普天下众生，这就是儒家倡导的仁爱、博爱、大爱。

因为孝在儒家文化中是一个具有血缘基础的根本性的理念，所以儒家历来提倡"百行孝为先""百善孝为首"。《周礼·地官·师氏》中提倡孝德孝行，曰："以三德教国子：一曰至德，以为道本；二曰敏德，以为行本；三曰孝德，以知逆恶。教三行：一曰孝行，以亲父母；二曰友行，以尊贤良；三曰顺行，以事师长。"郑玄注曰："孝德，尊祖爱亲，守其所以生者也。"《国语·楚语上》曰："勤勉以劝之，孝顺以纳之，忠信以发之，德音以扬之。"所谓孝顺，原指爱敬天下之人、顺从天下人之心的美好德行，后多指尽心奉养父母，顺从父母的意愿。《礼记·曲礼上》曰："凡为人子之礼，冬温而夏清，昏定而晨省。”意思是为人之子女，应当冬天为父母温暖被子使父母睡得暖和，夏天用扇子扇凉席使父母凉快；晚上侍候父母睡定，早上前往父母处请安。其内涵就是事奉双亲要晨昏朝夕，时时刻刻，无微不至。

《吕氏春秋·孝行览》倡导以孝道治理天下，曰：“今有人于此，行于亲重，而不简慢于轻疏，则是笃谨孝道，先王之所以治天下也。”汉代遵照这一理念，明确提出“以孝治天下”。汉代的每一个皇帝死后的谥号里都加一个“孝”字，如汉文帝刘恒叫“孝文皇帝”，汉武帝刘彻叫“孝武皇帝”等。汉代的政治制度中还有一个举措，就是选孝子做官，叫作“举孝廉”，推举孝子和廉洁的小吏去当官。一个人如果对生他养他很多年的父母都不能孝敬奉养，是不可能对老百姓有真爱之心的，是不可能当好老百姓的父母官的。

古代历史典籍中记载不少孝子以孝行感应天地神灵的故事。如《三国志》裴松之注引《楚国先贤传》：“(孟)宗母嗜笋，冬节将至。时笋尚未生，宗入竹林哀叹，而笋为之出，得以供母，皆以为至孝之所致感。”又，《晋书·王祥传》载：“母常欲生鱼，时天寒冰冻，(王)祥解衣将剖冰求之，冰忽自解，双鲤跃出，持之而归。母又思黄雀炙，复有黄雀数十飞入其幕，复以供母。乡里惊叹，以为孝感所致焉。”此外，《晋书·吴猛传》载：“(吴猛)少有孝行，夏日常手不驱蚊，惧其去己而噬亲也。”说吴猛小的时候夏日里不驱赶蚊子，担心从自己这里赶走的蚊子会去叮咬双亲，所以宁肯自己喂蚊子。古代还有一些宣扬孝妇或者养亲不嫁，或者割股事亲，甚至以死殉亲的故事，不过时至今日，这些行为不应该再提倡，而应该扬弃。

其实，对生育自己的一方报恩，此乃世间万物之本性。《本草纲目·禽部》载："慈乌，此鸟初生，母哺六十日，长则反哺六十日。"乌鸦衔食喂养其母，因此人们以"乌鸦反哺"比喻报答亲恩。晋成公绥《乌赋》曰："雏既壮而能飞兮，乃衔食而反哺。"隋李密《陈情表》曰："乌鸟私情，愿乞终养。"后世人们常常将此成语，与"羊羔跪乳"并用为"乌鸦反哺，羊羔跪乳"，来比喻子女奉养孝顺父母、敬重长辈的孝心。

此外，清人周士彬作有《营巢燕》三首，描写燕子的母爱，也十分感人。其一曰："双燕衔泥葺巢垒，飞来飞去掠烟水。巢成抱卵意苦辛，忍饥终日伏巢里。"其二曰："哺养新雏四五子，冲风冒雨寻鱼蚁。燕雏羽弱飞难起，母燕呢喃翔复止。"其三曰："一朝相引向天飞，子去母归谁顾视。独有前林慈乳乌，衔恩反哺情无已。"描写雌雄双燕辛劳衔泥筑巢，忍饥终日伏巢孵育小燕子，冲风冒雨寻找食物哺养新雏，最后却"子去母归谁顾视"，还不如乌鸟知道反哺，令人神情怅惘，不胜唏嘘。

孝敬父母双亲的诗歌，最早可追溯到《诗经》。《诗经·小雅》中有一篇歌咏孝敬父母的《蓼莪》。诗曰：

> 蓼蓼者莪，匪莪伊蒿。哀哀父母，生我劬劳。
>
> 蓼蓼者莪，匪莪伊蔚。哀哀父母，生我劳瘁。
>
> 瓶之罄矣，维罍之耻。鲜民之生，不如死之久矣。无父何怙，无母何恃。出则衔恤，入则靡至。
>
> 父兮生我，母兮鞠我。拊我畜我，长我育我。顾我复我，出入腹我。欲报之德，昊天罔极。
>
> 南山烈烈，飘风发发。民莫不谷，我独何害。
>
> 南山律律，飘风弗弗。民莫不谷，我独不卒。

第一、二章各四句，意思相近，句式也相同，仅仅两个字

“蒿”“蔚”和两个词“劬劳”“劳瘁”不同，这是《诗经》中常用的复沓法。所谓复沓，就是章与章或段与段之间，只更换极少数的字或词，其他都基本不变。这是诗歌中的一种艺术表现手法，可以起到突出思想、深化主题、加重情感的作用。

诗以莪蒿起兴：“蓼蓼者莪，匪莪伊蒿。”蓼蓼，高大的样子；莪，蒿的一种，莪抱根丛生，俗称抱娘蒿。所以笔者以为这里“兴”中又暗含“比”，以抱娘蒿比喻父母养育众多子女；乃兴兼比也。“哀哀父母，生我劬劳。”可怜我的父母亲啊，为了生我养我受尽了劳苦，令我伤悲。哀哀，悲伤不已的样子。郑玄笺曰：“哀哀者，恨不得终养父母，报其生长己之苦。”莪是抱根丛生蒿，而诗中的“蒿”和“蔚”则是散生蒿。匪，同“非”。伊，是。劬劳，劳累的意思。劳瘁，也是劳累辛苦的意思。

第三章八句以瓶喻父母，罍喻子女，瓶从罍中汲水，而今瓶儿空了底，而装水的罍中无储水可汲，真是羞耻啊。罍中没有储好水供瓶汲取，比喻子女为没有尽孝而抱愧。紧接着诉说失去父母后，自己孤身生活、无依无靠的困苦和情感的悲凉。

第四章八句中的前六句，将第一、二章中说父母生养我的“劬劳”和“劳瘁”具体化：“父兮生我，母兮鞠我。”鞠，养育。“拊我畜我，长我育我。”拊，犹抚，抚爱。畜，取悦；畜我，犹喜爱我。“顾我复我，出入腹我。”顾，照顾；复，借为覆，庇护之意。腹我，抱着我。反复说是父母生我养育我，抚爱我喜欢我，照顾我庇护我，从小抱着我，使我长大成人。后二句：“欲报之德，昊天罔极。”昊天，即昊天上帝，是中国古代神话中天的尊号。罔极，无常，没有准则。意思是说：而今我想报答父母的养育之恩，可是皇天不公正，使我父母去世了，我不能养老送终。这就是《韩诗外传》中所说的“树欲静而风不止，子欲养而亲不待”也。

最后第五、六两章，也是每章四句，也是意思相近，采用复沓手法。说南山高峻，狂风凛冽，为何别人都有赡养父母的机会，唯独我遭此不幸，不能对父母养老送终呢？！

这应该是一首悼念父母的祭歌，表达了子女悼念和追慕父母双亲养育之恩德的情思，抒发了“子欲养而亲不待”的哀痛之情，呼天抢地，跌宕起伏，痛不欲生。其强烈的艺术感染力，感染了后世无数人。《晋书·孝友传》载，王裒因痛父亲无罪处死，隐居授徒为生，“及读《诗》至‘哀哀父母，生我劬劳’，未尝不三复流涕，门人受益者并废《蓼莪》之篇”。又，《南齐书·高逸传》载，顾欢在天台山授徒，因“早孤，每读《诗》至‘哀哀父母’，辄执书恸泣，学者由是废《蓼莪》篇，不复讲”。因为一读《蓼莪》，顾欢便哀痛不已，于是就略过了此篇。

由于《诗经》居五经之首，加之《蓼莪》这首诗宣扬的是儒家“百善孝为先”的重要伦理，培育人们孝顺父母、尊老敬老的传统美德，所以这首诗对后世影响十分深远。在表达对父母悼念之情的诗文中，经常用作典故。

## 二、唐人及后世孝亲诗——两行清泪为思亲

母亲，是人间第一亲；母爱，是人间第一爱。母爱是不求回报的，母爱是不带功利目的的。爱，就是母亲对子女的唯一目的。——这是爱的极致，这是爱的最高境界。在眼下这个物欲横流的人世间，我以为，唯一没有被污染的就是母爱——有很多爱在当下已经被污染得不像样子了。

我们还注意到，人类社会有一个十分奇妙的现象，全世界有

着成千上万数不清的语言，而发基本相同声音、表达同一个意思的、全世界70亿人都能听明白的，差不多只有一个词，那就是“妈妈”。

中唐诗人陈去疾外出离家，临行前到母亲坟上祭奠辞行，写了一首七绝《西上辞母坟》。

高盖山头日影微，黄昏独立宿禽稀。
林间滴酒空垂泪，不见丁宁嘱早归。

陈去疾，字文医，侯官（今福建福州）人。唐宪宗元和十四年（819）进士及第，唐武宗会昌四年（844）权知定州刺史，唐宣宗大中（847—859）中官邕管经略副使。高盖山，是诗人家乡的一座山名。诗人于黄昏时分独立在高盖山头母亲的坟前，夕阳西下，日影微茫，宿鸟稀少，景物苍茫凄凉。诗人滴酒洒泪，祭奠母亲。以前每一次离家远行，母亲总是嘱咐他早早归来，而今母亲叮咛早归的话语却再也听不到了，诗人只能一个人孤零零地站在母亲坟前。失母之痛在黄昏凄景的烘托下，格外悲凉凄怆，令人黯然神伤。

宋末元初僧人与恭，出家后不久，父亲去世，老母亲一个人在寒舍贫困独守。与恭虽然自己生活也很清贫，但仍然尽力接济老母，不负亲恩。母亲去世后，他写了一首《思母》的诗。诗曰：

霜殒芦花泪湿衣，白头无复倚柴扉。
去年五月黄梅雨，曾典袈裟籴米归。

时已深秋，霜打芦花，泪湿衣裳。贫寒家园的柴门前，再也没有白发娘亲倚门翘盼的身影。还记得去年五月黄梅时节，我冒雨回家省亲，曾经典当了袈裟，买了一点米回家给老人家勉强度日。首句说“霜殒芦花”，既是写景，又暗用“芦衣”典故。《太平御览》

引《孝子传》载："闵子骞幼时，为后母所苦，冬月以芦花衣之以代絮。其父后知之，欲出后母。子骞跪曰：'母在一子单，母去三子寒。'父遂止。"后以"芦衣"作为孝子的典故。与恭的这首悼念亡母的小诗，可谓情由衷出，长歌当哭，感人肺腑。

明代大臣于谦（1398—1457），因为抗击外敌，鞍马劳顿，为国事奔波，忠孝不能两全。他于某年的立春日，写了一首七律《立春日感怀》。诗曰：

> 年来年去白发新，匆匆马上又逢春。
> 关河底事空留客，岁月无情不贷人。
> 一寸丹心图报国，两行清泪为思亲。
> 孤怀激烈难消遣，漫把金盘簇五辛。

诗的前两联说在国家内忧外患中，诗人为边防事务而戎马倥偬，年来年去匆匆间转眼又是立春。岁月无情不饶人，徒增白发空留恨。贷，饶恕。结句是说自己为国事奔忙，难有空闲时间与亲人欢聚，随便凑几个菜，以应立春节景吧。"簇五辛"的五辛，指五种辛味的菜。《本草纲目》："元旦、立春，以葱、蒜、韭、蓼蒿、芥辛嫩之菜，杂和食之，取迎新之义，谓之五辛盘。"颈联对仗工稳，尤为警策："一寸丹心图报国，两行清泪为思亲。"丹心一寸报国，披肝沥胆，鞠躬尽瘁；两行清泪思念双亲，望断白云。这两句诗抒发了诗人满腔的赤诚挚情，足可见诗人诚乃国之忠臣，家之孝子，家国情怀，彪炳汗青。

清人李因笃（1632—1692）在诗《纪别三章》其一中，描写了自己远行前与慈母离别的情景，也真切感人。诗曰：

> 置酒岁云暮，北堂淡寒晖。
> 饥乌相与鸣，朔风厉重闱。

老母闵游子，欲言先嘘唏。
不问何日行，先问何时归。
遥遥计往路，历历询征衣。
禔身慎自防，兼量寒与饥。
长跪闻母言，铭心毋敢违。
病妻勉下床，相视首蓬飞。
谓我当行迈，有泪且勿挥。

诗人即将远行，慈母置酒饯行。开始写朔风劲吹，暮云寒晖，饥鸟啼鸣，渲染离别的氛围。“老母闵游子，欲言先嘘唏”，闵，怜爱，恋念；嘘唏，太息，抽咽。母亲爱怜将要远行的儿子，还没有开口说话，就已经哽咽了。儿子还没有离开，母亲就“先问何时归”。细细计算着前路的行程，一一询问着所带衣物的情况。再三叮嘱要注意安全，小心谨慎，以防不测。要按时吃饭添衣，不能饿了冷了。禔身，就是安身。诗人长跪叩谢，表示一定将母亲的话铭记在心，不敢违背。母乃慈母也，子亦孝子也。

清人黄景仁（1749—1783），字仲则。因一生困顿，诗歌善作愁苦语，其诗被人比之为“哀猿之叫月，独雁之啼霜”（王昶《湖海诗传》)。他写过一首《别老母》，诗曰：

搴帏拜母河梁去，白发愁看泪眼枯。
惨惨柴门风雪夜，此时有子不如无。

白发老母于风雪寒夜，倚柴门送儿子远赴河梁，柔肠寸断，哭得泪眼欲枯。看到母亲如此悲伤，诗人自责道：早知命运如此，母亲还不如不生儿子好呢。情真意切，非赤子不能道也。

清乾隆年间诗人蒋士铨，字心余，江西铅山人。于某年岁末赶回家，写了一首《岁暮到家》。诗曰：

爱子心无尽，归家喜及辰。
寒衣针线密，家信墨痕新。
见面怜清瘦，呼儿问苦辛。
低徊愧人子，不敢叹风尘。

开头写母亲爱子心切，自己终于在年前赶回来了，母亲万分欣喜。回想自己离家后的这些日子，母亲千针万线做好寒衣寄送来，一封封家书温暖心房。而今重逢，一见面母亲就反反复复打量，心疼我身体清瘦，一迭连声地嘘寒问暖。结尾诗人写自己愧为人子未能尽孝，所以不敢在母亲面前感叹自己在外的风尘之苦，生怕让母亲伤心。

清人龚自珍（1792—1841）曾经叙说自己少小时“每闻斜日中箫声则病，莫喻其故”，也不知道什么缘故。辛巳年（1821）时已近三十岁的诗人，于冬日黄昏中又闻箫声，旧病复发，于是作了一首五古《冬日小病寄家书作》。诗曰：

黄日半窗暖，人声四面希。
饧箫咽穷巷，沉沉止复吹。
小时闻此声，心神辄为痴。
慈母知我病，手以棉覆之。
夜梦犹呻寒，投于母中怀。
行年迨壮盛，此病恒相随。
饮我慈母恩，虽壮同儿时。
今年远离别，独坐天之涯。
神理日不足，禅悦讵可期。
沉沉复悄悄，拥衾思投谁。

诗人自述小的时候落下了一个毛病，听到大街深巷里传来卖麦芽糖人吹的箫声，便心神不宁，惊吓如痴。饧箫，卖麦芽糖人所吹的箫。母亲知道他有这个毛病，所以每次都赶忙以棉衣被覆盖住，使他听不到饧箫声。有时夜里做梦听到这种饧箫声，诗人便呻吟惊醒，投到母亲的怀抱中。等到了壮盛之年，这个毛病依然相随。然而，虽及壮岁，他依然如同儿时一样得到慈母的呵护关爱。而今，诗人远离慈母独自漂泊天涯，黄昏中又听到那饧箫声"沉沉复悄悄"，却没有慈母的怀抱可以依投，只能自己拥衾而卧，孤寂独尝，苦度时光。诗从心底流出，不假雕饰，不择词藻，在看似平平常常的叙述中，饱含了对慈母的一往深情，读了令人心灵颤动，心潮难平。

清代女诗人倪瑞璇《忆母》诗曰：

> 河广难杭莫我过，未知安否近如何。
> 暗中时滴思亲泪，只恐思儿泪更多。

前两句说自己本来想去探望母亲，但因为河水宽广，船只难航而不能成行，实属无奈，诚非我之过也；不知母亲近来是否安康。自己常因为思念母亲而暗自落泪，只怕母亲思念我的泪水流得更多。这正是普天下母亲对儿女共同的挚情大爱，通过如此通俗易懂、质朴无华的诗句表露无遗。

## 三、孟郊《游子吟》——谁言寸草心，报得三春晖

古往今来，在浩如烟海的诗歌中，表达母爱最朴实、最真挚、影响最为深远的诗篇，毫无疑问是中唐诗人孟郊的《游子吟》。诗曰：

慈母手中线，游子身上衣。

临行密密缝，意恐迟迟归。

谁言寸草心，报得三春晖。

孟郊（751—814）身世寒微，家境贫困，屡举不第，仕途蹭蹬。其父早卒，一家生计全依赖其母的艰苦支撑，母亲在他的成长中倾注了极大的心血。贞元十六年（800）年近半百时，孟郊被选任溧阳尉，在回乡敬迎其母到任上奉养时，作了这首诗。

诗的开头，从母亲为即将远行的儿子准备行装的诸多事情中，选取了一件最微小、最具体，也最典型的事情来描写，那就是母亲为儿子缝补或者缝制衣服。由此可见，家境贫寒，所服衣衫破旧，不是裘服锦衣；或者橱无余衣，临要出门了才匆忙赶制一件。慈母为儿子缝补（或缝制）衣服，这里以针连着线、线连着针，暗喻母子心相连，儿行千里母担忧。清人彭极《得爰琴兄都门信》诗中，也有"春山自洒啼鹃泪，慈母曾缝游子裳"句，写母亲为游子缝衣裳。

接下来"临行密密缝，意恐迟迟归"，是说母亲缝了一针又一针，母亲心里会想：旅途多少艰难，难以逆料，也许儿子不能如期回来，所以要把针脚缝得更细密结实。一针一针地把母亲对儿子博大、深厚、无私的爱缝进去。这就是母亲，只有母亲才能如此想；这就是母亲，只有母亲才能如此做。这里的"密密"和"迟迟"，我以为是中国古代诗歌中最好的、最伟大的叠字，表达出来的是人世间最好的、最伟大的情感，这就是母爱！我们知道，人世间还有很多爱，诸如兄弟之爱、男女之爱、朋友之爱等，这许多种爱，也许也能跟母爱一样博大、深厚，但在"无私"这一点上，与母爱相比，几乎都黯然失色。

以上是从母亲如何对待儿子的角度，来写母亲的拳拳之心；最后则是从儿子对母亲的角度，来写儿子的眷眷之情——“谁言寸草心，报得三春晖。”就像小草永远也无法报答春日暖阳的恩泽似的，做子女的，永远也无法报答父母特别是母亲的养育恩情。意思是说自己微薄的孝心，实在是难以报答慈母深如大海的养育之恩。这是赤子倾吐的肺腑之言。春晖，春天的阳光——热烈、温暖、灿烂、美好！古往今来，也不知有多少人，因为感恩母亲，将自己的书斋命名为“春晖斋”；将自己的著作，命名为“春晖集”；将自己家的厅堂，命名为“春晖堂”；将自己家的庭院，命名为“春晖苑”；将所居街巷，命名为“春晖里”……所有这些，都是表示对母亲的无限爱戴之情！

我一直自信地认为：只要人类存在，我们中华民族一定存在；只要中华民族存在，我们的汉字一定存在；只要汉字存在，《游子吟》就永远是一首伟大的诗！——因为这首诗中所表达的母爱，是人类情感中最伟大的爱，最永恒的爱！

人同此心，心同此情，古今中外的人们都热爱自己的母亲。相传有这样两则故事，一则是我国古代的，叫“灰阑记”；另一则是日本的，叫“弃母的故事”。

“灰阑记”本来是一个民间故事，后来元代杂剧家李行道把它用到包公破案上去了，写了杂剧《包待制智勘灰阑记》。故事讲的是，从前有一个女子，抱着很小的儿子回娘家，半路上突然下起雨来，正好后面赶上来的一个女子撑过来一把雨伞，并且主动帮前一个女子抱孩子。不久，雨过天晴，后一个女子抱着孩子就要走，前一个女子赶紧说：这孩子是我的！后一个女子则说：这孩子是我的！两个人揪扯着孩子，争执不下，各不相让。荒郊野外也没有人作证，孩子又很小，不会说话，吓得哇哇大哭。这时有一个老人迎面走了过来，见此情景，问明缘由，略一思索，随手抓了一把灰，在地上画了一个圆圈，让把孩子放到里面。他对两个女子说：你们一人拉住孩子一只手，朝相反的方向拉，谁先把孩子拉出这个灰阑，孩子就是谁的。这时一个女子只是哭，不敢用力；另一个则不管不顾，拼命使劲，就把孩子拉出了灰阑外。老人果断而又严肃地对不管不顾孩子的女子说：这个孩子不是你的！因为如果你是他的母亲，你就不能如此使劲地拉孩子。孩子这么小，把孩子胳膊拉坏了怎么是好呢！可见，母爱是不可掩饰的，母爱是无法作假的；母爱是出自本能的，母爱是渗入骨髓的。

另有一则故事，是日本的“弃母的故事”。故事讲一个母亲在儿子才三岁时丈夫不幸去世，于是一个人含辛茹苦地把儿子抚养成人。有一天，母亲突然中风，瘫痪在床。儿子朝夕侍候，端屎端尿，没有问题。过了几年，儿子娶了儿媳妇，开始还可以，时间长了，“百日床前少孝子”，媳妇嫌婆婆不但不能干活，反而需要他们日夜侍候，苦不堪言，没有个头。于是就时不时地暗中怂恿丈夫把母亲抛弃了。“知子莫如母”，母亲对此心知肚明。有一天儿子被说动心了，就背起瘫痪的母亲，谎称天气好，背她出去散散心。背起母亲便一直朝大山深处走去，母亲很清楚这是要把她丢弃了，一句话也没有讲。儿子往前走，母亲在儿子的背上不断地用手折能够得着的树枝，折了便往地上扔。时间一长，儿子觉得很纳闷，就问母亲：你老是折树枝扔地上干什么？母亲平静地说：孩子啊，你离家这么远，妈妈担心你一会儿往回走的时候不认识路。意思是你返回时，顺着妈妈扔的树枝走，就可以平安回到家了。闻此言，儿子如同五雷击顶，良心发现，转身把母亲又背回去好好奉养了。

可见，慈母的情，大海的情；慈母的心，最纯的金！

赏析了孟郊的《游子吟》和古人的孝亲诗，我们的心久久不能平静。其实，从某种意义上讲，我们每一个人的一生都有三位母亲：第一个母亲，是给我们血肉和生命的母亲，她含辛茹苦地养育我们的恩情，是我们永远也报答不完的。第二个母亲，是给我们知识和才能的母亲，那就是我们的母校和母校的老师，包括小学、中学和大学，她的培育之恩，也是我们永远报答不完的。所以，读者朋友们，你们回老家时一定要去看望你们的小学老师，他们是你们的启蒙老师，是你们人生的起点；你们去看望他们，他们会感到生命的温暖和人生的光明。第三个母亲，是给我们尊严和精神的母亲，那就是我们伟大的祖国，她的哺育之恩，更是我们永远也报答不完的！

回到本讲开头说的那一句古语："滴水之恩，涌泉相报"，我要说这三位母亲给予我们每一个人的恩情，绝对不是"滴水之恩"，而是"涌泉之恩"。那么涌泉之恩，我们应该如何报答呢？——涌泉之恩，大海相报！

# / 第六讲 /

# 唐人童趣诗

童年生活，是我们一生回忆的开始。长大成人后，人们对童年的一些事情总是难以忘怀，有的甚至是刻骨铭心，于是就会用文章或者诗歌追忆记录下来。此外，成年之后的人，特别是到了含饴弄孙的老年时期，对于自己身边的儿孙辈或者周围儿童做的有趣的事，总是兴致盎然，兴趣浓厚，喜欢用诗文来描写一下。我们今天要讲的就是童趣诗。

下面，我们分三个部分讲。一、先讲一下唐代之前的童趣诗，以左思的《娇女诗》为主。二、讲一下唐人童趣诗，也对比讲几首唐代之后的童趣诗。三、集中讲一讲童趣诗中写得最多的描写牧童的诗歌，也是以唐代为主，顺带讲几首唐代以后的描写牧童的诗。

## 一、左思《娇女诗》——吾家有娇女，皎皎颇白皙

在中国古代诗歌中，童趣诗十分丰富。先秦的第一部诗歌总集《诗经》中，已经有个别诗句写到与幼子相关的事。如《豳风·鸱鸮》写雏鸟被猫头鹰抓走的情景：“鸱鸮鸱鸮，既取我子，无毁我室。恩斯情斯，鬻子在闵斯。”《小雅·蓼莪》中写到父母从小鞠养孩子的情景：“拊我畜我，长我育我。顾我复我，出入腹我。”但是，

整首描写儿童生活，还是要从西晋诗人左思的《娇女诗》开始。

左思（约250—约305），字太冲，临淄（今属山东）人。家世寒微，其貌不扬，年幼时发愤勤学，博览群书。晋武帝泰始八年（272），因其妹左棻被选入宫，举家迁居京师洛阳。这期间，曾殚精竭虑构思，苦思冥想推敲，写成《三都赋》，京城豪富之家竞相传写，一时间洛阳为之纸贵。后以“洛阳纸贵”称誉别人文章精妙，受人称颂，广为流传。左思的《咏史八首》诗，风骨遒劲，意蕴深厚，奠定了古代咏史诗的基础。他还写过一首五古《娇女诗》，是五言诗中第一篇集中写小儿女的诗，对后世诗人如李白、杜甫等，都有明显影响。

据《左棻墓志》载：左思夫人翟氏，生有子女四人：长子名髦字英髦，长女名芳字蕙芳，次女名媛字纨素，次子名聪奇字骠卿。墓志里记载的两个女儿，正是左思这首《娇女诗》所描写的主人公。《娇女诗》从日常生活中选取了若干个典型场景，生动地描绘了两个小女儿天真稚气、活泼可爱的种种情态，令人忍俊不禁。全诗在鲜明地勾画娇女活泼憨态的字里行间，流露出慈父开心的笑意和诚挚的爱心，充满了人世间的天伦之乐。全诗长达56句，280字，人物形象鲜明活泼，风格幽默诙谐，结构严谨适度。全诗大致可分为三段。

第一段十六句，重点写小女儿纨素。

吾家有娇女，皎皎颇白皙。
小字为纨素，口齿自清历。
鬓发覆广额，双耳似连璧。
明朝弄梳台，黛眉类扫迹。
浓朱衍丹唇，黄吻烂漫赤。

娇语若连琐，忿速乃明憘。

握笔利彤管，篆刻未期益。

执书爱绨素，诵习矜所获。

首句点题，“吾家有娇女”，统领全篇的诗眼是一个“娇”字，此乃两个女儿最典型的情态标志——娇憨，和最突出的性格特征——娇纵。“皎皎颇白皙”，总的写两个女儿都面容白净娇美。

下面首先刻画的是小女儿纨素的肖像：口齿清晰，眉清目秀，鬓发长，额头宽，双耳洁明如一对玉璧。接下来写小女儿一系列特有的行为：早上到梳妆台上，学大人化妆的样子，用颜料胡乱画眉，涂涂抹抹，留下像扫帚在地上乱扫的痕迹。把胭脂涂抹到嘴唇外面，口角两边浓朱淡黄，深浅不一。高兴的时候快语撒娇，一句接一句连绵不断，不高兴的时候又赌气撒泼，干脆明截地只蹦出一两句。之所以握笔不是因为喜欢写字，而只是喜欢红色的笔管，也不指望书写上有多大进步；之所以捧书也不是因为喜欢读书，而只是喜欢书写的材料绢素的洁白可爱，一旦看到自己认识的字句，就兴奋地向大人炫耀。这些滑稽天真、令人哑然失笑的描写，活脱脱地展示了小女儿的娇痴之态，可见诗人对小女儿行为观察之细致，对其心理体察之细微，流露出慈父对小女儿的一往深情。

第二段十六句，重点写大女儿惠芳。

其姊字惠芳，面目粲如画。

轻妆喜楼边，临镜忘纺绩。

举觯拟京兆，立的成复易。

玩弄眉颊间，剧兼机杼役。

从容好赵舞，延袖象飞翮。

上下弦柱际，文史辄卷襞。

顾眄屏风画，如见已指摘。

丹青日尘暗，明义为隐赜。

与前一段从多方面写小女儿纨素的外貌不同，这里写大女儿惠芳的外貌仅用一句“面目粲如画”，即美得像画中人一样。下面写她比妹妹规矩多了，也懂事多了，她已经是少女了，懂得如何打扮自己，临镜梳妆决不随便乱来，而是认真“轻妆”，一点也不马虎，忘情投入竟然忘记了织布。她握笔模仿汉京兆尹张敞替妻子画眉的样子，仔仔细细。“觯”，乃酒器，研究者疑当作“觚”，一种木制的写字工具；汉宣帝时京兆尹张敞曾留下为妻画眉的典故。“的”，古时女子面额的装饰，用朱色点成。“成复易”，点额屡成屡改，就是画成后不满意又擦掉重画。接下来描写惠芳忙于习舞、弹琴，把文史之类的书籍卷起来弃置一边。屏风上的画因为年久积灰，变得模糊不清，晦涩难知，但惠芳随意地瞥上一眼，便像模像样地评品起来。

以上是分写二女，先写妹妹，再写姐姐，描写的侧重点各有不同，但神韵却如出一辙。相互对比映衬，相互烘托补充，珠联璧合，相得益彰。下面的第三段二十四句，则又合写二女。

驰骛翔园林，果下皆生摘。

红葩掇紫蒂，萍实骤抵掷。

贪华风雨中，倏忽数百适。

务蹑霜雪戏，重綦常累积。

并心注肴馔，端坐理盘槅。

翰墨戢函按，相与数离逖。

动为炉钲屈，屣履任之适。

心为荼菽据，吹吁对鼎𨫼。
脂腻漫白袖，烟熏染阿锡。
衣被皆重池，难与沉水碧。
任其孺子意，羞受长者责。
瞥闻当与杖，掩泪俱向壁。

两个娇女，常常跑到果园里，把还没有成熟的果实给生摘了下来：“驰骛翔园林，果下皆生摘。”果下，即下果，距离地面很近、孩子能够得着的果子。姐妹俩将红色的花连缀着紫色的花蒂一起摘下，她们摘下果子来不是吃，而是顽皮地频频投掷着玩。姐妹俩贪爱花儿，风雨天也急冲冲地、一趟趟地往园林里跑，冒雨去采摘。适，往。下雪天她们很高兴地到雪地里去玩耍，弄得雪地上到处是重重叠叠的脚印。綦，脚印。吃饭时二人则专心注视着饭菜，端端正正地坐着，规规矩矩地取食物。并心，专心。笔墨堆在书桌上，姐妹俩屡屡一起远离书桌，不好好读书。戢，聚集。她们常常经不住门外卖零食的小贩敲击钲、缶声音的诱惑，趿拉着鞋子就往外面跑。屣履，曳履，趿着鞋子。二人又常常被荼、菽等食物吸引住，围着正在煮炖食物的炉具吹吁着。荼，苦菜；菽，豆类。鼎𨫼，“𨫼”同“鬲”，煮食物用的器具。双手油腻弄脏了白衣袖，灶边黑烟熏染了细布衣裳。阿，细缯；锡，通“緆”，细布。姐妹俩穿的衣服边缘都是用双线绣成，弄脏了很难用水洗干净。沉水碧，指下水洗涤。水碧，即碧水，清水。因为平素娇纵放任，两个小孩子任性调皮，乱来一通，一旦面对大人的呵责，又羞愧和害怕起来。最后写“瞥闻当与杖，掩泪俱向壁”，猛然听到大人拿木杖声，姐妹俩知道要挨揍了，就一起用手捂着泪眼，躲到墙的一边哭去了。

从以上串讲中，我们可以看到，这两个娇女可笑又可爱，可爱又可气，种种情态，形诸笔端，绘声绘形，形神毕肖。诗中用了很多当时的口语，今天读起来，格外风趣传神。诗人对两个娇女倾注了全部情感，体察细微，饱含深情，气恼不得又怜爱不已，幽默诙谐又趣味盎然，字里行间充盈着为人父者的矜惜与爱怜之情。明人钟惺在《古诗归》中评这首诗道："通篇描写娇痴游戏处不必言，如握笔、执书、纺绩、机杼、文史、丹青、盘槅等事，都是成人正经事务，错综穿插，却妙在不安详，不老成，不的确，不闲整，字字是娇女，不是成人。"

左思的这首《娇女诗》题材新颖，结构精巧，写法高妙，艺术造诣高超，对后世同类题材的诗歌创作影响极大。唐代诗仙李白和诗圣杜甫都曾受其影响，创作过类似题材的诗歌。如李白的《寄东鲁二稚子》诗，其中有句曰：

> 娇女字平阳，折花倚桃边。
> 折花不见我，泪下如流泉。
> 小儿名伯禽，与姊亦齐肩。
> 双行桃树下，抚背复谁怜。

诗仙家的娇女平阳和小儿伯禽，弟弟与姐姐齐肩，姐弟两人走在桃树下，折花嬉戏，尽情玩耍；跑远了见不到大人，就泪如泉流。凡此种种情景，在诗仙笔下，都深情款款，生动如绘。

诗圣杜甫在长达140句、700字的《北征》诗中，也曾描写自家的娇儿：

> 平生所娇儿，颜色白胜雪。
> 见耶背面啼，垢腻脚不袜。
> 床前两小女，补绽才过膝。

诗圣家的小儿女也是面容白皙胜雪，也是满身污垢油腻，顽皮地光着脚不穿袜子；身穿缝补连缀的衣服，才过膝盖。接下来描写小女爱美化妆的情态，也生动有趣。曰：

学母无不为，晓妆随手抹。
移时施朱铅，狼藉画眉阔。
生还对童稚，似欲忘饥渴。
问事竞挽须，谁能即嗔喝。

小女学着母亲化妆，无所不为，随便乱抹，施涂朱铅，把眉毛画得宽宽的，一片狼藉。诗人于动乱中得以生还，与骨肉团聚，忘记了行旅之苦："生还对童稚，似欲忘饥渴。"父亲回来了，两个小儿女高兴地问这问那，顽皮地争着拉父亲的胡子嬉戏。对小儿女天真行为的细腻描写透露出了无限的父爱，我们可以明显看出左思《娇女诗》的影响。诗仙和诗圣都曾深情地抒发对自己小儿女的挚爱深情，诚可谓："无情未必真豪杰，怜子如何不丈夫？"（鲁迅《答客诮》）

## 二、唐人童趣诗——郎骑竹马来，绕床弄青梅

李白还写过两首五古《长干行》，描写一个女子从小与邻里男孩嬉戏玩耍一起长大，从两小无猜到进入爱情婚姻的故事。其一开始六句，写这个女子回忆孩提时代，与相邻而居的今天的丈夫在一起嬉闹的童年趣事：

妾发初覆额，折花门前剧。
郎骑竹马来，绕床弄青梅。
同居长干里，两小无嫌猜。

诗人以女子的口吻诉说道：回想很小的时候，我的头发刚刚盖过额头，便经常同你一起在门前做折花的游戏。你把竹竿放在胯下当马骑，边骑边追跑过来逗我玩耍；我们一起绕着井栏，做互相投掷青梅的游戏。我们俩在长干里相邻而居，从小就十分友好，坦然相处没有什么猜忌。后世人们遂将男女从小在一起嬉戏玩耍、两小无猜、长大后结为夫妇的美满婚姻，称为“青梅竹马”。

杜甫在《百忧集行》一诗中，愉快地回忆自己孩提时候的情景。其中四句曰：

> 忆年十五心尚孩，健如黄犊走复来。
>
> 庭前八月梨枣熟，一日上树能千回。

杜老夫子回忆自己十五岁时，心态还像小孩子一样，健壮得如同黄牛犊子一样跑来跑去。八月金秋，庭院前的梨枣熟了的时候，一天能千百回地爬上树去偷摘果子吃。可见少年杜甫十分顽皮捣蛋，又很嘴馋，经不住成熟的梨枣鲜果的诱惑。读者读着这样的诗句，往往会不由得想起自己小时候，偷摘邻居家青瓜红枣与小伙伴们分吃的情景，非但不觉得可恶，反而觉得孩子顽皮可爱。就像杜甫在《茅屋为秋风所破歌》中写“南村群童欺我老无力，忍能对面为盗贼”一样，我们不能真的认为是杜甫责骂孩子为“盗贼”，而要理解为是诗人无可奈何地嗔怪孩子们顽皮淘气的意思。

在姹紫嫣红的唐代诗歌百花园中，童趣诗可谓争奇斗艳。写到小儿女的诗，除了上面说到的李白杜甫相关诗外，还有中唐诗人施肩吾的《幼女词》。诗曰：

> 幼女才六岁，未知巧与拙。
>
> 向夜在堂前，学人拜新月。

农历七月七日是古代的乞巧节，旧时风俗，妇女是夜拜月以乞求织女赐予灵巧和智慧。诗人六岁的小女儿还不知道巧和拙是何意，只是出于好奇，也跟在母亲的后面向初升的月亮礼拜。

晚唐诗人韦庄也写有《与小女》，诗曰：

见人初解语呕哑，不肯归眠恋小车。

一夜娇啼缘底事，为嫌衣少缕金华。

小女儿刚刚能听懂大人讲话，就咿咿呀呀地学着说话了。因为贪玩小车，不肯上床去睡觉；因为衣服上少绣了朵金花，就委屈得整个晚上哭闹个不停，不依不饶。小诗抓住了小女孩学说话、贪玩、爱美、爱哭、爱撒娇耍赖的特点，描写几件生活中的小事，使得一个小女孩天真可爱的形象跃然纸上，而诗人爱女之情也饱含其中。

白居易有两首小诗《池上》，其二写小娃也很可爱。诗曰：

小娃撑小艇，偷采白莲回。

不解藏踪迹，浮萍一道开。

这首诗描写了一个十分有趣的画面，一个小娃娃悄悄地撑着一只小船去偷采白莲，自己暗自庆幸没有被人发现。采够了白莲划着小船回来时，却不知道掩藏自己的形迹。小船行过处，后面的浮萍自然向两边闪开了一条水线。这一道水上浮萍分开的缝隙，将小娃偷采白莲、自以为天衣无缝的秘密，一览无余地泄露出来。

中唐诗人贾岛有一首写童子的诗《寻隐者不遇》，诗曰：

松下问童子，言师采药去。

只在此山中，云深不知处。

诗人到山里去寻访隐居的朋友，朋友不在家，便在松树下问守门的童子。童子回答说：吾师到山里采药去了。下面省略了诗人的第二个问题：在什么地方采药？童子回答：就在这座山中，因为是漫山遍野地采药，行踪不定，加上云雾缭绕，所以具体在什么地方谁也说不清。是诗人来寻隐者，向童子询问，本来诗人是主，但这里反客为主，四句中只有一句是诗人所问，其余三句都是童子所答。所答语言简洁明了，准确得体。有如此隐居山林的高雅之主，方有如此礼貌大方、应对得体的睿智之童。

唐人胡令能的《小儿垂钓》更加传神。诗曰：

> 蓬头稚子学垂纶，侧坐莓苔草映身。
> 路人借问遥招手，怕得鱼惊不应人。

题目是“小儿垂钓”，首句写一个蓬头垢面的小孩子刚刚开始学习钓鱼，顽皮不正经地、斜斜地坐在河边的莓苔上，以草掩身。过路人想过来向他打听点事情，他生怕来人惊跑了正游过来的鱼儿，便远远地向来人连连摆手，不开口应答。因为一旦应答出声，就会惊跑游鱼。“怕得鱼惊不应人”，活脱脱一个幼稚的孩子。这一幅“小儿垂钓图”，实在是十分精彩，生动如绘。

胡令能还写过一首小诗《喜韩少府见访》，其主旨本在写友情，但其后两句所写的儿童举动，却充满了童趣。诗曰：

> 忽闻梅福来相访，笑著荷衣出草堂。
> 儿童不惯见车马，走入芦花深处藏。

忽然听到好朋友韩梅福少府来造访，诗人笑着披上荷衣迎出了草堂。荷衣，指隐者的服装。“笑”字，扣住了题目中的“喜”字；一听到好朋友来到自己就赶忙出来迎接，则深化了“喜”字，说明两个人关系十分密切。本来，题中之意已经表达完了，下面正常情况下应该写如何嘘寒问暖，如何把酒言欢，如何畅叙别情；但诗人别开生面，写了与主旨无关，但与贵客来访有关的一个充满童趣的场景："儿童不惯见车马，走入芦花深处藏。"村里的孩子们没有见过大世面，没有见过官员们的高车大马，没有见过这个排场阵势，胆小怯懦，便一下子躲藏到芦花深处去了。

由这首诗，我们想起了宋人杨万里的《宿新市徐公店》。诗曰：

篱落疏疏一径深，树头花落未成阴。
儿童急走追黄蝶，飞入菜花无处寻。

前两句写景，后两句写儿童急冲冲地跑着去追赶捕捉黄色的蝴蝶，进入了菜花丛中。黄色的蝴蝶飞进黄色的菜花中，融为一体，无法辨认，无处寻找了。蝴蝶得以脱身，幸免于难；儿童却很失落，空手而归。画面丰富生动，充满意趣。

晚唐诗人路德延的《小儿诗》，是描写儿童的诗中最长、内容最为丰富的一首五言古风，一共一百句，五百字。全诗铺张扬厉，泼墨如云，描写了一个小男孩种种顽皮的举动，绘声绘色，令人捧腹。如描写小儿的情态是："情态任天然，桃红两颊鲜。"小儿的发型是："长头才覆额，分角渐垂肩。"装束是："锡镜当胸挂，银珠对耳悬。"小儿咿咿呀呀地学唱歌是："合调歌杨柳，齐声踏采莲。"小儿调皮地玩耍是："嫩竹乘为马，新蒲折作鞭。""垒柴为屋木，和土作盘筵。"小儿到邻居家的树上去偷摘果子是："忽升邻舍树，偷上后池船。"等等。描写小儿的神情动作，嬉笑顽皮，都切合儿童特点，种种情态，生动如绘，鲜活如生。这是古代诗歌中描写儿童生活最精彩丰富、最长的一首诗，不但在唐代诗歌研究中有一定的诗史价值，而且对研究唐代风俗民情和下层社会生活，也具有一定的史料意义。因为实在太长，就不再详细分析了，读者诸君如有兴趣可查阅《全唐诗》卷七百一九。

唐之后，也还有不少描写童趣的诗歌，如南宋词坛巨擘辛弃疾漫游吴中时，填过一首《清平乐·村居》，描写农村生活，清新淡雅，富有生活情趣。词曰：

> 茅檐低小，溪上青青草。醉里吴音相媚好，白发谁家翁媪。　　大儿锄豆溪东，中儿正织鸡笼。最喜小儿亡赖，溪头卧剥莲蓬。

词的下片写吴中农村某田家有三个儿子，大儿在锄地干活，中儿在编织鸡笼，只有最小的儿子顽皮捣蛋，什么活儿也不干，什么也干不了，只是躺在溪边，剥莲蓬中的莲子解馋。亡赖，指顽皮；语似憎恶，实为喜爱，含有亲昵可爱意。

此外，清初文史家汪楫所作《田间》诗曰：

> 小妇扶犁大妇耕，陇头一树有啼莺。
> 儿童不解春何在，只拣游人多处行。

说儿童不懂得春天的景色哪里最美好，只知道选择游人多的地方，向那里凑热闹去。拣，一作“向”。将儿童天真顽皮追逐热闹的情景，刻画得生动逼真。冰心老人热爱孩子，认为儿童就是最美的春光，儿童多处春光美，所以她曾将这两句诗巧妙地改成“游人不解春何在，只向儿童多处行”。

清代诗人高鼎也有一首题为“村居”的七绝诗，诗曰：

> 草长莺飞二月天，拂堤杨柳醉春烟。
> 儿童散学归来早，忙趁东风放纸鸢。

早春二月，莺飞草长，杨柳拂地，春烟弥漫。儿童们放学回来，一看东风劲吹，趁着天色还很亮，赶紧到野外活蹦乱跳地放风筝去了。

读这些童趣诗，追昔抚今，令人感慨万千。看看我们今天的孩子，放学以后还要去上各种各样的补习班，每天晚上夜很深了，作业还没有做完，孩子们丰富多彩的童年生活被活活地阉割了，人的一生中最自由自在的美好光阴悄然消失了，失去了就永远也不会再有了，实在令人叹息！对于当今的这种教育现状，是不是应该好好反省反省呢？试问，丧失了清纯的童趣的人生，还能有多少情趣、多少乐趣、多少雅趣？！

## 三、唐人咏牧童诗——青山青草里，一笛一蓑衣

在描写童趣的诗歌中，最多的是描写牧童的诗歌。我们中华民族是一个农耕为主的民族，而耕牛，无疑是农耕民族重要的生产资料和生活资料，它与人们的四季劳作和日常生活，都有着密不可分的关系。宋代诗人李纲有一首《病牛》，写的是一头羸病的老牛，其实是诗人自喻。诗曰：

> 耕犁千亩实千箱，力尽筋疲谁复伤。
> 但得众生皆得饱，不辞羸病卧残阳。

病牛辛劳了一生，耕耘了千亩良田，生产收获了无数粮食，累得筋疲力尽，又有谁来怜惜它的劳苦呢。但它为了人世间的众生都能够吃饱饭，即便是累垮了，病倒躺卧在夕阳的余晖中，也在所不惜，心甘情愿。耕牛使尽了全身的力气，毫无保留地奉献了一生，

对于人类的贡献可谓大矣。

古代农耕社会里，如果某一农家能有一头或者几头耕牛，就能解决春耕秋种的大问题，而且也可以说家庭殷实富有了。所以饲养好耕牛，就成了农家一件十分重要的事情。于是农家就会在家庭成员中安排人专门喂养耕牛、放牧耕牛，一般都是安排男性老者或者儿童。于是就有了放牛娃，也就是牧童；于是就有了描写牧童生活的诗歌，也就是咏牧童诗。

晚唐诗人杜牧那一首著名的七绝《清明》，牧童的意象在全诗中起到了关键作用。诗的前两句写景："清明时节雨纷纷，路上行人欲断魂。"水墨飘逸，诚一幅《清明春雨图》也。后两句"借问酒家何处有，牧童遥指杏花村"中的"牧童"意象，称得上是全诗点睛传神之笔。质朴的牧童形象与纯净的江南自然风光，以及纯朴的民情民风浑然一体。正是这天真无邪的牧童，成为照亮全诗的灵光一点！

中唐诗人张籍曾经写过一首《牧童词》，诗曰：

> 远牧牛，绕村四面禾黍稠。
> 陂中饥乌啄牛背，令我不得戏垄头。
> 入陂草多牛散行，白犊时向芦中鸣。
> 隔堤吹叶应同伴，还鼓长鞭三四声。
> 牛牛食草莫相触，官家截尔头上角。

开头写牧童到村外很远处去放牧。因为村庄四周都是稠密的庄稼地，所以只能到远处去放牧。河边饥饿的乌鸦在牛背上啄食，小白牛在芦苇中鸣叫。牧童隔着河堤吹树叶呼唤一起放牛的同伴，还甩动长鞭噼噼啪啪驱赶牛儿。牧童吓唬牛儿说：你们都得好好地吃草，不要互相触角闹事。如果不老实，小心官家将你们头上的角锯割截取去。据《魏书·拓跋晖传》载，北魏拓跋晖为冀州刺史，自信都运输物资至汤阴，因为需要润滑车轮的角脂，便在路上逢牛截角。结尾处写牧童叮咛牛，人牛相亲，相互怜爱。牧童的天真可爱，也就跃然纸上了。

唐人储光羲的《牧童词》写道：

> 不言牧田远，不道牧陂深。
> 所念牛驯扰，不乱牧童心。
> 圆笠覆我首，长蓑披我襟。
> 方将忧暑雨，亦以惧寒阴。
> 大牛隐层坂，小牛穿近林。
> 同类相鼓舞，触物成呕吟。
> 取乐须臾间，宁问声与音。

开头四句说不担忧放牧的地方远，也不担忧泽边水草深，只希望牛儿听话，不让牧童操心。陂，指泽边坡岸长有水草的地方。驯扰，犹驯服。接下来写牧童的装束，圆圆的斗笠戴在头上，长长的蓑衣披在身上。既不用担心夏天下雨，又不用畏惧秋冬的寒冷。大牛转到山后吃草去了，小牛穿过近处的树林。层坂，重重叠叠的小山。同样放牛的孩子们碰到一起，嬉戏打闹，欢欣鼓舞，放声歌唱。只图一时的快乐，管他音调高低、声腔准与不准呢。呕吟，犹歌吟。这就是天真无邪的牧童，在大自然的怀抱里尽情放歌，享受着童年的欢乐。

唐人李涉所作《牧童词》是这样写牧童的：

> 荷蓑出林春雨细，芦管卧吹莎草绿。
> 乱插蓬蒿箭满腰，不怕猛虎欺黄犊。

牧童头顶荷叶，身披蓑衣，冒着细细的春雨出林放牛，躺在碧绿的莎草上悠闲地吹着芦管。他把蓬蒿秆胡乱地插了一身，就像勇士满腰挂着利箭，天真地以为这样就可以保护黄犊不受猛虎侵犯欺负了。这是只有儿童才有的天真想法，只有儿童才能做出的幼稚可笑举动。

牧童乃纯朴的孩子，放牧在青山绿水之间，十分自由适意，所以唐人卢肇的《牧童》诗曰：

> 谁人得似牧童心，牛上横眠秋听深。
> 时复往来吹一曲，何愁南北不知音。

谁人能够像牧童一样单纯欢愉呢，深秋时节他横卧在牛背上悠然自得。往来路上时不时吹一曲家乡小调，何愁南北没有知心朋友相呼应呢？秋听，犹秋声。

晚唐诗人崔道融的《牧竖》诗写道：

> 牧竖持蓑笠，逢人气傲然。
> 卧牛吹短笛，耕却傍溪田。

牧竖，就是牧童；旧称童仆为竖、竖子。诗的前两句写牧童身穿蓑衣，头戴笠帽，神气活现，一遇到陌生人，就装出一副了不起的样子。后两句则写牧童之行事动作，其放牛的时候，就躺在牛背上吹短笛；牛耕完了田、干完了活，牧童便靠近小溪边玩耍。耕却的“却”，是助词；用在动词后面，表示动作的完成。此诗将牧童天真烂漫、悠然自得、调皮可爱的形象，描述得很到位。全诗语言清新自然，浅白如话，体现出作者内心的悠闲与恬淡。

晚唐栖蟾的《牧童》诗，也抒发了同样的意趣。诗曰：

牛得自由骑，春风细雨飞。
青山青草里，一笛一蓑衣。
日出唱歌去，月明抚掌归。
何人得似尔，无是亦无非。

春风拂拂，在纷飞的细雨中，牧童身穿蓑衣带着牧笛，骑着牛儿在青山青草里自由自在地来往。日出之时赶着牛儿唱着歌出去放牛，傍晚月亮升起之时打着节拍回来。红尘中的人们有谁能像你这样，没有是非得失之心，不管名利荣辱。诗描写的是牧童，体现的乃是诗人超然出世之心。

唐末五代时著名道士吕岩写有《牧童》诗。

草铺横野六七里，笛弄晚风三四声。
归来饱饭黄昏后，不脱蓑衣卧月明。

作者吕岩，字洞宾，道教全真派祖师，道号纯阳子，自称回道人，传说中的“八仙”之一（另外七仙是汉钟离、张果老、韩湘子、铁拐李、何仙姑、蓝采和、曹国舅）。《全唐诗》中标注诗题一作“令牧童答钟弱翁”，原注曰：“弱翁帅平凉，一方士通谒，有牧童牵黄犊随之。弱翁指牧童曰：‘道人颇能赋此乎？’方士笑曰：‘不烦我语，是儿能之。’牧童乃操笔大书云云。或云方士即吕公也。”

诗的首句写眼前所见，描述的是人视觉上的感受。放眼望去，绿草平铺在广阔的原野上，一片葱茏，充满生机。六七里，虚指，言其开阔也。横野，指辽阔的原野。一个“铺”字，写出了草的茂盛均匀，给人以十分平坦舒服的感觉。“草铺横野六七里”，为放牛营造了一个很好的环境，既是铺垫，又可以看作是蓄势。次句写耳中所闻，给人听觉上的感受。“笛弄晚风三四声”，晚风里断断续续地传来了牧童随意吹奏的笛声。未见其人，先闻其声。三四声和六七里一样，都不是确数，指牧童漫不经心地吹了几个小曲。一个“弄”字，带有逗弄、戏玩的意思，传达出牧童顽皮嬉戏的可爱情态。有了前两句的铺垫和渲染，第三句便水到渠成地推出了这首诗的主人公牧童：“归来饱饭黄昏后”，写牧童于黄昏时分，放牧归来，饿了就吃饭，吃饱了饭就“不脱蓑衣卧月明”。牧童放牛一天累了，饭后连蓑衣都不脱，就以地为床、以天为帐，躺在明亮的月色中。至于躺下后是否还在回味白天的趣事，是否在好奇地望月遐想，还是什么也没有想，很快就酣然入睡了，诗人没有具体交代，给读者以丰富的想象余地。

这首诗犹如一幅牧童晚归休憩图，画面鲜明生动，真实丰富，情韵悠长，散发着清新浓郁的泥土气息。空间上由远及近，从开阔的原野起笔，写到回归村庄，最后收缩聚焦到牧童只身而卧、十分可爱的这一个亮点上。时间上由白天到傍晚，最后定格在皎洁的月色中，天地纯净，上下一色无纤尘。氛围上由悠扬的三四声笛声，到宁静的黄昏月夜，十分恬静安然。诗中描写的牧童日出放牛，日暮归来，归来饿了就吃饭，饭后困了就倒地而睡，连蓑衣都懒得脱。天人合一，人顺应自然，与自然和谐相融，都处在无拘无束、无羁无绊、无忧无虑的精神状态之中，使人读了心灵得到安宁，灵魂得到净化，精神得到享受，境界得到提升。

唐代之后，宋人也写有咏牧童的好诗。北宋“江西诗派”代表人物黄庭坚，幼慧。据《桐江诗话》记载，黄庭坚七岁时，其父邀请几位师友在家雅集。其中一位道：“久闻令郎少年聪慧，何不让他来吟一首！”黄庭坚便以“牧童”为题，口占一绝曰：

骑牛远远过前村，短笛横吹隔陇闻。

多少长安名利客，机关用尽不如君。

前两句描述牧童神情自得，悠然骑在牛背上，短笛信口吹。牛儿慢慢走，笛声随风扬，宛然一幅有声画。后两句言理，颇为精警。长安多少追名逐利之徒，费尽心机，机关算尽，心力交瘁，还不如牧童自由自在，无忧无虑，快快乐乐。笔者以为，前两句只要聪明有才，儿童也是能写得出来的；而后两句则非得涉世颇深、阅历丰富的人才能写出，只有这样的人才能对尘世人生有如此深刻的理解。若说出自七岁儿童之口，难免令人生疑。

南宋诗人雷震，写有描写牧童生活的小诗《村晚》。诗曰：

草满池塘水满陂，山衔落日浸寒漪。
牧童归去横牛背，短笛无腔信口吹。

前两句写景，草丰水满，山衔落日，渲染了一派自然宁静的氛围，比较平常。后两句刻画牧童顽皮地横坐在牛背上，手拿短笛，也吹不出什么正经的曲调，只是高兴怎么吹就怎么吹。“短笛无腔信口吹”，这才是真牧童！如果一会儿吹一个《梅花三弄》，一会儿又吹一个《阳关三叠》，那就不是村野里的牧童，而是乐坛上的笛师了。

宋杨万里写过组诗《桑茶坑道中八首》，其第七首诗曰：

晴明风日雨干时，草满花堤水满溪。
童子柳阴眠正着，一牛吃过柳阴西。

雨后风和日丽，绿草遍地，春水满溪。放牛的牧童累了在柳荫里睡得正香，牛儿赶着鲜草，边吃边走，不知不觉吃到柳荫的西边去了。牧童睡在柳荫下，睡熟了一动也不动；牛儿边吃边走，不停地慢慢移动。整个画面安谧宁静，然而静中有动，动中有静，画面灵动，神态活现。

这些童趣诗，会引起我们成年人对自己童年生活的愉快回忆和亲切联想，甜蜜温馨；更重要的是，会给我们带来深刻的反省和沉思。随着年龄的增长，进入社会之后，我们的知识增长了，阅历丰富了，本领增强了，更加聪明智慧了；但我们的纯真情怀却渐渐地淡薄了，甚至在岁月的流逝中或多或少地被污染了。功名利禄羁绊，荣华富贵萦心，我们变得不再清纯了，免不了急功近利，甚至利欲熏心了。这些童趣诗，也许可以对我们起到警醒的作用。如果它们能够多多少少地涤污去浊、对心灵起到那么一点还清复纯的净化作用的话，那就太令人欣慰了。

# / 第七讲 /

# 唐人闺怨诗

在中国古代封建社会制度下，男女是不平等的。男女不平等体现在社会生活的诸多方面。在伦理观念方面是男尊女卑，根深蒂固；在政治生活中，男人处于主导地位，而女人只能处于屈从地位，自古而然；在家庭生活中，男主外，女主内，屡见不鲜；在社会交往中，男人可以外出，或为官，或经商，或访友，或行旅，宦游天下，浪迹江湖，而女子则只能足不出户，锁在深闺，独守空房，茕茕孑立，形影相吊，甚至过着终日以泪洗面的寂寞生活。闺阁中不乏才女，才女不乏相思愁怨，于是抒发和描写闺中女子愁怨的闺怨诗便应运而生。不只是女子写闺怨，也有男性诗人描写女子愁怨或者男子借女子的口吻写内心愁怨的诗，人们把这些诗统称为闺怨诗。

## 一、唐前闺怨诗——岂无膏沐，谁适为容

早在《诗经》中，就有闺怨题材的诗歌。如《卫风·伯兮》中，那个丈夫随君王到东方打仗去了的女主人公，如此唱道：

伯兮朅兮，邦之桀兮。伯也执殳，为王前驱。

自伯之东，首如飞蓬。岂无膏沐？谁适为容！

其雨其雨，杲杲出日。愿言思伯，甘心首疾。

焉得谖草？言树之背。愿言思伯。使我心痗。

第一章以女子的口吻写自己的丈夫是如此的勇武伟岸，是国之英杰；丈夫手执兵器，作为君王队伍的开路前锋。伯，这里是女子称自己的丈夫。第二章写自从丈夫到东方打仗后，女子独守空闺，头发散乱得像乱飞的蓬草；哪里是自己没有化妆品来洗沐梳妆呢？只是丈夫不在身边，打扮好也不知给谁看。适，音 dí，专主。朱熹《诗集传》评曰："所以不为者，君子行役，无所主而为之故也。"第三、四章说自己想念丈夫，哪怕是想得"首疾"（即头疼）、想得"心痗"（即心疼），那也心甘情愿。明人季本评此诗曰："'首如飞蓬'，则发已乱矣，而未至于病也。'甘心首疾'，则头已痛矣，而心则无恙也。至于'使我心痗'，则心又病矣，其忧思之苦，亦已甚矣。所以然者，以其君子之未归也。"（《诗说解颐》）

这首诗的第二章，写因为喜欢和欣赏自己的人不在身边了，女子就没有心思打扮自己了；因为即便打扮好了，又能给谁看呢？这里描写女子的心态十分真切细腻，典型传神，对后世闺怨题材的诗歌创作，产生了深远影响。如"建安七子"之一的徐幹（170—217）所作五古《室思》长达六十句，三百字，其中描写游子远去、闺中女子相思之苦的四句曰：

自君之出矣，明镜暗不治。

思君如流水，何有穷已时。

自从丈夫外出之后，本来明亮的梳妆镜上落满了灰尘，变得暗淡了，但也不用再去擦拭，因为自己不再对镜梳妆了。思念你的情感，犹如那长流不息的流水，何时才有完了的时候呢？！

徐幹的这首诗影响很大，“自君之出矣”这一句，后来被用作乐府旧题中杂曲歌辞名。后世还以这句诗为题目和首句，并因袭这四句的结构特征，形成了一个基本固定的诗歌范式，创作了很多精彩的诗歌，其题旨，均为表达闺中女子对远方意中人的无限思念。从南北朝一直到元明，差不多有二十多位诗人，留下了几十首题为“自君之出矣”的诗歌。这种现象，在中国诗歌史上是十分少见的。

如南朝梁范云《自君之出矣》诗曰：

自君之出矣，罗帐咽秋风。
思君如蔓草，连延不可穷。

说思念你的情感就像茂密滋长的草儿一样，连绵蔓延无穷无尽。

隋末唐初陈叔达《自君之出矣》诗曰：

自君之出矣，红颜转憔悴。
思君如明烛，煎心且衔泪。

说思念你的情感就像明晃晃燃烧的蜡烛一样，烛心煎熬且蜡油如泪，流个不停。

陈叔达的另一首《自君之出矣》诗曰：

自君之出矣，明镜罢红妆。
思君如夜烛，煎泪几千行。

与前一首意思相近，说思念你的情感就像夜晚燃烧的蜡烛，蜡油如泪，流了千行万行。

唐张九龄的《赋得自君之出矣》诗曰：

自君之出矣，不复理残机。

思君如满月，夜夜减清辉。

说想你想得就像十五的满月一样，之后夜夜亏损、减了清辉。以月满则亏，比拟相思使人日日清瘦。

唐李康成《自君之出矣》诗曰：

自君之出矣，弦吹绝无声。

思君如百草，撩乱逐春生。

说思念你的情感就像春天里的百草一样，随着春深缠绕纷乱着蓬蓬勃勃地生长。

唐雍裕之《自君之出矣》诗曰：

自君之出矣，宝镜为谁鸣。

思君如陇水，长闻呜咽声。

说思念你的情感就像陇头的流水一样，日夜听到那呜呜咽咽奔流不息的声音。

凡此等等，可谓比拟取喻，绵绵不绝；抒情写意，情深意长。

《诗经・卫风・伯兮》的表现手法，在闺怨诗中影响悠远。一直到宋代，杰出的女词人李清照（1084—约 1151），在丈夫赵明诚（1081—1129）宦游离别一段时间后，满怀愁苦地填了一首相思词《凤凰台上忆吹箫》。词的开头写道："香冷金猊，被翻红浪，起来慵自梳头。任宝奁尘满，日上帘钩。"兽头形的铜香炉里，香火点燃了一夜，如今天快亮了，香灭灰冷；凌乱的锦被如同红浪起伏。任凭梳妆匣上落满了灰尘，自己也不去擦一擦；起来后也懒得梳洗，眼看红日升到床帐帘钩的位置上了。"宝奁尘满"，说的也就是梳妆匣上落满了灰尘，因为自己没有心思梳妆打扮，也就用不着擦拭了。

南朝宋诗人鲍照（约415—466）的妹妹鲍令晖，是南朝宋、齐时期唯一留有诗作的女诗人。她写有《寄行人》诗曰：

桂吐两三枝，兰开四五叶。
是时君不归，春风徒笑妾。

桂吐嫩枝，兰开香叶，如此美好的春色中，夫君都未能归来共享欢乐，连春风都嘲笑我这个青春女子孤独无侣，寂寞自守。语言清新自然，抒情质朴真切。

时代稍晚的南朝齐诗人谢朓（464—499）所作的《王孙游》，则更进一层地说道：

绿草蔓如丝，杂树红英发。
无论君不归，君归芳已歇。

春天来了，绿草细长的蔓儿如丝飘逸，树丛中盛开着红花。万物都生机勃勃的美好春天来了，你却没有归来。接着进一步说，不要说你还没有回来，即便你此时回来，也已经晚了，大好春光已经消歇了。这首小诗跟上面鲍令晖的《寄行人》一样，前两句写景，后两句抒情，简明短小，却都吐诉了闺中女子的满腹愁怨。

## 二、唐人闺怨诗——悔教夫婿觅封侯

唐人“七绝圣手”王昌龄的七绝诗中，有一首题为“闺怨”的诗，在唐人闺怨诗中高人一筹，不同凡响。诗曰：

闺中少妇不知愁，春日凝妆上翠楼。

忽见陌头杨柳色，悔教夫婿觅封侯。

少而曰妇，可见是已婚的有夫之女；妇而曰少，可见是新婚不久，没有经历过离愁别绪。凝妆，即盛妆；一定要精心打扮一番之后才上楼，可见她本来是真的“不知愁”。因为如果是愁思满怀的女子，就该自然而然地“懒起画蛾眉”（温庭筠《菩萨蛮》），“日晚倦梳头”（李清照《武陵春》），“起来慵自梳头”（李清照《凤凰台上忆吹箫》），哪里“有甚么心情花儿、靥儿，打扮的娇娇滴滴的媚”（王实甫《西厢记》第四本第三折）。

这位少妇精心打扮好登楼后，便急不可待地纵目远眺，骤然之间见到陌头杨柳青青，顿时感悟到大自然已春满人间，万物生机勃勃，而自己却无人陪伴，辜负了大好春光，也虚度了美好青春。于是无限愁绪，一刹那间，涌上心头，不由得“悔教夫婿觅封侯”。由不知到忽知，由兴致勃勃到顿生悔意，故曰“悔教”；如果用“愁教”，那就不是初识离愁的“少妇”，而是久经离愁的“老妇”了。短短四句中，包含了多少细腻丰富、起伏跌宕的心理波动。可以想象，这个少妇至此恐怕愁得都下不了楼了。短短的四句二十八字，写出了人的心理变化，大喜大悲，大起大落，诚非“七绝圣手”不能为也。

春归而人未归，春热闹而人寂寞。这种情景，不但惹得春光讪笑，连春光中飘飞的落花也讪笑。李白的《春怨》诗曰：

白马金羁辽海东，罗帷绣被卧春风。

落月低轩窥烛尽，飞花入户笑床空。

丈夫跨着金羁的白马到前方征战去了，女子的闺房虽然有罗帷绣被，美好温馨，但没有相爱的人儿相伴。她空卧春风里，孤独寂寞，难以入眠。眼看着月儿低转，就要落下去了。那快要落下去的斜月，从窗口看进来，看到燃了一夜的蜡烛快要燃尽了；飞花飘入室内，嘲笑独卧空床的女子。床空，不是说床上无有一人，而是指床上只有女子而没有夫婿相伴。但凡夫婿不在家的闺房，就叫空闺。如花的女子，遭到入户飞花的讪笑，人不如花，甚至不如飘零的落花，情何以堪。

唐人王涯（764—835）的《秋夜曲》也写道：

> 桂魄初生秋露微，轻罗已薄未更衣。
> 银筝夜久殷勤弄，心怯空房不忍归。

秋天的夜晚，月儿初升，秋露微微。空房无人，寂寥难居，闺人独坐庭除弹筝。皎洁明月下，闺人弹筝已久，虽夜深露冷，衣单体凉，然而还是迟迟不肯回房。为什么呢？因为更害怕那无人相伴的空房，它让人更为心寒，因而女子不敢回、不忍回也。结句一个“怯”字——胆怯、害怕——写尽了孤居女子内心的凄苦和无奈。

王涯的诗，是写夜深了女子也不敢回房；下面这首诗，与之类似，春日将尽，但女主人心情慵懒，不愿出门。盛唐天宝年间诗人刘方平的《春怨》诗写道：

> 纱窗日落渐黄昏，金屋无人见泪痕。
> 寂寞空庭春欲晚，梨花满地不开门。

一直等到落日黄昏时节，远行的人也还没有归来；女主人公独自流泪一整夜，也无人知晓。空空的院子里春光将尽了，飘落了一地梨花。然而对于怨妇来说，再美的景色也引不起一点兴趣，她连开门看一看的兴致也没有，最终只好作罢，索性“不开门”了。

另外，白居易的七绝《思妇眉》诗曰：

春风摇荡自东来，折尽樱桃绽尽梅。

唯余思妇愁眉结，无限春风吹不开。

前两句写春天来了，春风吹开了樱花桃花，吹得梅花朵朵绽放，吹开了百卉千花。这既是写景，也是反衬。后两句则写，美好的春色中思妇却紧锁愁眉，忧思深长。春风能吹开百花，却吹不开思妇忧愁的眉结。对比巧妙，立意新颖别致。

闺怨诗中，还有几首别具特色的小诗。例如晚唐诗人金昌绪的《春怨》。诗曰：

打起黄莺儿，莫教枝上啼。

啼时惊妾梦，不得到辽西。

女主人的丈夫到辽西征战，一别数年；现实中无法见面，只能寄希望于梦中见面了。诗中说，恳请黄莺儿善解人意，不要再啼叫了吧，啼叫的声音惊醒了我，使得我连梦中到辽西见丈夫一面的机会也没有了。轻松俏皮中饱含深沉的辛酸。

这是写思妇渴望做梦到辽西去与丈夫见面，唐人另有诗歌又由此翻出一层新意，说即便梦中见面又能怎么样呢？反而更添惆怅。张仲素（约 769—约 819）的《春闺思》诗写道：

袅袅城边柳，青青陌上桑。

提笼忘采叶，昨夜梦渔阳。

渔阳也是征战的边地。思妇梦中见过久别赴边的丈夫，醒来却杳然难觅。白天心神恍恍惚惚，外出干活时只是痴痴地提着筐笼，都忘了采摘桑叶了。昨夜梦中遇到什么事情，致使采桑女如痴如呆呢？诗人不说破，让人思索细品，回味无穷。

征夫思妇的闺怨诗，唐人将方方面面都写到了，甚至可以说是写尽了。然而，清人又能另辟蹊径，自出新意，再创佳作。如清初武进（今属江苏）人董以宁（1666年前后在世）所作的《闺怨》诗这样写道：

流苏空系合欢床，夫婿长征妾断肠。
留得当时临别泪，经年不忍浣衣裳。

离别后，夫婿音讯全无。思妇对当年临别时留在衣裳上的泪痕都十分地珍惜。因为看到衣裳上的泪痕，便如同见到当年流泪的人，便又可以重新回到当年依依惜别的情境中沉醉一番。于是乎，思妇多年来都不忍心浣洗那件衣裳。乍读如不可思议，细想却令人动容。何等刻骨铭心，何等情深意长！

唐诗之后的宋词中，闺怨题材的作品更是俯拾皆是，精彩纷呈。如晏殊《木兰花》。

绿杨芳草长亭路，年少抛人容易去。楼头残梦五更钟，花底离愁三月雨。　　无情不似多情苦，一寸还成千万缕。天涯地角有穷时，只有相思无尽处。

唐圭璋先生评析此词曰：“此首述相思之情。起句点春景，次句言人去。‘楼头’两句，写人去后之处境，凄楚不堪，而缀语亦精炼无匹。下片，纯用白描，直抒胸臆，作意自后主词‘一片芳心千万绪，人间没个安排处’来。但觉忠厚之至，而无丝毫怨怼。”（《唐宋词简释》）

又如欧阳修的《踏莎行》。

候馆梅残，溪桥柳细。草薰风暖摇征辔。离愁渐远渐无穷，迢迢不断如春水。　　寸寸柔肠，盈盈粉泪。楼高莫近危阑倚。平芜尽处是春山，行人更在春山外。

唐圭璋先生评析此词曰："此首，上片写行人忆家，下片写闺人忆外。起三句，写郊景如画，于梅残柳细、草薰风暖之时，信马徐行，一何自在。'离愁'两句，见春水之不断，遂忆及离愁之无穷。下片，言闺人之怅望。'楼高'一句唤起，'平芜'两句拍合。平芜已远，春山则更远矣，而行人又在春山之外，则人去之远，不能目睹，惟存想象而已。写来极柔极厚。"（《唐宋词简释》）

此外，柳永的《凤栖梧》（即《蝶恋花》）词曰："伫倚危楼风细细。望极春愁，黯黯生天际。草色烟光残照里，无言谁会凭阑意。　　拟把疏狂图一醉。对酒当歌，强乐还无味。衣带渐宽终不悔，为伊消得人憔悴。"另有《雨霖铃》词曰："寒蝉凄切，对长亭晚，骤雨初歇。都门帐饮无绪，留恋处、兰舟催发。执手相看泪眼，竟无语凝噎。念去去、千里烟波，暮霭沉沉楚天阔。　　多情自古伤离别，更那堪冷落清秋节。今宵酒醒何处，杨柳岸、晓风残月。此去经年，应是良辰好景虚设。便纵有千种风情，更与何人说。"

晏几道的《少年游》词曰："离多最是，东西流水，终解两相逢。浅情终似，行云无定，犹到梦魂中。　　可怜人意，薄于云水，佳会更难重。细想从来，断肠多处，不与者番同。"另有《蝶恋花》词曰："醉别西楼醒不记。春梦秋云，聚散真容易。斜月半窗还少睡，画屏闲展吴山翠。　　衣上酒痕诗里字。点点行行，总是凄凉意。红烛自怜无好计，夜寒空替人垂泪。"

秦观的《满庭芳》词曰："山抹微云，天连衰草，画角声断谯门。暂停征棹，聊共饮离樽。多少蓬莱旧事，空回首、烟霭纷纷。

斜阳外，寒鸦万点，流水绕孤村。　　销魂当此际，香囊暗解，罗带轻分。谩赢得、青楼薄幸名存。此去何时见也，襟袖上、空惹啼痕。伤情处，高城望断，灯火已黄昏。”另有《江城子》词曰：“西城杨柳弄春柔。动离忧，泪难收。犹记多情曾为系归舟。碧野朱桥当日事，人不见，水空流。　　韶华不为少年留。恨悠悠，几时休。飞絮落花时候一登楼。便做春江都是泪，流不尽，许多愁。”

李清照的《醉花阴》词曰：“薄雾浓云愁永昼，瑞脑消金兽。佳节又重阳，玉枕纱厨，半夜凉初透。　　东篱把酒黄昏后，有暗香盈袖。莫道不消魂，帘卷西风，人比黄花瘦。”另有《声声慢》词曰：“寻寻觅觅，冷冷清清，凄凄惨惨戚戚。乍暖还寒时候，最难将息。三杯两盏淡酒，怎敌他、晚来风急。雁过也，正伤心，却是旧时相识。　　满地黄花堆积，憔悴损，如今有谁堪摘。守着窗儿，独自怎生得黑。梧桐更兼细雨，到黄昏、点点滴滴。这次第，怎一个愁字了得。”

如此等等，都是抒写闺中女子的相思离别之情，缠绵凄婉，深情无限。宋代这样的闺怨词，以及元明清的闺怨诗、闺怨词、闺怨曲，都不胜枚举。

以上诗歌，都折射出古代女性的不幸命运；而今时代不同了，读读往昔的这些闺怨诗，或可使人们对今天的美好生活，更加珍惜！

## / 第八讲 /

# 唐人宫怨诗

在中国古代社会，一直施行着一种腐朽的后宫制度。《礼记·昏义》篇说："古者天子后立六宫、三夫人、九嫔、二十七世妇、八十一御妻。"后来这流传成了皇帝有三宫、六院、七十二妃的说法。隋炀帝杨广（569—618）大业元年（605）即位后，首开广选民女入宫之恶例。此后的历朝历代，差不多都沿袭此例。

《孟子·梁惠王下》论古代仁政时，有"内无怨女，外无旷夫"之语。女子成年而不得嫁谓之怨，男子成年而不得娶谓之旷。被选入宫中的女子，绝大多数成了怨女。封建社会中帝王的后宫中，除了皇后、嫔妃之外，还有成百上千的选自民间的宫女，她们幽闭深宫中，不能出宫，更不能随便嫁人。"一闭上阳多少春"，很多人十六岁进宫、六十岁也没有见过君王面："入时十六今六十""一生遂向空房宿"。（白居易《上阳白发人》）

她们中不乏才女慧媛，借用诗歌来哀叹自己青春暗逝、年华衰老、空度一生的不幸命运。历代诗人，特别是唐代诗人，有不少人用充满同情的笔墨，从不同的角度，描绘宫中女子悲苦哀怨的生活，我们把这类诗和宫女们吐诉哀怨之情的诗，统称为宫怨诗。历代诗歌中题作"玉阶怨""长门怨""婕妤怨""宫词""宫人斜"等的诗歌，基本上都属于宫怨诗。

## 一、唐前宫怨题材的诗赋——形枯槁而独居

最早写到宫怨并对后世宫怨诗产生明显影响的文学作品，还要数《长门赋》。《汉武故事》中记载有“金屋藏娇”的故事，是这样写的：“（汉武）帝以乙酉年七月七日旦生于猗兰殿。年四岁，立为胶东王。……数岁，公主（嫖）抱置膝上，问曰：‘儿欲得妇否？’长主指左右长御百余人，皆云不用。指其女：‘阿娇好否？’笑对曰：‘好！若得阿娇作妇，当作金屋贮之。’”汉武帝年幼时欲以金屋贮藏的阿娇，就是后来的陈皇后。

陈皇后开始深得武帝宠幸，后失宠被打入长门宫，寂寞度日，境况凄凉。相传陈皇后失宠后用千金请司马相如作了一篇《长门赋》。其序曰：“孝武皇帝陈皇后时得幸，颇妒。别在长门宫，愁闷悲思。闻蜀郡司马相如天下工为文，奉黄金百斤为相如文君取酒，因于解悲愁之辞。而相如为文以悟主上，陈皇后复得亲幸。”《长门赋》中，“细致地刻画佳人从白天到月夜，从暗夜讫黎明的等待和彷徨，足迹从兰台、宫殿至洞房，内心从希望到失望，从暗自省察至勤加历练等如此复杂的心理历程”（袁行霈等《中国文学作品选注》），极力铺张独居冷宫的愁苦心情和凄凉境况。赋中有句曰：“夫何一佳人兮，步逍遥以自虞。魂逾佚而不反兮，形枯槁而独居。”“日黄昏而望绝兮，怅独托于空堂。悬明月以自照兮，徂清夜于洞房。”“左右悲而垂泪兮，涕流离而纵横。舒息悒而增欷兮，蹝履起而彷徨。”“望中庭之藹藹兮，若季秋之降霜。夜曼曼其若岁兮，怀郁郁其不可再更。”一入冷宫，丧魂落魄，形容枯槁；独居空堂，朝夕垂泪；茕茕孑立，凄凄惶惶。全赋运用比喻、排比、夸张等手法，铺张扬厉，声情并茂，极具艺术感染力。据说武帝读了深受感

动，对陈皇后复宠如初。这个传说是真是假，已经难以定认，其实也不必去深究；但这篇历来为人传诵的《长门赋》，确实是描写宫怨题材最早的成功之作，对后世宫怨题材的辞赋和诗词等文学作品，影响都十分深远。后世凡题为“长门怨”之类的诗歌，大体上都是抒写这种幽居深宫的哀怨之情的。

汉武帝、汉昭帝、汉宣帝、汉元帝之后是汉成帝，他先宠爱妃子班婕妤，后又宠爱相传能作掌上舞的妃子赵飞燕。于是班婕妤避祸全身，自请退居长信宫，作《怨歌行》(又称“婕妤怨”“长信怨”)。南朝徐陵所编《玉台新咏》中题作“怨诗”，钟嵘《诗品》卷上题作“团扇”，并极赞曰：“《团扇》短章，词旨清捷，怨深文绮，得匹妇之致。”汉乐府《相和歌辞·楚调曲》中又题作“团扇歌”。

班婕妤(前48—公元2)，名班姬。班固祖姑。少有才学，善辞赋。汉成帝时被选入宫，立为婕妤，人称班婕妤。婕妤，汉武帝时始置宫中女官名，位视上卿，秩比列侯。钟嵘《诗品序》称：“从李都尉(陵)讫班婕妤，将百年间，有妇人焉，一人而已。”唐人吴兢在《乐府古题要解》中曰：《婕妤怨》者，“右为汉成帝班婕妤作也。婕妤，徐令(班)彪之姑，(班)况之女，美而能文。初为帝(成帝)所宠爱，后幸赵飞燕姊娣(即姐妹)，冠于后宫，婕妤自知恩薄，惧得罪，求供养皇太后于长信宫，因为赋及《纨扇诗》以自伤。后人伤之，为《婕妤怨》及拟其诗”。也有人认为这首诗是后人假托班婕妤所作。这是一首较早以宫怨为题材的诗，反映了古代女子红颜易老、色衰爱弛的共同悲剧。《团扇歌》诗曰：

新裂齐纨素，皎洁如霜雪。
裁为合欢扇，团团似明月。
出入君怀袖，动摇微风发。
常恐秋节至，凉飚夺炎热。
弃捐箧笥中，恩情中道绝。

全诗看似咏扇，实则以扇喻人。新剪裁的皎洁如同霜雪的齐纨，制作成合欢扇，团团似明月一样美好。因其有“动摇微风发”消暑纳凉的功效，故而得到了“出入君怀袖”、一刻也不能离手的恩宠。然而，一旦秋风吹起，天气一凉，不再需要团扇来驱暑了，它也就被丢到箱子里无人问顾，恩宠之情也就从此半道断绝了。宫中女子的命运跟团扇的命运一样，得宠的时候，天天陪伴在君王身边；可是难免人老色衰，色衰而爱弛，爱弛而恩绝。一旦失宠，便被打入冷宫，基本上再无出头之日。

这首《团扇歌》，在后世同类宫怨题材的诗歌中影响很大，后世题为“长门怨”“长信宫”“婕妤怨”的诗歌，描写的内容和抒发的情感，大都与之相同或者相近。如唐天宝年间诗人刘方平的《长信宫》诗曰：

梦里君王近，宫中河汉高。
秋风能再热，团扇不辞劳。

“秋风”二句，就是反用班婕妤《团扇歌》语意，谓如果秋天能再炎热起来，那么团扇愿意不辞辛苦，重新为之效劳。这只能是美好的一厢情愿，“凉飚夺炎热”之后暑去寒来，团扇也就不会再被启用了，宫人失宠后就很难被重新宠爱了。

汉唐之间，宫怨题材的诗的曲名，据宋郑樵《通志·乐略》的“相和歌辞·楚调十曲”所载，有“白头吟行”“怨歌行”“长门怨”“班婕妤”（亦曰“婕妤怨”）、“玉阶怨”等。比较突出的如南朝齐谢朓（464—499）的《玉阶怨》诗曰：

夕殿下珠帘，流萤飞复息。
长夜缝罗衣，思君此何极。

珠帘，缀珠之帘。罗衣，薄薄的缯衣。全诗写宫女的怨，却没有一个“怨”字。宫女黄昏时放下珠帘回房，窗外的萤火虫，时飞时息，明灭不定。在漫漫的长夜里，宫女独自默默地缝制罗衣。在这不动声色、寂寞无聊的描写中，深藏着一个“怨”字。这首小诗的写法特色，颇有唐诗神韵之先声。

谢朓，字玄晖，是李白十分推崇的一位诗人。李白在《宣州谢朓楼饯别校书叔云》中称赞他“蓬莱文章建安骨，中间小谢又清发”。在《金陵城西楼月下吟》中又曰：“月下沉吟久不归，古来相接眼中稀。解道澄江净如练，令人长忆谢玄晖。”谓古往今来能入我李白之眼的人，实在是少而又少；但写出“澄江净如练”的谢玄晖，却令我思念仰慕。谢朓《晚登三山还望京邑》诗中有名句曰：“余霞散成绮，澄江净如练。”

很巧，李白也写过一首宫怨题材的小诗，题目也叫“玉阶怨”，手法和意境也都与谢朓的《玉阶怨》很相近，说是李白喜爱谢朓诗，受其影响，有意仿效，也未尝不可。诗曰：

玉阶生白露，夜久侵罗袜。
却下水晶帘，玲珑望秋月。

宫女默默无言地、久久地独立于白玉阶砌上沉思望月，以致冰凉的露水都侵湿了罗袜。玉阶，玉石砌成或装饰的台阶，亦为台阶的美称。这里指宫中（也可以理解为指金闺）的台阶。夜凉露重，可见伫立之久；夜色深沉，可见怨情之深。宫女由院外回到室内，所以放下了水晶帘。放下帘子后，自己无月陪伴而陷入孤寂之境；孤寂中的人，又不忍心让夜空中的明月孤寂，于是又透过玲珑的水晶帘缝隙，回望夜空中孤零零的秋月。人月互望，似人怜月，实月亦怜人也。月无言泻下月光，人无言举头望月，此意象，此意境，都显示幽怨之深。

谢朓与李白，这前后相隔二百多年的多才诗人，却情愫相通。这两首《玉阶怨》，不但题目相同，题材相同，五言绝句的形式相同，而且构思和意境都相同，都是情思婉转、含蓄蕴藉的宫怨佳作。

## 二、白居易《上阳白发人》——一生遂向空房宿

在历代宫怨题材的诗歌中，唐代的宫怨诗数量尤多，呈井喷之势。写作宫怨的诗人很多——既有大诗人李白、白居易等，也有名诗人王昌龄、顾况、李益、杜牧等，至于普通诗人，更是有很多人创作过宫怨诗。宫怨诗作品数量也很多，有的篇幅长，如白居易的《上阳白发人》、顾况的《吴宫怨》等；有的篇幅短，如七绝、五绝等。数量最多的体裁，是七言绝句；而且七绝佳作也最为鲜明突出。

唐人宫怨诗抒发幽怨都讲究含蓄委婉，有所节制。大体在形式上以绝句为多，内容上也不离怨而不怒、怒而不伤的诗旨。也不乏长篇佳作。其中篇幅最长、内涵最丰富、将怨恨抒发得淋漓尽致的，还要数白居易的《上阳白发人》。

《上阳白发人》是白居易《新乐府》五十首中的一首，形式上

也采用“首句标其目，卒章显其志”，并在题下用小序注明诗的美刺目的。此诗题一作“上阳人”。题下自注曰：“悯怨旷也。”怨旷，女而无夫为怨，男而无妻为旷；这里指“一生遂向空房宿”的宫中女子。上阳，即上阳宫，在唐东都洛阳皇城西南。

诗题下有小序曰：“天宝五载已后，杨贵妃专宠，后宫人无复进幸矣。六宫有美色者，辄置别所，上阳是其一也。贞元中尚存焉。”

这首诗选取一个终生被禁锢深宫的宫女作为典型，反映“后宫佳丽三千人”的悲惨命运，揭露了封建社会最高统治者摧残生灵、荼毒无辜女性的罪恶行径。

上阳人，上阳人，红颜暗老白发新。
绿衣监使守宫门，一闭上阳多少春。
玄宗末岁初选入，入时十六今六十。
同时采择百余人，零落年深残此身。
忆昔吞悲别亲族，扶入车中不教哭。
皆云入内便承恩，脸似芙蓉胸似玉。
未容君王得见面，已被杨妃遥侧目。
妒令潜配上阳宫，一生遂向空房宿。
宿空房，秋夜长，夜长无寐天不明。
耿耿残灯背壁影，萧萧暗雨打窗声。
春日迟，日迟独坐天难暮。
宫莺百啭愁厌闻，梁燕双栖老休妒。
莺归燕去长悄然，春往秋来不记年。
唯向深宫望明月，东西四五百回圆。
今日宫中年最老，大家遥赐尚书号。
小头鞋履窄衣裳，青黛点眉眉细长。

外人不见见应笑，天宝末年时世妆。

上阳人，苦最多。

少亦苦，老亦苦，少苦老苦两如何！

君不见昔时吕向《美人赋》，又不见今日上阳白发歌！

开头，简洁描写上阳宫已经失去了昔日的繁华，上阳老宫女唐玄宗末年十六岁时入宫，而今已经六十岁了，在这个牢狱般的环境里，“红颜暗老白发新”，从妙龄少女变成了皤然白发的老宫人。当年同时被采选入宫的上百个女伴，如今“零落年深残此身”，凋零殆尽，只剩下自己一个“残此身”。“忆昔”以下八句是对往事的追忆，自己当年被迫离家连哭都不许哭，虽然十分漂亮，“脸似芙蓉胸似玉”，然而入宫后便遭到杨妃的嫉妒，连帝王的面都没有见到，便被暗中打入冷宫，“一生遂向空房宿”。

接下来的“宿空房”一小节，先写秋天凄凉之情景，耿耿残灯，潇潇暗雨，长夜无眠。“春日迟”一小节，再以春天里宫树上黄莺百啭、画梁上燕子双栖的美景，反衬宫女被遗弃、不自由的寂寞心情。春去秋来，一年又一年，宫女被关闭宫中，只有寒月相伴。“唯向深宫望明月，东西四五百回圆”。举头望月，月亮圆了又缺，缺了又圆，一年十二次圆，而今已经“四五百回圆”了，也就是在寂寞孤寂中苦度过四十多年了。

接下来“今日宫中年最老”等六句，写如今宫女因为年纪最老，所以被虚赐了一个“女尚书”的称号，还是留着天宝末年的装束打扮。于是，上阳宫女自嘲道：“外人不见见应笑”，这是饱含悲哀的笑，是带泪的笑。最后几句，是诗人白居易以感叹的语气和讽喻的口吻，表达了对上阳白发人“少亦苦，老亦苦”的恻隐之情，以及自己“惟歌生民病，愿得天子知”的良苦用心和济世情怀。

这首宫怨诗，描写细腻，如泣如诉，是一首笔力遒劲、情感深沉的佳作。全诗有叙事，有抒情，有写景，有议论，熔于一炉。句式上以七言为主，杂以三言、十言，参差错落，与感情的起伏跌宕紧密结合，动人心魄。在宫怨诗中，堪称出类拔萃的杰作。

白居易还作有一首七绝《后宫词》，诗曰：

泪湿罗巾梦不成，夜深前殿按歌声。

红颜未老恩先断，斜倚薰笼坐到明。

夜深人静，辗转难眠，好梦难成，泪水打湿了罗巾。宫女在冷宫中依稀听到从远处传来的歌舞声，那是得宠之人与君王在寻欢作乐。自己青春尚好，却失宠恩断，如此一日复一日，寂寞的日子何时熬到头呢？一想到这里，更加难以入睡，只得斜靠着薰笼，呆呆地一直坐到东方发白。诗中用“前殿按歌声”的寻欢作乐，来反衬宫女孤寂凄苦的生活，格外令人心酸。

## 三、唐人宫怨诗——别作深宫一段愁

上面，我们对唐人宫怨诗中的名篇——白居易的《上阳白发人》进行了集中赏读，下面我们简要地点评一下唐代其他诗人的宫怨诗，然后集中分析一下描写“人不如物”的宫怨诗，以及描写宫人死后墓地“宫人斜”的诗。

李白除了《玉阶怨》外，还有描写女子怨情的小诗《怨情》，诗曰：

美人卷珠帘，深坐颦蛾眉。

但见泪痕湿，不知心恨谁。

早上起来，女子卷起珠帘，独自久坐，蛾眉紧锁。一早起床便愁绪满怀，暗暗流泪，却说不清楚是为了什么、怨恨何人。“不知心恨谁”，既是实情，不知道应该怨恨谁；也是因为怨恨满怀，什么都令人怨恨，所以才说不知心恨的具体指向是谁。当然，这首诗中的“珠帘”，一般指向宫中，也可以理解为指向精美华丽的闺中，那样的话，也可以将此诗理解为闺怨诗。

如果说李白的《怨情》诗作宫怨、闺怨两解均可的话，那么他的《长门怨二首》，则明白无误地只能作宫怨解了。其一曰：

> 天回北斗挂西楼，金屋无人萤火流。
> 月光欲到长门殿，别作深宫一段愁。

首句谓北斗在天空回转，由东向西，挂在西楼楼头，指夜已经很深了。“金屋无人”，不是说金屋内没有一个人，而是说除了孤独的女主人公（也可能还有宫中侍女等）外，一个人都没有来，清清冷冷，以至于萤火虫都飞入金屋中。时光悄悄地流逝，月光眼看就照到长门殿，见证了深宫里的这一段无人知晓的愁怨。前三句都是写景作为铺垫，最后点出主旨：“深宫一段愁”，深宫里一段解不开、化不掉的深愁巨痛。

其二曰：

> 桂殿长愁不记春，黄金四屋起秋尘。
> 夜悬明镜青天上，独照长门宫里人。

前两句谓桂殿长愁，春光逝去，秋尘再起。黄金四屋，指金屋。“夜悬”二句，化用司马相如《长门赋》句：“悬明月以自照兮，徂清夜于洞房。”明镜，指月亮。这首诗与前一首意境相近，只是前一首仿佛是一个夜晚的特写，而这一首则将这种愁怨扩展、延伸到月月年年：由“不计春”到“起秋尘”，从春到秋，实际上是春夏秋冬，寒来暑往，都是明月夜悬，独照宫人，日复一日，月复一月，年复一年。

中唐诗人张籍（约 767—830）写过一首《吴宫怨》，诗曰：

吴宫四面秋江水，江清露白芙蓉死。
吴王醉后欲更衣，座上美人娇不起。
宫中千门复万户，君恩反覆谁能数。
君心与妾既不同，徒向君前作歌舞。
茱萸满宫红实垂，秋风袅袅生繁枝。
姑苏台上夕燕罢，他人侍寝还独归。
白日在天光在地，君今那得长相弃。

此诗描写春秋时吴王夫差战胜越王勾践后，在胥门外筑姑苏台，与嫔妃长夜饮酒作乐、沉湎酒色、骄纵狂妄的史事。李白《乌栖曲》中也写这一题材：“姑苏台上乌栖时，吴王宫里醉西施。”张籍诗三四句：“吴王醉后欲更衣，座上美人娇不起。”据《述异记》载：“吴王夫差筑姑苏之台，三年乃成。周旋诘曲，横亘五里，崇饰土木，殚耗人力。宫妓千人。”宫妓就是宫女，宫女竟然有上千人，揭露了帝王霸占无数女子，荒淫无度，恩宠无常的罪恶。最后借吴宫宫人之口说：君王怎么能这样长期冷淡我们呢？表露出不满、怨愤和反抗的情绪。

春雨绵绵，秋雨凄凄，宫人流不尽的泪水，就像天上那倾泻不尽的雨水。

雨滴梧桐秋夜长，愁心和雨到昭阳。
泪痕不学君恩断，拭却千行更万行。

这首《长门怨》的作者刘媛是一位女诗人，生平籍贯均不详，《全唐诗》录其诗三首，另有七绝《送远》曰："闻道瞿塘滟滪堆，青山流水近阳台。知君此去无还日，妾亦随波不复回。"写送别情人，情真意切。这首《长门怨》，一作刘皂作。诗以宫女的口吻写宫怨。首句写景渲染环境，雨打梧桐，秋夜漫长。其意境，犹如宋女词人李清照的"梧桐更兼细雨，到黄昏、点点滴滴。这次第，怎一个愁字了得"(《声声慢》)。雨打昭阳，愁怨和雨水一起来到后宫。昭阳，昭阳殿，本是汉成帝宠妃赵合德的寝宫；后大抵代指宫中妃子们居住的后宫。后两句带有浓厚的女性情感色彩，将泪水拟人化。说泪水啊，你怎么不学君恩那样说断就断，而是不断地流啊流，流个没完呢？泪水越擦拭越多，擦拭去了千行又流出万行。君恩容易中断而泪水却永不中断；泪水不尽，则愁怨亦不尽也。

唐人李益《宫怨》诗同样以昭阳写后宫，但与刘媛《长门怨》的"愁心和雨到昭阳"不同，李益写"月明歌吹在昭阳"。诗曰：

> 露湿晴花春殿香，月明歌吹在昭阳。
> 似将海水添宫漏，共滴长门一夜长。

歌吹，歌声与乐声。昭阳，汉宫殿名。宫漏，宫中的刻漏，用以计时。春花开放，春殿飘香，但这一切美好，都属于歌舞升平的昭阳殿里得宠之人。而长门冷宫里的失宠宫人的悲苦，则无穷无尽，泪水也没有完了。就像用海水来添注宫中的漏壶，何年何月才能滴完？漫漫长夜，何时天明！

晚唐罗隐（833—910）的《宫词》则写道：

> 巧画蛾眉独出群，当时人道便承恩。
> 经年不见君王面，落日黄昏空掩门。

诗的主人公不但美貌出类拔萃，而且精心梳妆，“巧画蛾眉”，格外明艳动人。人们都说她肯定会得到皇帝的宠幸。谁料想她整年整年地连君王的面也见不到，只能每天在落日黄昏中空自掩门，落寞独居。事实如此残酷，掩门之后真不知道如何熬过这漫漫长夜。

晚唐诗人韩偓（约842—923），也写过一首与上一首诗题材相同、意境相近的《宫词》。诗曰：

> 绣裙斜立正销魂，侍女移灯掩殿门。
> 燕子不来花著雨，春风应自怨黄昏。

诗的主人公打扮得很美，在门口等候了一天，直到天黑，也不见君王的影子。心情黯然，只好随着侍女，移灯入内，掩上殿门，苦度长夜。后两句当写景看亦可：燕子不来，花儿空遭雨摧，春风有知，大概也会哀怨黄昏的到来。作有寓意看亦可：宫中女子空遭摧残，抱恨到老。

与这些写愁怨的宫怨诗不同，唐人朱庆馀（生卒年不详，826年举进士第）的《宫词》诗，则写到了宫中明争暗斗、危机四伏的境况。诗曰：

> 寂寂花时闭院门，美人相并立琼轩。
> 含情欲说宫中事，鹦鹉前头不敢言。

春日花开，宫门却紧闭；被幽禁宫中的宫女们，并立在花窗前，想互吐愁怀，共诉衷肠。可是一抬头，看见那笼中擅于学舌的鹦鹉，就立马噤口不敢言说了。宫中一点安全感也没有，说错一句话，就可能招来杀身之祸。这首诗表面上写宫女对鹦鹉有所顾虑，实际上是对所处的宫廷环境怀有恐惧，对周围人心存疑虑和提防。学舌的鹦鹉，暗指告密的小人，十分贴切而又婉转，富有讽喻意义。

## 四、描写人不如物的宫怨诗——玉颜不及寒鸦色

唐人王昌龄有一首七绝《长信秋词》，乃宫怨诗中的名篇。唐人薛用弱在《集异记》中记载了一个“旗亭画壁”的故事。故事说王之涣、高适、王昌龄三位诗人，有一次相聚旗亭小酌。不一会儿，进来四位卖唱的妙龄歌伎，以歌佐酒。于是相约：我们三人诗歌每每不分高下，今天诸歌伎唱谁的诗最多，谁就为优。不一会儿，一位歌伎登场唱道：“寒雨连江夜入吴，平明送客楚山孤。”这是王昌龄的《芙蓉楼送辛渐》。于是王昌龄在壁上一画，曰：“一绝句。”过了一会儿，另一位歌伎登场唱道：“开箧泪沾臆，见君前日书。夜台何寂寞，犹是子云居。”这是高适的《哭单父梁九少府》诗开头四句。于是，高适也在壁上一画，曰：“一绝句。”第三位歌伎登场唱的是“奉帚平明金殿开，强将团扇共徘徊”。这是王昌龄的诗《长信秋词》。于是王昌龄又在壁上一画：“二绝句。”王昌龄、高适颇为得意，王之涣徐徐说道：这些皆平庸之辈，只会唱些下里巴人之词；我的诗是阳春白雪之曲，俗物敢近哉？他指着其中一位身穿紫衣、长得最漂亮的歌伎说：“待此子所唱，如非我诗，吾即终身不敢与子争衡矣。脱是吾诗，子等当须列拜床下，奉吾为师。”又过了一会儿，那位最漂亮的歌伎姗姗登场，开口便唱：“黄河远上白云间，一片孤城万仞山。羌笛何须怨杨柳，春风不度玉门关。”王之涣《凉州词》也。于是三人抚掌大笑。

歌女所唱王昌龄的这首《长信秋词》曰：

奉帚平明金殿开，且将团扇共徘徊。

玉颜不及寒鸦色，犹带昭阳日影来。

人因为失宠而被弃冷宫，与团扇因秋而遭弃，命运相同；所以拿着团扇徘徊彷徨，实同病相怜也。抒发了君恩断绝的哀怨之情。且将，一作“强将”。这里暗用班婕妤的《团扇歌》诗意。后两句在《团扇歌》的意境上，更推进一层，说美丽如玉之人，还不如那寒碜丑陋的乌鸦，乌鸦尚且能从昭阳殿上飞过，沾一点君王的恩泽，而冷宫中的“玉颜”却无缘见到君王。美人不如乌鸦，情何以堪！日影，就是阳光；这里是双关语，既指太阳光，又指君王的恩泽。明人邢昉称赞此诗曰：“一片神工，非从锻炼而成，神韵干云，绝无烟火，深衷隐厚，妙协《箫韶》，此评庶几近矣。”（《唐风定》）《箫韶》，舜乐名。《尚书·益稷》：“《箫韶》九成，凤凰来仪。”后泛指美妙的仙乐。

王昌龄在这首诗中说的是玉颜不及寒鸦，唐人孟迟（859 年前后在世）在《长信宫》中，则写玉颜不及燕子。诗曰：

> 君恩已尽欲何归，犹有残香在舞衣。
> 自恨身轻不如燕，春来还绕御帘飞。

前两句说君王的恩宠已经断绝了，舞衣上空留下过去受宠之日、为君王歌舞时熏染的余香。后两句也是语义双关。一方面是说人不如燕，宫中女子还不如春天飞来的燕子，能绕着君王居处飞来飞去；另一方面也可以理解为巧妙地暗用典故，是说长信宫中的主人，不及那位能作掌上舞的赵飞燕，受到君王恩宠，整天在君王身边形影不离。

还有顾况（约 730—806 后）的《宫词》，写人不如黄莺鸟。诗曰：

> 长乐宫连上苑春，玉楼金殿艳歌新。
> 君门一入无由出，唯有宫莺得见人。

长乐宫，汉代第一座正规宫殿，与未央宫、建章宫同为汉代三宫。这里指唐代长安的宫殿。上苑，即上林苑，古帝王林苑。宫女们是一入宫门深似海，再也没有办法出来。无由，无从。得，能。唯有宫中飞来飞去的黄莺鸟，能自由进出宫墙，能见到幽闭深宫的宫女，见证她们永无出头之日的不幸命运。

这几首诗写宫中之女子不如飞鸟，还有的宫怨诗则写人不如落花、人不如杨柳等。如唐人郑谷（851—910）《长门怨》写道：

闲把罗衣泣凤凰，先朝曾教舞霓裳。
春来却羡庭花落，得逐晴风出禁墙。

前两句说，寂寞无聊中，女子手拿罗衣，看着上面凤凰成双着对的图案，无语泪流。前朝时曾经教习的《霓裳羽衣舞》，现在却无人欣赏了。女子失宠被打入冷宫后，但见春天来了，看到那庭院里的落花被晴风一吹，尚且可以从宫墙的墙头上飘飞出去，去到宫外那自由的天地，而自己却永远出不了宫墙，徒生羡慕之心。

羡慕落花自由出禁城的，还有五代时诗人李建勋（约 873—952）的《宫词》，诗曰：

宫门长闭舞衣闲，略识君王鬓便斑。
却羡落花春不管，御沟流得到人间。

宫门长闭不开，表明冷冷清清无人来。舞衣长闲而不用，就是宫女不再被招去给君王表演，表明已经失宠。上面郑谷那首诗中说羡慕落花从宫墙上头飘飞出宫墙外，李建勋这首诗则说羡慕落花能从宫墙墙脚下面的御沟中漂流出宫外去，去到宫外那自由的人间。御沟，皇家宫苑的水沟。人间，民间。两首诗同样写宫女羡慕落花，羡慕中饱含了多少无奈，多少怨恨，多少悲哀。

与御沟流花相关，还有一个红叶题诗的故事。据孟棨《本事诗·情感》载，唐天宝末年，“顾况在洛，乘间与三诗友游于苑中，坐流水上，得大梧叶题诗，上曰：‘一入深宫里，年年不见春。聊题一片叶，寄与有情人。’（顾）况明日于上游，亦题叶上，放于波中。诗曰：‘花落深宫莺亦悲，上阳宫女断肠时。帝城不禁东流水，叶上题诗欲寄谁？’后十余日，有客来苑中寻春，又于叶上得诗，以示（顾）况。诗曰：‘一叶题诗出禁城，谁人酬和独含情。自嗟不及波中叶，荡漾乘春取次行。’”这个故事颇为传奇浪漫，深情哀婉，以至于“红叶题诗”，成了后来的诗人们吟咏宫怨题材或爱情题材诗歌中常用的一个典故。

## 五、描写宫人斜的诗——空寄香魂著野花

宫人们活着的时候，寂寞地苦度时光。一旦老死、病死或者被折磨死，便被拉出宫外，草草一埋了事。宋人宋敏求《春明退朝录》卷上载：“唐内人墓，谓之宫人斜。”唐人的宫怨诗中，有不少写到宫人斜的诗歌，这里选择一些集中作比较分析。

唐王建（约766—约830）的《宫人斜》诗曰：

> 未央墙西青草路，宫人斜里红妆墓。
> 一边载出一边来，更衣不减寻常数。

未央宫的墙西有一条长满青草的小路，沿着这条荒凉的小路走去，便可见到埋葬宫女的墓地了。往往是一边有老死或者被迫害致死的宫女被载运出宫门，埋在宫人斜里；一边又有年轻貌美的宫女补充进来，因为伺候主子的更衣宫女的数目是固定不变的，一个也

不能减少的。更衣，换衣服，代指服侍主子的宫女。寻常，平常，往常。“一边载出一边来”，揭露了宫女们的不幸悲剧一代又一代地永无休止地上演着。语气平静，不动声色，却让人读了一掬同情之泪。

唐窦巩（约 762—约 821）的《宫人斜》诗曰：

> 离宫路远北原斜，生死恩深不到家。
> 云雨今归何处去，黄鹂飞上野棠花。

恩深，反语。君王恩深似海，却“不到家”，犹不到底、没有结果。那美好的云雨往事，不知到何处去了，而今只有黄鹂飞到墓地的野棠花上啼叫。

黄鹂在墓地里啼叫，已经够凄婉的了，唐权德舆（759—818）的《宫人斜绝句》诗写猫头鹰在墓地盘飞，则更加令人心惊。诗曰：

> 一路斜分古驿前，阴风切切晦秋烟。
> 铅华新旧共冥寞，日暮愁鸱飞野田。

古驿站前宫人们的墓地，阴风习习，秋烟黯淡。铅华，女子化妆用的铅华粉，借指妇女。新旧，指新旧亡故者。冥寞，昏暗寂寞。鸱，猫头鹰的一种。鸱，一作鸦。墓地里阴风切切，日暮冥冥；猫头鹰（或乌鸦）到处乱飞，渲染出宫人斜里阴森恐怖的气氛。

唐雍裕之（813 年前后在世）的《宫人斜》诗，则描写宫女的冤魂化为春燕，又飞回未央宫。诗曰：

> 几多红粉委黄泥，野鸟如歌又似啼。
> 应有春魂化为燕，年来飞入未央栖。

多少红粉佳人香消玉殒委身黄泉，野鸟啼叫如泣如诉。埋葬在宫人斜地下的宫女的魂魄化为燕子，当新的一年春天来临的时候，便又飞入未央宫，栖息在昔日生活过的宫殿里。让人感到宫女们冤魂不散，不觉毛骨悚然。

唐王铎（？—885）的《宫人斜》诗曰：

云惨烟愁苑路斜，路傍丘冢尽宫娃。

茂陵不是同归处，空寄香魂著野花。

宫人斜一带，愁云惨淡，荒冢累累。茂陵，汉武帝陵墓，这里指帝王陵墓。宫人们死了不许与君王归葬同一处，只能徒然地将香魂附着在野草花上。香魂野花，孤坟野鬼，何等凄凉。

晚唐杜牧的《宫人冢》诗曰：

尽是离宫院中女，苑墙城外冢累累。

少年入内教歌舞，不识君王到老时。

离宫，古代帝王正式宫殿之外，供随时游处的宫殿。累累，连续不断貌。老，《全唐诗》校："一作死。"宫女年少时被选入宫，做了歌舞教练，一直到老了，或者说一直到死了，一辈子连君王一面也没有见过。如今，只能寂寞地长眠在宫墙外累累的乱坟岗中。

晚唐诗人陆龟蒙的《宫人斜》诗曰：

草著愁烟似不春，晚莺哀怨问行人。

须知一种埋香骨，犹胜昭君作虏尘。

这首诗的角度比较特殊，在同类诗中，可谓是别出新意。诗人谓埋在宫人斜里的香骨，与远嫁胡人、埋骨虏地的昭君相比，还要略胜一筹。因为宫人斜坐落在京城外的故土，而昭君却埋骨异域，荒冢为胡尘所掩。昭君，即王昭君，名嫱，字昭君，汉元帝时宫人。汉与匈奴和亲，元帝以昭君入匈奴，嫁呼韩邪单于为妻，其子为单于，复妻昭君。卒葬于匈奴。现内蒙古呼和浩特市南有昭君墓，世称青冢。“犹胜”句，如果作自嘲式反语看，则格外悲凉。

## 六、其他宫怨诗——不是思君是恨君

古代宫怨诗，大多怨而不怒，悲而不争，对宫女们大都是哀其不幸。而生活在中晚唐之际的刘皂创作的《长门怨》，却不同凡响，令人耳目一新。诗写道：

宫殿沉沉月欲分，昭阳更漏不堪闻。
珊瑚枕上千行泪，不是思君是恨君。

宫殿沉沉，宫女寂寞地独守冷宫。长夜难眠，思绪万千，珊瑚枕上，流下了千行万行泪水。这些泪水，不是思君之泪，而是恨君之泪。直截了当、毫不掩饰地一吐历代宫女内心郁积的深怨愤怒之情。何等大胆，何等深刻，何等冷峻！

唐末章碣（836—905）的《长信宫二首》诗其一曰：

天上梦魂何杳杳，日宫消息太沉沉。
君恩不似黄金井，一处团圆万丈深。

杳杳，深暗幽远的样子。日宫，指皇宫。黄金井，宫苑中施有雕栏的井。君王的恩情，不像宫中的井，团圆美好，深达万丈。其实我们还可以从相反的角度来理解：“君恩恰似黄金井”，虽然形状是圆圆的、可爱的，却如同万丈深渊，入则再无出头之日。同样一件事物，换了一个不同角度，则可以得出不同的结论。笔者的这种理解，是受宋人吕本中《采桑子》词的启发。《采桑子》的上片说："恨君不似江楼月，南北东西。南北东西，只有相随无别离。"下片却说："恨君却似江楼月，暂满还亏。暂满还亏，待得团圆是几时。"其实，"诗无达诂"，在解读古代诗词时，有时候作者未必然，而读者未必不然也。

唐五代诗人中，写宫怨诗数量最多的有两个诗人：一个是中唐的王建，作有《宫词一百首》；一个是五代的和凝（898—955），作有《宫词百首》。

王建的《宫词一百首》，题为100首，实则102首。绝大多数是写宫中各种各样的生活场景，诸如早朝："殿前传点各依班"；皇帝亲自面试："天子下帘亲考试"；宫中运动："殿前不打背身毬"；迎接得宠之人："一时起立吹箫管"；欢庆妃子生子："妃子院中初降诞，内人争乞洗儿钱"；等等。据说其素材得自在宫内作内侍的本家宗人王守澄。但也并非全属于纪实性质。清人翁方纲在所撰《石洲诗话》中评曰："其词之妙，则自在委曲深挚中别有顿挫，如仅以就事直写观之，浅矣。"

王建《宫词一百首》中，真正与宫怨内容相关的诗很少。第三十九首写君王喜新厌旧又纳新宠，原来的六宫嫔妃虽然还没有见到新美人，但一听闻便纷纷担心新人得宠自己便会失宠，为此而发愁。诗曰：

往来旧院不堪修，近敕宣徽起别楼。
闻有美人新进入，六宫未见一时愁。

宣徽，即宣徽院的省称；唐置，总管宫廷事务，由宦官充任院使。嫔妃们听说皇帝又令兴建别楼、又要有新的美人进入，虽未见面就害怕遭受失宠之命运。

又如第九十首写宫中女子，连能开花结子的桃花都不如。诗曰：

树头树底觅残红，一片西飞一片东。
自是桃花贪结子，错教人恨五更风。

宫女对桃花又羡慕、又嫉妒、又怜惜、又怨恨，桃花春来花开、花落结子，自然而然，合情合理，宫中女子却连桃花都不如。这首诗通过责备桃花自己“贪”结子而凋谢，并非“五更风”扫落之过错，委婉地表达了自己不能主宰自己命运的悲苦心境。

五代时和凝，少时好为曲子词，有“曲子相公”之称。作有《宫词百首》，题材内容与王建的《宫词一百首》相近，只是更多地描写宫女在君王身边的生活场景。其中有三首写道：

螺髻凝香晓黛浓，水精鸂鶒飐轻风。
金钗斜戴宜春胜，万岁千秋绕鬓红。

缕金团扇对纤絺，正是深宫捧日时。
要对君王说幽意，低头佯念婕妤诗。

结金冠子学梳蝉，碾玉蜻蜓缀鬓偏。
寝殿垂帘悄无事，试香闲立御炉前。

宜春胜，立春时妇女所戴的贴有“宜春”字样的彩饰。捧日，即围在君王身边服侍君王。婕妤诗，即《团扇歌》。玉蜻蜓，妇女的一种首饰，即饰有以玉碾制的蜻蜓的钗簪。试香，谓添香，焚香。

唐诗之后，宋词中也有宫怨题材的词，或者借宫怨来抒发情怀的词，如辛弃疾的词《摸鱼儿》“更能消几番风雨”等。唐宋之后，宫怨题材的诗歌也代代都有，其中最令人称道的，还要数明代刘基（1311—1375）的一首小诗《玉阶怨》。诗曰：

> 长门灯下泪，滴作玉阶苔。
> 年年傍春雨，一上苑墙来。

长门冷宫中，摇曳的青灯下，宫人在默默流泪。这泪水滴在玉阶上，使得玉阶上都生长出青苔。“滴作玉阶苔”，意蕴丰厚。有三层意思：一可见宫人泪流之多，都洒湿了玉阶；二可见宫人泪流之不断，也就是经常流，每天不停地流，才能使玉阶上生出青苔；三可见长年累月一直没有人到深宫中来——如果有人常来常往，每天踩踏玉阶，玉阶上也就不会生长出青苔了。

诗写到这里，已经甚佳。令人意想不到的是，诗人后两句别出心裁，写出了更加令人击节称奇的两句：“年年傍春雨，一上苑墙来。”苑墙，即宫苑之墙。宫墙里的青苔啊，尚且可以年年依傍着春雨，沿着被春雨打湿的宫墙，渐渐地长出墙头，有出头之日；而宫中的女子却永无出头之日！人不如青苔，情何以堪。这首小诗，可谓是后出转精，构思出人意料，表情达意，缠绵婉转，更深一层。

1911年的辛亥革命推翻了帝制，结束了几千年的封建统治。产生宫怨诗的那个万恶的社会土壤，已被时代的新潮流荡涤殆尽了。今天来读宫怨诗，无疑可以帮助我们加深对封建制度本质的认识，从而更加热爱和珍惜今天健康美好的生活。

# /第九讲/

# 唐人爱情诗

爱情时时刻刻存在于所有有人类生存的地方。人类只有男女相亲相爱，阴阳和谐，代代繁衍，才能生生不息。《孟子·告子上》中有名言曰："食色，性也。"意思是说食欲和性欲，都是人的自然本性。所以，抒写和歌颂爱情，一直是人类诗歌史上一个永恒的主题，是人类命运交响乐中永不衰竭的旋律。

## 一、唐前爱情诗——窈窕淑女，君子好逑

我国第一部诗歌总集是《诗经》。《诗经》305篇的第一篇就是《国风·周南·关雎》。对于这一首诗的主旨，前人虽然出自各种不同的理念而有着各种各样的解释，但种种解释中，至今最为人认可并广泛接受的，还是婚姻爱情说。

关关雎鸠，在河之洲。
窈窕淑女，君子好逑。

参差荇菜，左右流之。
窈窕淑女，寤寐求之。
求之不得，寤寐思服。
悠哉悠哉，辗转反侧。

参差荇菜，左右采之。

窈窕淑女，琴瑟友之。

参差荇菜，左右芼之。

窈窕淑女，钟鼓乐之。

全诗一共三章。第一章为开头四句。前两句是比兼兴，以雎鸠鸟兴起，并比喻淑女和君子：美好的女子是君子的好配偶。雎鸠，一种水鸟名；相传一生只选择一个伴侣，守一而终。所以常用来比喻爱情专一。窈窕，美好的样子。汉扬雄《方言》："秦晋之间，美心为窈，美状为窕。"窈窕即心灵和容貌都美好。好逑，好配偶。

第二章为中间八句。写君子对淑女的"寤寐求之"。寤，睡醒；寐，睡着。睡醒和睡着都在追求对方，思念之情绵绵不绝。求而未得，便在床上辗转反侧，不停"烙饼"，翻来覆去，难以入眠。

第三章为后面八句。其中的"琴瑟友之"和"钟鼓乐之"，意思相近，都是使女子愉悦，是"男子想象求得女子以后美满亲爱的情况"(《先秦文学史参考资料》)。笔者以为还可以更显豁地理解为，是追求爱情的男主人公对未来充满信心和期望的想象之词。"琴瑟友之"，乃是想象亲近淑女，得以与"淑女"定亲、缔结婚约。而"钟鼓乐之"，乃是想象终于大功告成，用钟鼓使淑女喜乐，向往能敲锣打鼓地把"淑女"迎娶回来。

《诗经》中还有一篇《秦风·蒹葭》，对于这首诗的主题，历来也分歧很大，我们这里也是将其作为对美好爱情追求的诗篇来分析。全诗共三章，采用重章复沓的形式，章与章之间只是改变少数字词，内涵虽然有所深入，但基本意思大致相同。试看第一章：

蒹葭苍苍，白露为霜。

所谓伊人，在水一方。

溯洄从之，道阻且长。

溯游从之，宛在水中央。

金秋时节，河边芦苇苍苍，天气寒冷，露结为霜。钟情的人儿，被辽阔的大水阻隔在远方。逆流而上去寻求啊，路途艰难险阻而又悠远漫长；顺流而下去寻求啊，宛如就在波光荡漾的河水中央。

这首诗情景交融，摇曳多姿。秋景很美，河边一片芦荻，芦花白茫茫，芦叶青苍苍，秋水渺渺，情思绵长。前人认为“蒹葭苍苍，白露为霜”八个字，“写得秋光满目，抵一篇悲秋赋。……《国风》第一篇飘渺文字，极缠绵，极惝恍。”（清牛运震《诗志·蒹葭》）诗中弥漫着的一种似有若无的淡淡愁丝和幽幽怅惘，使人隐隐感受到美好事物可望而不可即的遗憾之情。意境朦胧而神韵悠然。

爱情生活中，尤其让男女青年激动人心的，无疑是约会。《邶风·静女》一诗，写的就是男女约会。诗曰：

静女其姝，俟我于城隅。

爱而不见，搔首踟蹰。

静女其娈，贻我彤管。

彤管有炜，说怿女美。

自牧归荑，洵美且异。

匪女之为美，美人之贻。

这首诗的抒情主人公是一个男子。第一章写自己所钟情的姑娘十分娴静美好，约好了在城角边等我。我兴致冲冲地赶来了，她却故意躲起来。见不到她，急得我抓耳挠腮来回走动。姝，美好。俟，等待。第二章的“娈”，也是相貌美好。“贻我彤管”，赠送我一支彤管；彤管很有光泽，我喜欢得不得了。彤管，古代女史用以记事的杆身漆朱的笔。也有说指与“荑”同类的植物，初生时形态呈卷状，色泽鲜亮呈红色。反正是一种普普通通的物品。说，通“悦”；怿，喜爱。女，通“汝”，你。第三章写女子从郊外回来送我初生的荑草，“洵美且异”，实在是美而且不同寻常。“匪女之为美，美人之贻。”不是因为荑草有多么好，而是因为是美人赠送给我的。牧，本义是放养牲口，也引申指放养牲口的牧场、郊外。荑，初生的嫩草芽。洵，实在。本来是一个平平常常的东西，只因为染上了爱情的色彩，成了爱情的信物，便一下子变得不同寻常起来。这实在是清纯男女内心最清纯的情感，唯其清纯，所以格外感人。

此外，还有《郑风·出其东门》，其第一章写道：

出其东门，有女如云。
虽则如云，匪我思存。
缟衣綦巾，聊乐我员。

这首诗的抒情主人公也是一位男子。我外出来到了城东门，美女如云，令人眼花缭乱；虽然有很多美女，但都不是我钟情的，所以我一点也不动心。只有那位穿着洁白外衣、带着青色佩巾的女子，才是我心仪的人。美女如云，不为所动，可见男子用情专一，难能可贵。

到了汉代，爱情诗在描写艺术上有了明显的进展，表情达意明朗直率，艺术表现手法也有了很大的提高。如汉乐府中有一首民歌《上邪》，诗曰：

上邪，我欲与君相知，长命无绝衰。
山无陵，江水为竭，
冬雷震震，夏雨雪，
天地合，乃敢与君绝。

这是一首爱情的盟誓诗。写的是一个少女对着苍天，抒发自己对爱情的忠贞不渝，表现了少女对爱情像火一般的热烈和磐石一般的坚贞。开头一声呼天，将心中的意愿一下子全部倾吐出来。“上”就是上天，“邪”就相当于语尾词“啊”。苍天啊，我要和他相知相爱，“长命无绝衰”。这里的“长命”不是寿命很长，而是时间很长的意思。我对他的爱永远永远不会衰败，不会断绝。本来“长命无绝衰”，已经把少女对于爱情的忠贞激情表现得一泻无余了，文意已足，既似开篇，又如结句；但如果诗就写到这里为止，就不可能成为千古绝唱。因为这仅仅是内心情感的直接呼喊，如同今天的标语口号似的：“我爱你，我永远爱你！”这虽然也激动人心，但那样的话，就没有深沉永久的艺术感染力和动人心魄的情感魅力。

这首诗的精彩之处就在于，少女紧接着又从反面一层层深入下去，一连举出了自然界中不可能发生的五种自然现象：“山无陵”，山没有山峰；“江水为竭”，江水都干涸了；“冬雷震震”，冬天打雷震震地响；“夏雨雪”，夏天下雪；“天地合”，天和地合到一起。只有这五种自然现象全部发生了，“乃敢与君绝”，我才能跟你断绝关系。情感巧妙地来了一个大迂回，真是精彩绝伦，深情奇想，妙不可言。这最后的“乃敢与君绝”，与开始的“长命无绝衰”，看似相反，实则一致，表达一样的情感，程度一样强烈。古人评品绘画有“三品说”，即能品、妙品、神品。画什么就像什么，这是能品，这是最基本的；画得十分精彩，惟妙惟肖，可达妙品；而只有遗其形而得其神，方为最上乘的神品。这首诗就被后世人誉为“短章中的神品”。

我曾经跟我的学生们讲，我认为这首诗之所以被称为“短章中的神品”，除了上面分析的艺术上的精湛、独特外，还在于它具有深邃的思想内涵和深刻的社会内容。任何优秀的作品，都是一定的社会生活和人类情感的真实反映；越是抓住社会生活的本质，反映得越深刻，就越好。生活中我们都有这样一种体会：越是想得到的东西，越是怕失去；越是怕失去的，越是要赌咒发誓地保留住。这是一层意思。回过头来，从相反的一面来说就是：越是赌咒发誓要保留住的东西，就越是存在失去的可能性；如果不存在失去的可能性，也就用不着赌咒发誓要保留住了。所以，从这首诗所表达的内容中我们可以看到，在男权主义的封建社会中，女子失去爱情的风险很高，而男子却不存在这种风险，或者这种风险比女子要小很多很多。所以，在中国古代诗歌中，我们很少看到有男子为爱情赌咒发誓，大都是女子在赌咒发誓，因为封建社会存在着女子失去爱情的深厚社会土壤。这就是这首小诗所蕴含的丰富深刻的社会内容，也是它被人们誉为“神品”的本质之所在。

《上邪》这首诗的表现手法，对后世的诗歌特别是民歌的创作，产生了很大的影响。唐人敦煌曲子词中有一首《菩萨蛮》，词曰：

> 枕前发尽千般愿，要休且待青山烂。水面上秤锤浮，直待黄河彻底枯。　白日参辰现，北斗回南面。休即未能休，且待三更见日头。

《上邪》诗中的主人公是一个少女，而这首词中说是“枕前”发愿，枕席上发愿，那就不是少女而是少妇了。下面一连列举了六种不可能发生的自然现象：“要休且待青山烂”，要想情感完了，除非青山销蚀殆尽；“水面上秤锤浮”，秤砣浮在水面上；“直待黄河彻底枯”，黄河彻底干枯；“白日参辰现”，白天参星和辰星同时出现在天空中；“北斗回南面”，北斗星从北面转到了南面。“休即未能休”，即便是如此，也还不能算完，又追加上一个“且待三更见日头”，还要等到半夜三更太阳出来，我才能跟你完。见，通“现”。俞平伯先生评曰：“这篇叠用许多人世断不可能的事作为比喻，和汉乐府《上邪》相似；但那诗山盟海誓是直说，这里反说，虽发尽千般愿，毕竟负了心，却是不曾说破。”（《唐宋词选释》）所谓“直说”，是说《上邪》是少女直接陈说相知相爱，发誓要“长命无绝衰”；所谓“反说”，是说《菩萨蛮》中的少妇所说的“要休”——想要完了的话，就如何如何。虽然也是发尽千般愿，但没有说破的则是：毕竟已经负心了，只是想赌咒发誓挽救回来而已。俞先生真是独具只眼，高人一筹，此评说极有见地，切中肯綮。

明代有一首民歌叫《挂枝儿·分离》：“要分离除非天做了地，要分离除非东做了西，要分离除非官做了吏。你要分时分不得我，我要离时离不得你，就死在黄泉也做不得分离鬼。”很明显，这首民歌的表现手法，也是受到了汉乐府《上邪》的影响。

汉乐府中还有一首描写女子失恋的诗歌，《有所思》。诗曰：

有所思，乃在大海南。
何用问遗君，双珠玳瑁簪。
用玉绍缭之。
闻君有他心，拉杂摧烧之。
摧烧之，当风扬其灰。
从今以往，勿复相思，相思与君绝。
鸡鸣狗吠，兄嫂当知之。
妃呼狶！
秋风瑟瑟晨风飔，东方须臾高知之。

这首诗字面上的意思是：我所思念的人啊，远在大海之南。送给他什么东西好呢？那美玉装饰成的双珠玳瑁发簪。忽然听闻他变心又爱上别人了，气得我将这爱情的信物折断砸碎。不解恨，再扔到火里烧成灰；还不解恨，再把那灰烬在风中全部抛扬掉。从今以后，再也不思念他了，彻底断绝一切往来。一阵愤激之后，冷静下来一想，以前他来找我时，惊得鸡鸣狗叫，哥哥嫂子都已经知道了我们之间的事情；现在却变成这个样子，真不知道该怎么向他们交代。听窗外飕飕的秋风传来了鸟儿求偶的鸣叫声，禁不住心烦意乱。算了吧，不去想了，一会儿天亮就该知道怎么做了。飔，迅疾。晨风，据闻一多先生考证，是雄雉鸟，常在早晨鸣叫求偶。

诗分三层，开头五句第一层，写女主人公对远方的情郎真挚热烈的爱恋，她精心选择并制作了一个信物——玳瑁簪——准备寄过去。这是大起，写甜蜜的热恋，感情跃上峰巅。第二层从“闻君有他心”到“相思与君绝”，写女主人公听闻自己爱恋的人有了他心，愤怒地将信物砸碎、烧成灰，并抛洒掉，表示一刀两断，态度十分决绝。正所谓爱之愈深恨之愈切。这是大落，写突然失恋，感情跌入谷底。第三层是最后五句，写女主人公由激愤渐趋平静、欲断不能的种种矛盾而彷徨的复杂心态。这是余波渺渺，写感情上不可割舍的眷恋。层次清晰，爱情遭到波折前后情绪跌宕，细腻真实。因为真实不虚假，所以具有感动人心的艺术魅力。

此外，在《汉书·外戚传》中，还记载了汉武帝时的歌舞艺人李延年所作的《北方有佳人》，诗曰：

北方有佳人，绝世而独立。
一顾倾人城，再顾倾人国。
宁不知倾城与倾国，佳人难再得。

北方的佳人啊，绝世无双，独立无偶。“一顾倾人城，再顾倾人国”，即全城、全国的人只要看她一眼，便都会为之倾倒。这首小诗，对后世青年男女的爱情生活和描写爱情的诗歌都很有影响。后世因此称赞容貌娇美、风华绝代的佳人为“倾国倾城”。

东汉时文人创作的《古诗十九首》中，也有几首写到男女爱情的，艺术上更臻成熟。其中一首以女主人公的身份，是这样写道：

行行重行行，与君生别离。
相去万余里，各在天一涯。
道路阻且长，会面安可期。
胡马依北风，越鸟巢南枝。
相去日已远，衣带日已缓。
浮云蔽白日，游子不顾返。
思君令人老，岁月忽已晚。
弃捐勿复道，努力加餐饭。

开头写所爱的人为了谋生外出，不得不“生别离”；一天又一天，走了很长的日子，两个人天各一方，相去千万里，迢迢隔天涯。道路阻断而又遥远，会面遥遥无期。北方的胡马走到哪里都依恋从北方吹来的风，因为家在北方；北方吹来的风，带着它家乡的气息，那气息是它从小最熟悉、最难忘、最亲切的气息。南方的鸟儿不管飞到北方哪里，总是选择在向南伸展的树枝上筑巢；因为它的家乡在南方，向南的树枝离它的家乡更近一点。鸟者，禽也；马者，兽也；禽兽尚且有故土之恋，何况人乎？！意思是说，你走到哪里都要想着家乡和家乡的我啊。“相去日已远，衣带日已缓”，离别后日复一日，相思使得我形体消瘦，衣带都日渐宽松起来。下面写这个女子的忧虑，如同浮云遮蔽了明亮的太阳似的，游子在他乡另有所欢，乐不思蜀，忘了回返家园。思念使我一天天衰老，光阴倏忽，很快又到一年的尽头。最后主人公自我宽慰，算了吧，抛弃掉这些令人感伤的事儿，努力加餐饭，保重身体要紧。诗以百转千回的细腻笔触，写尽了女主人公对爱的渴望、忧愁、疑虑，爱愈深，怨愈长，把所有的恩恩怨怨，表现得真真切切。全诗写出了那个时代女子命运的忧患和心灵的美好，是一首动人的情歌。

汉代古诗中，还有一首著名的长篇叙事诗《古诗为焦仲卿妻作》，又名《孔雀东南飞》，共357句，1785字。此诗乃描写焦仲卿与刘兰芝爱情婚姻悲剧的杰作。故事结构严谨、照应得当，情节哀婉动人，人物形象鲜明突出，语言质朴生动。不仅在汉乐府中，而且在整个中国古代诗歌中，都标志着叙事诗成就的最高峰。这里不作详析，请读者诸君自己品评赏读。

## 二、唐人爱情诗——曾经沧海难为水

中国古代爱情诗歌中，一直不乏描写期望两情相悦，能长相守、莫相离的诗歌。如南朝宋诗人鲍照，在其《拟行路难》十八首的其三中有句曰："含歌揽涕恒抱愁，人生几时得为乐。宁作野中之双凫，不愿云间之别鹤。"说宁肯做贫贱夫妻相互厮守，如同山野中的野鸭子一样比翼双飞；也不愿做富贵人家的姬妾孤独自守，如同晴天云中那虽然高贵、但总是孤单单地分飞的白鹤。

初唐诗人卢照邻《长安古意》中，也有两句跟爱情相关的诗句曰："得成比目何辞死，愿作鸳鸯不羡仙。"这是一位男子想要跟一个女子结秦晋之好的誓词：如果能跟你像比目鱼一样相并共游，则万死不辞；如果能跟你结成鸳鸯形影不离，那么连神仙都不羡慕。比目，鱼名，即鲽。旧说此鱼只有一目，必须两两相并，才能游行，故又名比目鱼。鸳鸯，一种水鸟，雌雄偶居不离，古称“匹鸟”，后因以比喻夫妇。后世诗文中常常以比目鱼、鸳鸯鸟，来比喻爱侣相依相恋，一刻也不分离，用情专一，厮守终身。

初唐时的诗人刘希夷七言古风《公子行》的最后八句也写道：

愿作轻罗著细腰，愿为明镜分娇面。
与君相向转相亲，与君双栖共一身。
愿作贞松千岁古，谁论芳槿一朝新。
百年同谢西山日，千秋万古北邙尘。

所写也是男女爱情的盟誓。表示要双栖双息，身心合一。忠贞相爱如同千年古松，绝不会像木槿花那样开了很快凋零。百年之后，也共一墓穴，千秋万古化作北邙之尘埃。槿，指木槿花，花期较短，只有两三个月。北邙，即北邙山，在洛阳城北，古为墓地所在。

中唐诗人陈羽，生平不详。所作《长相思》诗曰：

相思长相思，相思无限极。
相思苦相思，相思损容色。
容色真可惜，相思不可彻。
日日长相思，相思肠断绝。
肠断绝，泪还续，闲人莫作相思曲。

日日相思，致使肠断绝；而肠断绝后，相思的泪还在继续长流。描写爱情生活中的相思之苦，刻骨铭心，永无止息。

盛唐前期有一位诗人叫崔颢，写过一首七律名作《黄鹤楼》，相传曾令诗仙李白为之搁笔，可见艺术之精湛。他还写过一首民歌体的小诗《长干曲》，写的是男女爱情。

君家何处住？妾住在横塘。
停船暂借问，或恐是同乡。

对这首看上去十分简单的爱情小诗，我们北大外国语学院辜正坤先生在他主编的《中国古代名诗三百首·序》中，有一段异常精彩的分析，恭录如下："一位行船女子想和一位行船男子交朋友。然而从字面上我们却看不到情爱的意思。毋宁说，诗中的女主人公极力想从字面上掩盖住情爱的含义，但她希望对方理解的恰恰是掩盖在后面的意思。"这位女子敢于抛开男女禁忌而与一位陌生男子打话，其勇气可嘉。"瞧她不等对方回答就自报家门，等于主动留一个联系地址。然而话一出口，就怕自己太唐突，匆忙补上一句，解释自己之所以停下船来打话，完全是出于认同乡的目的。'或恐'两字，措词特妙，是姑娘自己设下的两道防线：第一道防线，以认同乡为据，防对方责怪自己太轻浮；第二道防线，以非同乡为据，若对方竟然冷落自己，那他就绝不是同乡了。其实，对方究竟是不是同乡并不重要，重要的是姑娘需要一个相识的借口。那份急切、惶恐、谨慎、扭捏的情状，如历历在目。"清人王夫之也极力称赞这首诗是"墨气所射，四表无穷，无字处皆其意也"（《姜斋诗话》）。

中唐诗人崔护，生平事迹记载不多，但他的一首抒写爱情的小诗《题都城南庄》，却因为一个哀婉动人的故事而流传甚广。

去年今日此门中，人面桃花相映红。
人面不知（一作只今）何处去，桃花依旧笑春风。

这首小诗背后，有一段颇为传奇的爱情故事。据唐孟棨《本事诗·情感》篇载：“博陵崔护，资质甚美，而孤洁寡合，举进士下第。清明日，独游都城南。得居人庄。一亩之宫，而花木丛萃，寂若无人。叩门久之，有女子自门隙窥之，问曰：‘谁耶？’以姓字对，曰：‘寻春独行，酒渴求饮。’女入，以杯水至，开门设床（此乃当时的坐具）命坐。独倚小桃斜柯伫立，而意属殊厚，妖姿媚态，绰有余妍。崔以言挑之，不对，目注者久之。崔辞去，送至门，如不胜情而入。崔亦眷盼而归，嗣后绝不复至。及来岁清明日，忽思之，情不可抑，径往寻之。门墙如故，而已锁扃（门窗插关）之。因题诗于左扉曰：‘去年今日此门中，人面桃花相映红。人面只今何处去，桃花依旧笑春风。’后数日，偶至都城南，复往寻之，闻其中有哭声，叩门问之。有老父出曰：‘君非崔护耶？’曰：‘是也。’又哭曰：‘君杀吾女。’护惊起，莫知所答。老父曰：‘吾女笄年（笄，簪子。女子可盘发插笄，即成年）知书，未适人（古称女子出嫁曰适人）。自去年以来，常恍惚若有所失。比日（近日）与之出，及归，见左扉有字。读之，入门而病，遂绝食数日而死。吾老矣，此女所以不嫁者，将求君子以托吾身。今不幸而殒（死亡），得非君杀之耶？’又特大哭。崔亦感恸，请入哭之。尚俨然在床。崔举其首，枕其股，哭而祝曰：‘某在斯，某在斯。’须臾开目，半日复活矣。父大喜，遂以女归之。”（丁福保辑《历代诗话续编》上）此外，在《太平广记》和《唐诗纪事》中，也有相近的记载。

此诗语言平白，节奏明快，意境优美。与此相关的故事，曲折又富有传奇色彩，淳朴而富有人性的美，给这首小诗蒙上了一层迷人的轻纱。后来，根据这一故事改编的作品，几乎代代不绝。宋人话本曾有《崔护觅水》、诸宫调曾有《崔护谒浆》，均佚；此外元人白朴、尚仲贤均据此创作了杂剧《崔护谒浆》，明人孟称舜又编有杂剧《桃花人面》等，可见这个故事影响很大，在不同时代的戏剧舞台和社会生活中，一直具有鲜活的生命力。

中唐诗人元稹写有《离思五首》，其四如下：

> 曾经沧海难为水，除却巫山不是云。
> 取次花丛懒回顾，半缘修道半缘君。

《离思五首》，是诗人悼念亡妻韦丛的一组悼亡诗，抒发了诗人对亡妻忠贞不渝的爱情和刻骨铭心的思念。其四的前两句是描写爱情的名句，说看过浩瀚的大海之后，其他的水就算不得什么水了。用典，化用《孟子·尽心下》："观于海者难为水，游于圣人之门者难为言。"除了巫山的云彩，天下再没有什么美好的云了。也是用典，王羲之学书法时见蔡邕石经三体书和张昶《华岳碑》，叹曰："巫山洛水外，云水宁足贵哉！"绝句的后两句说，自己任意地、随便地在美人堆里走过，也懒得回头去看一眼，一半是因为修道不能有邪念，一半是因为对你的爱忠贞不渝。

元稹还写过《遣悲怀三首》，其中有回忆以前夫妻在一起生活时的感人情景：她见我没有衣服，就翻箱倒箧找布料为我做衣服；我常常因为没有钱买酒，便软磨硬泡地缠着她，拔下头上心爱的金钗去换钱买酒。曰："顾我无衣搜荩箧，泥他沽酒拔金钗。"荩箧，竹草编的箱子。另外有句曰："诚知此恨人人有，贫贱夫妻百事哀。""唯将终夜长开眼，报答平生未展眉。"只有用睁眼彻夜难眠的思念，来报答你生前为我付出种种辛劳、一辈子也没有过上一天舒心的日子。陈寅恪先生认为："所谓'常开眼'者，自比鳏鱼，即自誓终鳏之义。"因为鳏鱼目恒不闭也。鳏，无妻或丧妻的人；诗人暗暗表示不再娶妇。亦为一解。元稹的这些诗句，写得都还是一往情深的。

中唐诗人刘禹锡，学习民歌，写有《竹枝词九首》和《竹枝词二首》。从民歌中汲取营养，清新的风格亦相近，而艺术上却有了很大的提高，更加雅致精到。其中，爱情题材的诗歌有《竹枝词二首》。其一曰：

杨柳青青江水平，闻郎江上唱歌声。

东边日出西边雨，道是无晴却有晴。

在杨柳青青披拂、江水平满荡漾的江岸边，一位女子应约而来与心上人相会。等了半天也没有见人来，正在焦虑纳闷不知道什么原因的时候，忽然从远处江面传来了情郎的歌声，自然眼前一亮，十分兴奋。此时此刻正好太阳从云层中出来，而西边却还在下雨，女子会心一笑，灵机一动，在心中唱道："东边日出西边雨，道是无晴却有晴。"东边出太阳西边在下雨，你说是没有晴天却还是有晴天。这里巧妙地以"晴"与"情"谐音双关，暗藏的意思是：以为他无情不来了，但他还是有情又来啦。谐音双关，是民歌中常用的手法。如南朝民歌《读曲歌九首》其四："奈何许！石阙生口中，衔碑不得语。"其中"碑"与"悲"谐音，"衔碑"就是"含悲"；"衔碑不得语"，就是饱含着悲痛一句话也说不出来。

《竹枝词二首》其二曰：

山桃红花满上头，蜀江春水拍山流。

花红易衰似郎意，水流无限似侬愁。

山上开满了红艳艳的桃花，山涧里的春水拍打着山崖滚滚东流。桃花虽然美好但是容易衰败凋谢，就像情郎的情意，虽然一时美好但长久不了。那江水长流无尽，永不枯竭，就跟我的感情一样永远不变，地久天长。

## 三、唐女诗人爱情诗——易求无价宝，难得有心郎

说到爱情诗，不能不说唐代诗坛上三位女诗人，李冶、薛涛、鱼玄机，她们被后人称为“唐三大女诗人”。李冶和鱼玄机都是女道士，薛涛是成都的乐伎，她们也都写过关于男女爱情或情爱的诗歌。

### 1. 李冶

李冶（？—784），字季兰，乌程（今浙江湖州）人。幼聪慧，六岁能诗，善弹琴。其诗为当时名士所称，有“女中诗豪”之目。与陆羽、皎然等过从甚厚。后出家为道士，风流放诞，曾与诸贤会于乌程开元寺，座间与刘长卿互嘲。后因向据长安作乱的藩镇节度使朱泚献诗，于兴元元年秋，被德宗所杀。诗以五言见长，善用民歌手法，颇存汉魏古风，内容多为赠人送别、感怀遣兴之作。表现情爱的如《相思怨》，诗曰：

人道海水深，不抵相思半。
海水尚有涯，相思渺无畔。
携琴上高楼，楼虚月华满。
弹著相思曲，弦肠一时断。

诗写得比较直白。谓人们都说海水深，但海水还不抵相思一半深。海水尚且有涯岸，而相思却没有边际。后面说明月朗照之下，诗人登上高楼弹奏一曲相思曲，琴弦和愁肠一起断绝。

表达闺中这种离别相思之情的，有七绝《得阎伯钧书》。诗曰：

情来对镜懒梳头，暮雨萧萧庭树秋。

莫怪阑干垂玉箸，只缘惆怅对银钩。

愁怨袭来，女诗人早晨懒得对镜梳妆，直到傍晚潇潇秋雨中，愁怨更甚。不要责怪倚阑干泪流不断，只是因为帏帐挂在银钩上，露出空闺空床，满室寂寞，令人惆怅。玉箸，白玉筷子；喻指两行泪水。

李冶诗歌中，有一首诗十分特别，那就是《八至》。形式特别，是一首六言绝句；四句重复用八个“至”字，也很特别。内容更是特别，大胆抨击封建宗法制度。

至近至远东西，至深至浅清溪。
至高至明日月，至亲至疏夫妻。

这首六言诗，形式新颖，内容尖锐，直接抨击“夫为妻纲”的传统礼教。前三句的比喻是铺垫，三个比喻都看似矛盾，却很雄辩，目的是证明结句中“至亲至疏”的辩证关系，不可移易。施蛰存先生在《唐诗百话》中分析道：“在封建宗法制度中，夫妻是五伦（君臣、父子、兄弟、夫妇、朋友）之一，又是三纲（君为臣纲、父为子纲、夫为妻纲）之一。夫为妻纲，妻是从属于夫的。夫妻的爱情，不是双方均等，而是由宗法制度分配的。夫对妻，主权大于爱情；妻对夫，义务大于爱情。由封建婚姻制度结合的夫妻，他们之间，即使双方都有爱情，这种爱情也是由封建制度维持着的。李季兰看穿了这种夫妻关系，用一句六言诗就揭发了这种夫妻关系的本质：表面上是最亲密，实质上是最疏淡。”施先生看问题角度独特，立论深刻，称赞之意溢于言表之外。

### 2. 薛涛

薛涛（？—832），字洪度，京兆长安（今陕西西安）人，幼随父仕官入蜀，聪慧能诗，才思敏捷，精通音律，名震西川。相传八岁时与其父薛郧在庭院里的梧桐树下歇凉，风动桐叶，其父忽有所悟，吟道："庭除一古桐，耸干入云中。"薛涛不假思索，应声续道："枝迎南北鸟，叶送往来风。"其父愀然久之，以为非吉兆也。果然，贞元元年（785）韦皋镇蜀，薛涛被召侑酒赋诗，遂入乐籍。元和二年（807）武元衡镇蜀，奏为校书郎，格于旧例，虽未授，但薛涛由此号女校书，后世遂称妓女为女校书。薛涛与历任镇蜀节度使均有诗献酬，还与名诗人白居易、元稹、王建等有唱和。相传与韦皋、元稹有过恋情。恋爱期间，薛涛用自己特制的粉红色、长宽适度的小笺来写诗，时人称为"薛涛笺"。在唐女诗人中存诗最多，《全唐诗》录诗八十九首。明人杨慎称赞其诗："有讽喻而不露，得诗人之妙。"（《升庵诗话》）绝句尤为人称赏。明人胡震亨曰："工绝句，无雌声。"（《唐音癸签》）

薛涛歌咏相思之情的，有《春望词四首》，其一和其四，分别如下。

> 花开不同赏，花落不同悲。
> 欲问相思处，花开花落时。
>
> 那堪花满枝，翻作两相思。
> 玉箸垂朝镜，春风知不知。

另有《赠远二首》，其一如下。

> 芙蓉新落蜀山秋，锦字开缄到是愁。
> 闺阁不知戎马事，月高还上望夫楼。

写闺中相思之情，皆清新隽永，味之愈长。另外，有描写相思离别、望雁盼归的绝句《送友人》。

水国蒹葭夜有霜，月寒山色共苍苍。
谁言千里自今夕，离梦杳如关塞长。

又有七绝《江边》：

西风忽报雁双双，人世心形两自降。
不为鱼肠有真诀，谁能夜夜立清江。

心形，指精神和形体。鱼肠，指书信。王僧儒《咏捣衣》：“尺素在鱼肠，寸心凭雁足。”表达了思念有情人、盼望来信息的殷殷之情。

薛涛写过一首七绝《赠段校书》，段校书就是段成式。段成式（？—863），宰相段文昌之子，以荫为秘书省校书郎。博闻强记，多阅奇书秘籍。薛涛诗曰：

公子翩翩说校书，玉弓金勒紫绡裾。
玄成莫便骄名誉，文采风流定不如。

王建（一作胡曾）写有一首七绝《寄蜀中薛涛校书》，诗中热情称赞薛涛是：

万里桥边女校书，枇杷花里闭门居。
扫眉才子知多少，管领春风总不如。

时人呼薛涛为女校书，后因以称妓女而能文者。此诗让人读了，并不感到有溢美之嫌，反而觉得切合实际，令人口齿生香。

### 3. 鱼玄机

晚唐女诗人鱼玄机（约844—868），字蕙兰，一字幼微，长安（今陕西西安）人。十一岁左右，因聪慧过人，被温庭筠收为弟子，教其作诗。唐懿宗咸通中为李亿妾，以李妻不容，出家为女道士，道号“玄机”，遂被称为鱼玄机。后因虐杀侍婢，被京兆尹温璋杀死。秉性聪慧，诗有才思，写男女爱情的诗歌，尤为真切细腻，坦率直白。元人辛文房称赞其诗“情致繁缛”(《唐才子传》)。所作《江陵愁望寄子安》诗曰：

枫叶千枝复万枝，江桥掩映暮帆迟。
忆君心似西江水，日夜东流无歇时。

题一作“江陵愁望有寄”。江陵，今湖北荆州。子安，李亿字。首句写景以兴起愁情。枫生江上，秋风一起，吹动千枝万枝，萧萧之声满林，不由得触动人的愁思。此暗用《楚辞·招魂》“湛湛江水兮上有枫，目极千里兮伤春心”。次句写时已日暮，望断江桥掩映处，也不见归舟。后两句直接抒发相思之情。以江水永不停歇，比喻相思之情也永不停歇。乃化用徐幹《室思》中“思君如流水，何有穷已时”句意。

另有《隔汉江寄子安》诗曰：

江南江北愁望，相思相忆空吟。
鸳鸯暖卧沙浦，鸂鶒闲飞橘林。
烟里歌声隐隐，渡头月色沉沉。
含情咫尺千里，况听家家远砧。

鸂鶒，水鸟，多紫色，雌雄喜好并游，俗称紫鸳鸯。谓自己与有情人隔江不能相见，空自相思相忆；于“歌声隐隐”“月色沉沉”中“含情咫尺千里”，“江南江北愁望”。

还有一首七律《寄子安》诗曰：

醉别千卮不浣愁，离肠百结解无由。
蕙兰销歇归春圃，杨柳东西绊客舟。
聚散已悲云不定，恩情须学水长流。
有花时节知难遇，未肯厌厌醉玉楼。

开头说离别时醉酒千杯也不能洗净离愁，结尾说离别之后也慵懒厌厌以酒浇愁醉玉楼。聚散不定如浮云飘荡令人生悲，恩爱深情当铭记不忘如同水长流。可见诗人对爱，铭心刻骨，念念不忘。

鱼玄机另有五律《赠邻女》，五代时韦縠所编《才调集》中收此诗，题目直接标作“寄李亿员外”。诗曰：

羞日遮罗袖，愁春懒起妆。
易求无价宝，难得有心郎。
枕上潜垂泪，花间暗断肠。
自能窥宋玉，何必恨王昌。

猜度诗意，此诗当是鱼玄机入道后对李亿失望甚至绝望时的痛苦表白。首联写自己因愁思而懒得梳妆。颔联乃名句，以“无价宝”比“有心郎”，可见对真挚爱情的重视和珍惜。以“易求”反衬“难得”，真正求得爱情是何等的艰难和不易。颈联写诗人日夕以泪洗面，暗自断肠。尾联用宋玉辞赋典故。宋玉，战国时著名辞赋家，曾作《登徒子好色赋》，讲有一个貌美绝伦的东邻姑娘，在墙头上偷窥了他三年，“至今未许也”。诗人用此典，寓意是要邻女自己去找爱人，把宋玉比为有心郎。王昌，本是魏晋时一个为当时人称赏的俊美男子。唐人诗中常习用，借以称女子的恋人，此亦借用比负心郎。所表现的乃是极度痛苦之后的一种明朗决绝的态度。

## 四、李商隐的《无题》诗——春蚕到死丝方尽

晚唐诗人李商隐的诗中，有一些以“无题”为题的诗，或者以首句开头的二字为题、其实也是无题的诗，一共有二十多首。以“无题”为题，是李商隐的独创。表达感情都比较曲折婉幽，意境幽渺，情意绵长，让人难以琢磨出具体意旨。艺术上辞藻华丽，典丽精工，音调和美，荡气回肠。手法比较隐晦曲折，含义丰富难测。因此，李商隐的“无题诗”很难确解，历来众说纷纭。或以为是诗人书写自己爱情生活中种种情感，或以为是感慨身世的种种遭遇，或以为是借男女爱情影射政治。正如金人元好问《论诗三十首》其十二所说：“望帝春心托杜鹃，佳人锦瑟怨华年。诗家总爱西昆好，独恨无人作郑笺。”首句为李商隐《锦瑟》诗中成句；宋初杨亿、钱惟演诸人馆阁之作曰《西昆酬唱集》。严羽《沧浪诗话》谓：“李商隐体，即西昆体也。”郑笺，东汉郑玄所作《毛诗传笺》的简称，这里指对古代诗文的笺注。其实这些诗歌，在没有确切史料确指某事的时候，不必刻意求深，或故意求新，或有意曲解猜测，不妨就作爱情诗来解读，可能更为通达，也更好一些。

如以下这首《无题》诗，写男女之间心心相印而无法倾诉、无法表白的苦闷。诗曰：

> 昨夜星辰昨夜风，画楼西畔桂堂东。
> 身无彩凤双飞翼，心有灵犀一点通。
> 隔座送钩春酒暖，分曹射覆蜡灯红。
> 嗟余听鼓应官去，走马兰台类转蓬。

这首诗写主人公对爱情的渴望，心相知而不能吐诉，转眼就无

奈离别的怅惘之情。昨晚，星光灿灿夜风习习，酒宴安排在画楼西畔桂堂之东，两个人互有属意，四目默默相望，虽然没有彩凤那样的双翅，得以飞越阻隔，相会到一起，却像灵异的犀角自有一线相通一样，彼此心灵相通——“心有灵犀一点通”。隔座对饮春酒送去温暖，各自行酒令，红烛的光芒互相照映。可叹五更鼓响自己就要走马兰台上朝去了，人生转眼分手就跟飘转不定的蓬草一样，又要无可奈何地分飞离别了。这首诗着重抒写主人公的心理活动，时空上跳跃很大，断续无端，变幻迷离，很有一点“意识流”的韵味。

又如，写与相爱女子暮春惜别时情感缠绵、刻骨铭心的《无题》，诗曰：

> 相见时难别亦难，东风无力百花残。
> 春蚕到死丝方尽，蜡炬成灰泪始干。
> 晓镜但愁云鬓改，夜吟应觉月光寒。
> 蓬山此去无多路，青鸟殷勤为探看。

这首诗是写男女离别时情景。首联倒装写法，离别的此时正是春色将衰、百花凋残的暮春时节，因为相见难所以离别更难，更加依依不舍。颔联是千古名句，春蚕一直到结茧的时候，丝才吐尽；蜡烛只有燃烧尽了成灰之时，像泪一样的烛油才会滴干。“丝”与相思的“思”谐音双关，蜡油与眼泪也是比拟双关；这是离别时双方表达至死不变的山盟海誓。颈联和尾联是想象分别之后的情景：颈联前句写离别后女子早起梳妆为因离别之愁而生白发而愁，后句写男子因相思而在月光下久久行吟，直到身心俱感觉寒意。最后说，你的住处蓬莱山虽然就在不远处，但是可望见而不可即；所幸还能托——亦可理解为没办法只能托——信使青鸟传递信息，一通情愫。结句抱有无限的希冀，至于能不能传来音信，就不得而知了。

又如，另一首《无题》诗曰：

> 重帏深下莫愁堂，卧后清宵细细长。
> 神女生涯原是梦，小姑居处本无郎。
> 风波不信菱枝弱，月露谁教桂叶香。
> 直道相思了无益，未妨惆怅是清狂。

重帏深垂，居室幽寂，辗转难眠，清夜漫长，说是莫愁堂，实则多愁堂也。颔联上句用巫山神女梦楚王事，下句用《神弦歌·青溪小姑曲》“小姑所居，独处无郎”句意，谓有过巫山云雨一样美好的幻想和追求，但幻梦一场，到头来独处无郎，终身无托。用典自如，“原”“本”二字值得玩味，前者谓曾有过短暂的遇合，后者似乎有自我解嘲意味。颈联用两个比喻，自己如同柔弱的菱枝遭风波摧折，虽无月露滋润，仍然像桂枝一样不改芳香。尾联表示不放弃爱情上的追求，即便沉溺相思全然无益健康，但我还是抱痴情到底，落得个终生清狂，也在所不惜。清狂，放逸不羁。

有分析者认为其中有政治上的寄托，特别是“风波”句。即便真有寄托，也是非常隐晦，而且这所谓寄托的方面在诗中没有给人什么感染力。相反，作为爱情诗来读，反倒是更加真切细腻，而且一点也不影响其艺术价值。

再如，写爱情生活中难免波澜起伏，事到如今往事不堪回首的《锦瑟》。

> 锦瑟无端五十弦，一弦一柱思华年。
> 庄生晓梦迷蝴蝶，望帝春心托杜鹃。
> 沧海月明珠有泪，蓝田日暖玉生烟。

此情可待成追忆，只是当时已惘然。

此诗以“锦瑟”为题，只是取首句首两字，实则“无题”，内容也跟琴瑟毫无关系，只是借锦瑟以起兴。至于主题，有人以为是写给令狐楚家名叫“锦瑟”的侍女的：“李商隐有《锦瑟》诗，人莫晓其意，或谓是令狐楚家青衣名也。”（刘攽《中山诗话》）有人以为是写给亡妻的悼亡诗：“此悼亡之诗也。首特借素女鼓五十弦之瑟而悲，泰帝禁不可止，以发端言悲思之情有不可得而止者。次联则悲其遽化为异物。腹联又悲其不能复起之九原也。曰‘思华年’，曰‘追忆’，指趣晓然，何事纷纷附会乎？”（何焯《义门读书记》）还有认为：“此义山有托而咏也……顾其意言所指，或忆少年之艳冶，而伤美人之迟暮，或感身世之阅历，而悼壮夫之晼晚，则未可以一辞定也。”（钱谦益、何焯《唐诗鼓吹评注》）诸如此类，莫衷一是。

其实，以描写男女爱情生活来解释，倒很通顺畅达。意中人拨动着锦瑟琴弦，每一弦都在回忆已经逝去的美好时光。庄生梦蝶，大梦骤醒，美好尽失；杜鹃啼血，一切虚无缥缈，令人迷茫。沧海月明，如珠有泪，蓝田日暖，似玉生烟，令人感伤。这一切只能留在美好的追忆之中了，而今思之当时不知珍惜，令人不胜怅惘无奈也。

此外，还有一首《无题》诗，也是写与相爱女子久别之后那种渗透入骨髓的相思之苦。诗曰：

来是空言去绝踪，月斜楼上五更钟。

梦为远别啼难唤，书被催成墨未浓。

蜡照半笼金翡翠，麝熏微度绣芙蓉。

刘郎已恨蓬山远，更隔蓬山一万重。

首联写离别经年，无缘重逢，便相思成梦。一梦惊醒，踪迹杳然，窗外斜月朦胧，远处从楼头传来悠扬的钟声。颔联写梦中心爱之人分别远去，自己伤心啼哭也难以唤回，情不可待地展纸奋笔给心爱之人写情书，情书被激情所催很快写成了，可是墨还没有在如此短的时间内研磨浓。可见情之急迫、饱满、充沛。颈联写此时室内的环境氛围，蜡烛光摇曳不定，绣着翡翠鸟图案的帏帐忽明忽暗，芙蓉褥子上飘来淡淡的麝香；这一切都恍如梦中，让人分不清是梦境还是实境。尾联用刘晨重寻仙人不遇的故事，点明爱情受到阻隔。以“已恨”“更隔”，递进一层，表明阻隔重重，无力冲破，失恋的悲剧不可避免。这种情绪，在另一首《无题》中，表露得更加显豁。诗的尾联曰：“春心莫共花争发，一寸相思一寸灰。”则表明对爱情已经彻底绝望了。

古往今来，爱情是历代诗歌永恒的主题。唐诗之后的宋词，更是以描写男欢女爱的爱情生活为主旋律，以婉约缠绵为主基调，以香艳柔媚为主情趣，把爱情诗歌推上了新高峰。歌咏爱情的诗歌，随着时代的不断发展演进，在思想内涵、审美情趣和艺术表现特色等方面，不断地有发展变化。所不变的则是对真、善、美的永恒追求，这种追求，将永远是照亮爱情诗歌永不熄灭的灵光一点！

## / 第十讲 /

# 唐宋哲理诗

所谓哲理诗，就是诗人以自己慧眼灵心，对社会和人生进行思考探索，将所体悟的深邃哲理，融注和蕴涵在鲜明的艺术形象中的诗歌。哲理诗将思想渗透于形象之中，经过独特的审美创造，表达作者的真知灼见。哲理诗既不能只是说理没有形象和诗情，也不能只有形象诗情而缺乏哲理，只有两者兼有，情理交融的哲理诗，才能引人入胜，耐人寻味，读了给人以理性上的启迪、思想上的教益和艺术上的美感享受。这样的诗，方能称得上是哲理诗中的上乘之作。

### 一、唐前哲理诗——百川东到海，何时复西归

唐以前的哲理诗，最早可追溯到《诗经》。其《秦风·蒹葭》的第一章写道："蒹葭苍苍，白露为霜。所谓伊人，在水一方。溯洄从之，道阻且长。溯游从之，宛在水中央。"这当然首先是一首情歌，但诗中弥漫着的那种似有若无、可望而不可即的淡淡愁思和凄婉怅然之情，使人隐隐感受到人生追求美好理想时，那种可期难求的哲理之思，意境朦胧而神韵悠然。而《小雅·十月之交》中"百川沸腾，山冢崒崩。高岸为谷，深谷为陵"，则写出了自然界中万事万物永不止息的变化，表达了人们对自然界沧桑巨变、事无永恒

的道理的思索。

到了汉代，哲理诗有了明显的演进。汉古诗中有一首《长歌行》，诗曰：

青青园中葵，朝露待日晞。
阳春布德泽，万物生光辉。
常恐秋节至，焜黄华叶衰。
百川东到海，何时复西归？
少壮不努力，老大徒伤悲。

明亮的太阳照耀着青青园中葵上的朝露，朝露很快被晒干（晞，干燥）消失。万物在春天的德泽下繁茂光亮，而秋风一起，则无可奈何地焜黄枯萎。华夏大地上的主要河流都是从西往东奔赴大海，一去而不返，再无西归之时。以此告诫人们少壮的时候如果不努力奋斗，等到老了就只有徒然、白白地伤悲。“百川东到海，何时复西归”，这是指空间上的河流、自然界中的河流，总是由西往东滚滚流逝；而“少壮不努力，老大徒伤悲”，则是时间上的河流——这是一条十分特殊的河，是一维的、单向的，不会拐弯，更不会倒流。人生本是单行道，生命之河不倒流。诗歌告诫和启迪人们要珍爱生命，珍惜光阴，及时奋发，有所作为。

到了汉末建安诗坛，“建安七子”之一的刘桢（？—217），作有《赠从弟》三首，其二曰：

亭亭山上松，瑟瑟谷中风。
风声一何盛，松枝一何劲。
冰霜正惨凄，终岁常端正。
岂不罹凝寒，松柏有本性。

山上的青松亭亭傲立，山谷里山风瑟瑟劲吹。风声越是猛烈，松枝越显得劲健。冰刀霜剑十分严酷，但青松春夏秋冬一年到头总是端正挺拔。松柏岂不遭遇严寒的侵袭？只是因为它们秉持不畏严寒的本性。所谓“岁不寒无以知松柏，事不难无以知君子”（《荀子·大略》）。题目中的“从弟”，就是堂弟。这是诗人赠给堂弟的诗，以“岁寒然后知松柏之后凋也”（《论语·子罕》），激励堂弟在遇到艰难困苦的时候，一定要像严寒中的松柏那样，守持本性，纯洁操守。是勉励从弟，也是自勉，更是勉励他人。

体现这一哲理的，还有陶渊明（365—427）两首诗中的名句。一首是《饮酒》其八，诗中有句曰：

> 青松在东园，众草没其姿。
> 凝霜殄异类，卓然见高枝。

东园里的青松，春夏之时，被茂密的杂草所淹没。可是一旦到了秋冬时节，严霜一降，灭杀了所有杂七杂八的“异类”杂草，此时才显现出了青松高大的雄姿。殄，就是消灭，灭绝。卓，高而挺直。见，同“现”，显露。自然界是如此，人的社会生活中也是如此，只有经过严酷的患难考验，人的美好内质和不屈本性才能显示出来。

另一首《和郭主簿》其二，诗中与此诗哲理相同的名句曰：

> 芳菊开林耀，青松冠岩列。
> 怀此贞秀姿，卓为霜下杰。

诗人将青松与自己最喜欢的菊花并提，热情地推赞其外形为冠岩挺立、抱香枝头的“贞秀姿”，其内质为秉性不畏严寒、傲然高卓的“霜下杰”。这“贞秀姿”和“霜下杰”，正是诗人陶渊明自己高洁人格的物化外露。

## 二、唐人哲理诗——欲穷千里目，更上一层楼

到了唐代诗坛，哲理诗得到了很大的发展，蔚为大观。王之涣（688—742）脍炙人口的五绝《登鹳雀楼》诗曰：

白日依山尽，黄河入海流。
欲穷千里目，更上一层楼。

鹳雀楼，又名鹳鹊楼，因时有鹳雀栖息其上而得名。始建于北周时期（557—581），位于山西省永济市蒲州古城西南的黄河东岸。首句“白日依山尽”，一般解释为人在鹳雀楼上望着太阳依山冉冉落下。有人认为楼在黄河东岸，山也在河东，因而从楼头向西望去这里的黄河西边没有山，于是就解释为：人在鹳雀楼上向东眺望，夕阳余晖从东面的山上渐渐消失。

我不太赞同这样的理解。我以为“白日依山尽”，不是写夕阳依山而落，如果太阳落下了，下面的“欲穷千里目，更上一层楼”就不好解释了。因为如果太阳落山了，你更上一层楼、更上三层楼五层楼也什么都看不见了。我思忖“白日”应该不是指落日，而是指明亮的太阳。“白日”一词，乃偏正词组。白，指光亮，明亮。如高适《别董大》诗中的“千里黄云白日曛”，“白日曛”就是明亮的太阳也变得昏暗起来。“白日依山尽”，就是那耀眼的太阳发出的明亮光芒，沿着延绵的群山一直映照到了起伏山峦那远远的尽头。这样理解，下面的“欲穷千里目，更上一层楼”，登高望远，目及千里，也就顺理成章了。鹳雀楼和山都在黄河东岸的问题，也就随

之迎刃而解了。

“欲穷千里目，更上一层楼”，本来只是一种描写，但后人将这两句赋予了一种哲理。所谓“穷目之观，更在高处”（明末清初唐汝询《唐诗解》），登高方可以望远，人生就是要站得高，方能望得远；所以人生必须要不断攀登，更上层楼！

这一哲理，到了宋人王安石（1021—1086）的《登飞来峰》诗中，则表达得更加显豁。诗曰：

飞来峰上千寻塔，闻说鸡鸣见日升。
不畏浮云遮望眼，自缘身在最高层。

飞来峰已经很高，在上面所建的千寻之塔则更高。听说在千寻塔上雄鸡初鸣时，人们能够看见遥远的东方红日冉冉初升的情景。这两句极言千寻塔之高。身处如此高处，自然就不怕被浮云遮住向远处眺望的双眼了。这是因为已经置身在最高层，什么都一览无余。其哲理在于只要高居要位，或者身居某一领域里的最高层，自然就能高瞻远瞩，不畏浮云遮蔽了。

开元二十四年（736），年轻的诗人杜甫，曾经有过一段漫游生活。在北游齐（山东）赵（河北），途经泰山时，写过一首五律《望岳》。诗曰：

岱宗夫如何？齐鲁青未了。
造化钟神秀，阴阳割昏晓。
荡胸生曾云，决眦入归鸟。
会当凌绝顶，一览众山小。

诗题为“望岳”，“望”字是贯穿全诗的神髓。首联写远望。诗人从远处望东岳泰山，受到震撼，禁不住心口相商：五岳之首的泰山宏伟的景象，怎么来描述和形容呢？岱是泰山的别称，因为泰山是五岳之首，故尊为岱宗。诗人自问自答：泰山高耸在齐鲁大地上，那青翠的山色连绵不断没有尽头。清人施补华称赞："'齐鲁青未了'五字，囊括数千里，可谓雄阔。"（《岘傭说诗》）

颔联是近望。走近了一看，大自然把神奇秀丽的景色都汇聚于泰山之中；山北山南，阴阳分开，昏晓有别，十分鲜明。造化，就是宇宙自然。钟，就是汇聚。"割"字用得很好，化静为动，本来是静止的泰山，这里被形容成一把挥动的宝剑，把大自然割成阴阳两个部分。

颈联是细望。写荡涤人胸怀的，是那一层层升腾搅动的云气；诗人傍晚极目细望远处那归巢的鸟儿，把眼眶都快要撑裂了。眦，眼角；决眦，使眼角裂开。这是极目细望泰山。

最后尾联是想象登上泰山极顶时俯望八荒的情景。"一览众山小"，语本《孟子·尽心上》："登泰山而小天下。"诗人想象自己登上泰山极顶后，俯望群峰，群山便显得渺小了起来。凌，升空。凌绝顶，就是飞步升空到达绝顶。这两句，被后人赋予了一种哲理的意味，当我们鼓励某人在某一个领域努力登攀登上巅峰时，会说热情地期望对方"会当凌绝顶，一览众山小"；当他登上某一领域的巅峰时，会感慨"一览众山小"。清人浦起龙认为："杜子心胸气魄，于斯可观。取为压卷，屹然作镇。"（《读杜心解》）

中唐诗人刘禹锡的七律《酬乐天扬州初逢席上见赠》诗曰：

巴山楚水凄凉地，二十三年弃置身。
怀旧空吟闻笛赋，到乡翻似烂柯人。
沉舟侧畔千帆过，病树前头万木春。
今日听君歌一曲，暂凭杯酒长精神。

其他就不细讲了，就讲其中带有哲理的颈联："沉舟侧畔千帆过，病树前头万木春。"本意是一条船沉没了，在那沉船的旁边有千帆竞发，无数的船儿驶向远方；在一棵病死枯萎了的树的前头，万木争荣，又有无数的新树蓬蓬勃勃地生长。这两句形象生动的诗句，表现了诗人面对世事变迁、仕宦浮沉所持有的豁达开朗的态度。后人也在其中赋予了一种哲理，即新陈代谢既是自然界也是人世间不可抗拒的客观规律，新事物战胜旧事物，一浪推一浪，也是历史发展的必然。白居易在《刘白唱和集解》中，也称赞这两句"真谓神妙"。

这一精妙的哲理，刘禹锡还在另一首七律《乐天见示伤微之敦诗晦叔三君子皆有深分因成是诗以寄》中形象地阐述过。诗曰：

吟君叹逝双绝句，使我伤怀奏短歌。
世上空惊故人少，集中惟觉祭文多。
芳林新叶催陈叶，流水前波让后波。
万古到今同此恨，闻琴泪尽欲如何。

也是在诗中的颈联："芳林新叶催陈叶，流水前波让后波"，表达的也是同样的哲理。春天新长出来的芬芳新叶，把去年秋冬时残留在枝头的陈叶、枯叶给催落下去了；河川里的流水，前波让给后波，波波相推奔涌向前。一代人做一代人的事情，做好这一代人的事情后，就要培养和支持下一代人接替自己，超过自己，继续大步前行，去创造更加辉煌的明天。只有这样，我们的社会才有无限的生机和希望，我们的人类才有望不尽的春光灿烂。

中唐诗人白居易也写过几首富有哲理的诗，如《赋得古原草送别》。诗曰：

离离原上草，一岁一枯荣。
野火烧不尽，春风吹又生。
远芳侵古道，晴翠接荒城。
又送王孙去，萋萋满别情。

据唐张固记载中晚唐朝野趣闻逸事的《幽闲鼓吹》载："白尚书（白居易）应举，初至京，以诗谒顾著作（顾况）。况睹姓名，熟视白公曰：'米价方贵，居亦弗易。'乃披卷，首篇曰：'离离原上草，一岁一枯荣。野火烧不尽，春风吹又生。'即嗟赏曰：'道得个语，居即易矣！'因为之延誉，名声大振。"五代王定保《唐摭言·知己》亦有记载，字句稍有不同。顾况贞元四年（788）为秘书省著作佐郎。比白居易年长四十多岁，笔记所载此事，也是大体可信的。

这本来是一首送别诗，后四句写送别朋友，深情无限。前四句写景，本来是在送别诗中作为背景来写的，写古原草十分青翠茂盛。离离，这里形容草盛多、浓密的样子。原上茂盛的野草，每一年都经历一次春荣秋枯，从无例外。野火烧不尽野草，野草的茎叶即便被烧没了，但只要草根还在，等到春风一吹，便又蓬蓬勃勃地生长起来。"野火烧不尽，春风吹又生"中，蕴涵着丰富的哲理，在社会生活中，但凡新生的、正义的事物，一定具有顽强的生命力，即便是遭受挫折，最终也一定会战胜腐朽的、非正义的事物。

又如，唐宪宗元和五年（810），白居易的好朋友元稹被贬江陵，写过《放言五首》以表达自己的心情，其一有句曰："五斗解酲犹恨少，十分飞盏未嫌多。眼前仇敌都休问，身外功名一任他。"五年后，元和十年（815）白居易被贬江州，感慨万千，也写了《放言五首》以奉和。其一曰：

朝真暮伪何人辨，古往今来底事无。
但爱臧生能诈圣，可知宁子解佯愚。
草萤有耀终非火，荷露虽团岂是珠。
不取燔柴兼照乘，可怜光彩亦何殊。

通篇议论言理，很有说服力。既针砭时弊，不是泛泛空论，很有现实意义；也上升到人生哲理的理性层面，启迪心智，具有普遍意义。这种艺术效果的取得，一者在于取历史典故来论证时，确凿、贴切、有力，无可辩驳，服人以理。二者在于取自然物象来论证时，所用“草萤”“荷露”等物象，形象十分鲜明，比喻生动有趣，令人容易接受，心悦诚服。

再如其三曰：

赠君一法决狐疑，不用钻龟与祝蓍。
试玉要烧三日满，辨材须待七年期。
周公恐惧流言日，王莽谦恭未篡时。
向使当初身便死，一生真伪复谁知？

这首与其一的主旨相同，结构则有同有异。也是首联点明赠给你一个解决狐疑的办法，不用龟卜和拜蓍。颔联先取自然界中的事情作喻：要想看看是不是真玉，只要放火里烧足三日，能经受住长时间炙烤的才是好玉。一棵树是不是良材，要等长到七年后才能知道。颈联举历史上两件事，来证明时间是检验真假的最好尺子。一是周公辅佐周成王鞠躬尽瘁，却遭到想篡权的流言蜚语诬蔑，心怀忧惧，东征避祸。一是西汉末年王莽，表面上谦和恭敬，被人们看成勤勤恳恳的忠臣，但后来却篡汉称帝。尾联承上一联总结道：如果当初这两个人“身便死”了的话，那么周公的真、王莽的伪又能有谁知道呢？要知道一件事情的真伪、优劣，一定要经过相当长的时间的考察，在长期的观察比较中，事物的本来面目才会显露出来。诚所谓疾风知劲草，路遥知马力，烈火识真金，日久见人心。

晚唐诗人杜荀鹤的《泾溪》诗曰：

泾溪石险人兢慎，终岁不闻倾覆人。
却是平流无石处，时时闻说有沉沦。

泾溪，河水名，在安徽泾县。泾溪里暗礁密布，石滩险恶水流湍急，人们经过时，总是胆战心惊，小心谨慎；但一年到头也没有听说有行船在这里倾覆的。反而是流水缓慢没有险石的地方，时不时地传来船毁人亡的噩耗。其中包含的哲理是：艰难险阻中人们往往谨慎小心，结果可以化险为夷；相反，平安顺利时，人们往往掉以轻心或者忘乎所以，结果难免会遭到灾难。人生就是要居安思危，兢兢业业。

以上这些诗歌都充满了人生的哲理和智慧，给人以理性的启迪，让人回味不尽，收益无穷。

唐人哲理诗中，特别值得一提的，是唐宣宗李忱和庐山高僧香严闲禅师的七绝《瀑布联句》，篇幅虽然短小，却能激励人勇往直前。《瀑布联句》的前两句是香严闲禅师所作，曰：

千岩万壑不辞劳，远看方知出处高。

瀑布在千山万壑中不辞辛劳奔流而下，远远望去才知道水流的出处极高。表面上是指瀑布从山岩的高处跌落一泻而下，出处自然极高。禅师的联句中充满了禅意，说明人生的出处要高。出处，语本《周易·系辞上》："君子之道，或出或处，或默或语。"指去就进退，出仕和隐退。这里的所谓"出处高"，就是指人的初心要正，本质要好。有一副称赞竹子的对联曰：“未出土时便有节，及凌云处尚虚心。”竹子未出土时就有竹节，这个“节”，也指人的气节、节操。意谓一个人从小就要品行端正，气节良好。长大后身居高位之时，还能够虚怀若谷、谦恭自抑。这种“劲节虚心”，就是禅师语中所潜涵的“出处高”。

后两句乃唐宣宗续作，曰：

溪涧岂能留得住，终归大海作波涛。

那些小溪小涧哪能挽留得住志存高远的瀑布，它义无反顾、认准那远大的目标，一定要奔流到大海，去掀起万丈狂澜。宣宗皇帝的续作，表现了一种志存高远、大德淳清的博大襟怀。我们在人生和事业的奋进过程中，就是要像那认准远大的目标而一往无前的瀑布，不在小花小草前流连忘返，不在小溪小涧边徘徊止步，而一定要自强不息，抛开一时一事的得失，百折不挠，奔向远方的浩瀚大海，去掀起万顷波涛，创造人生和事业的更大辉煌！抒发远大志向，何等元气淋漓！

## 三、宋人哲理诗——为有源头活水来

哲理诗到了宋代，则可谓是大放异彩。如前所讲，唐诗重情趣，唐人将自己的自信、豪放、激情，倾注到诗中，传达给读者。唐诗给人以激昂、感奋，所以我们读唐诗如饮美酒，越饮越感到热血奔涌，热情荡胸，酒渴思吞海，诗狂欲上天。

而宋诗则重理趣，宋人将自己的思考求索所得哲理感悟等，融注到诗中，让人思而有得。诸如“浓绿万枝红一点，动人春色不须多”（王安石《咏石榴花》），欧阳修的“始知锁向金笼听，不及林间自在啼”（《画眉鸟》），“近水楼台先得月，向阳花木易为春”（苏麟《断句》），“山重水复疑无路，柳暗花明又一村”（陆游《游山西村》），“江头未是风波恶，别有人间行路难”（辛弃疾《鹧鸪天·送人》），等等。总体而言，宋诗给人以思索、启迪、回味，所以我们读宋诗如品名茗，越品越觉得余香留齿，余味无穷；如嚼甘蔗，越嚼越满口生津，甜沁心脾。

下面，我们试举几首宋人饱含哲理的绝句，略加赏析。

首先，是脍炙人口、人们耳熟能详的苏轼的《题西林壁》。诗曰：

> 横看成岭侧成峰，远近高低各不同。
> 不识庐山真面目，只缘身在此山中。

这是题写在庐山西林寺墙壁上的一首绝句。西林寺，是庐山北麓的一座寺庙。前两句说，横着看庐山，山岭与山岭相连绵延不尽；如果转到另一边侧着看庐山，则是一峰雄峙，直插云天。从远处看、从近处看、从高处看、从低处看，见到的景致都各不相同，庐山的“真面目”真是让人看不清、识不了，其原因就在于你置身于庐山之中。其中蕴涵的哲理是，生活中往往是身在其中却看不清事情真相。这就是当局者迷，旁观者清。

“唐宋散文八大家”之一的曾巩（1019—1083），写过一首七绝《咏柳》。诗是这样写的：

> 乱条犹未变初黄，倚得东风势便狂。
> 解把飞花蒙日月，不知天地有清霜。

首句说那乱七八糟的柳条，还没有改变最初的鹅黄色。我们知道，春天刚刚到来时柳条都不是绿色的，开始时未放开的柳芽是鹅黄色的。第二句说那乱七八糟的柳条，春风一起便禁不住疯狂地飘舞起来。狂到什么程度呢？狂得自以为能够用自己的飞花——就是柳絮——把太阳和月亮都遮蔽起来。解，就是能够，会。最后一句当头一声断喝：你不要狂得太过分了——“不知天地有清霜”？这里的“不知”，不是“不知道”，而是“知不知”的意思，是反诘句。你知不知道天地之间大自然的运行规律，春天后面接着的一定是夏天，夏天后面紧跟着的就一定是秋天；等到秋风一起，清霜一降，你就黄叶飘零，你就完了。

唐人贺知章那首著名的七绝《咏柳》诗曰：“碧玉妆成一树高，万条垂下绿丝绦。不知细叶谁裁出，二月春风似剪刀。”这首诗与曾巩的这首题目相同，形式相同，描写的对象也相同，而表达的情趣却迥然不同。贺知章的诗写新柳的主干如碧玉妆成，柳条像绿色的丝绦，第一是很美。第二是层次分明，诗人从柳的主干写到柳条，再写到柳叶，从整体写到局部。第三，这首诗题为咏柳，实则颂风，把春柳写得越美好，越是烘托春风惠物之功。全诗充满着对自然的爱、对生活的爱、对美的爱。而宋人曾巩笔下的柳，则一点也不能给人以审美的快感，却给人以理性的思索和生活的启迪。这里柳的形象，实际上就像是《红楼梦》中所描写的那个“子系中山狼，得志便猖狂”的小人形象的物化外露。

南宋杨万里（1127—1206）的《过松源晨炊漆公店六首》其五曰：

莫言下岭便无难，赚得行人错喜欢。
政入万山圈子里，一山放过一山拦。

题目中的松源、漆公店，都是今安徽皖南山区的地名。前两句指出，不要说从山岭上下来便没有什么困难了，这样认为的话，前来登山的人往往空高兴一场。赚得，犹骗得。后两句则说，当你进入了崇山峻岭的万山丛中，刚刚征服了一座高山，攀登上了顶峰，被一座山放过，又会有新的一座山横亘在你的面前，把你拦住。这里的“政”，同“正”。其中的哲理在于，人生当不断进取，跟翻过一山又有新的一山拦住一样，攀登过一个高峰又会有新的高峰出现在面前，人们需要继续征服。没有捷径，没有他法，只能是“雄关漫道真如铁，而今迈步从头越”（毛泽东《忆秦娥·娄山关》）。

南宋理学家朱熹（1130—1200）的《观书有感二首》也是有名的哲理诗。其一曰：

半亩方塘一鉴开，天光云影共徘徊。
问渠那得清如许，为有源头活水来。

前两句谓不算大的半亩方塘，像明镜一样平滑澄净，倒映其中的天光云影，徘徊飘荡，历历在目。第三句中的“渠”是代词，相当于“他”，这里代指方塘。方塘为什么能如此清澈呢？从方塘本身我们找不到答案，必须放开眼界，终于看到是因为方塘的源头有汩汩活水源源不断地输送过来。从所描绘的生动的感性形象中，提炼和升华出理性的认识，这样才能使诗歌充满理趣，而无理障。只有不断流来源头活水，才能使方塘永不干涸，永远清澈，永远明净。自然界是如此，人生和事业上亦然，只有有了“活水”——诸如德行崇高、修养清淳、仁爱利他等，事业才能有汩汩不竭的生机和蓬蓬勃勃的未来。

其二曰：

昨夜江边春水生，艨艟巨舰一毛轻。
向来枉费推移力，此日中流自在行。

艨艟，是古代的一种战船。因为秋冬时节江水枯减而搁浅江滩，当时多少人费尽气力也是枉然，一点也推不动。而昨夜一场春雨，千流汇聚，春江水涨，情形一下子就改变了，往日枉费了多少推移力的"艨艟巨舰"，而今却在一江春水中毫不费力地轻快航行，何等自在！这首诗给予人们的启迪就在于，凡事都要顺应和掌握事物的客观规律，违反了规律无论如何努力也都是白费心力，徒然无功。

宋人罗大经在《鹤林玉露》中，记载某尼的《悟道诗》曰：

> 尽日寻春不见春，芒鞋踏遍陇头云。
> 归来笑拈梅花嗅，春在枝头已十分。

作者某尼，姓氏法号等均不详。诗人手持竹杖，足踏芒鞋，外出四处寻春，踏遍了一座座云雾缭绕的山岭，却到处找不到春的踪迹。芒鞋，用芒茎外皮编织成的鞋子，亦泛指草鞋。到处寻不到春，诗人意绪怅然失望归来。忽见寺院外的梅花枝头已经含苞，凑上去嗅一嗅，花苞中已经透出一缕幽香，禁不住喜上眉梢，忽然顿悟，春就在身边，春天的气息已经孕育在眼前的梅树枝头，十分饱满了。其中的哲理在于"道不远人"，自然妙道，原在身边，原在心头；越是向外寻找，越是南辕北辙，愈走愈远。生活本身告诉我们，春临大地，则春在身边，无处不春；道贯万物，则道在心中，凡事皆道。

宋代哲理诗最为丰富，是哲理诗发展的高潮。高潮过后，哲理诗在元明清仍然余波渺渺，荡漾不绝。如清人袁枚（1716—1798）的《苔》诗写道：

> 白日不到处，青春恰自来。
> 苔花如米小，也学牡丹开。

在明亮的太阳照不到墙角屋后，生命依然在萌动着，依然在蓬蓬勃勃地生长着。这里的“青春”，不是指青春年华，那是引申义。“青春”一词的本义，即青色的春天。春天里到处绿草如茵，绿树青枝绿叶，一片葱绿。青苔开的花儿如同米粒一样的微小，但一点也不自暴自弃，一点也不自惭形秽；相反，在背阴处依然像牡丹花一样骄傲地开放。

虽然是五言绝句，但短短的二十个字中，却包含了一个宏大的道理。那至微至陋的苔花与至贵至丽的牡丹花，在生命的意义上是相等的、相同的——它们同样拥有脚下那自由生长的一方土地，也同样拥有头上那自由开放的一片蓝天；同样向大自然释放着自己生命的热情，也同样向人们展示着自己生命的光彩。生命是平等的，包括人在内的自然万物，在生命的意义上都是平等的。所以，人类要树立“民胞物与”的理念：“民吾同胞，物吾与也”（宋张载《西铭》）谓爱一切人如爱同胞手足一样，并进一步扩大到平等地爱自然万物。善待人世间他人，善待宇宙间自然万物。

再有清人翁格的《暮春》诗写道：

莫怨春归早，花余几点红。
留将根蒂在，岁岁有春风。

暮春时节，不要埋怨春天早早地归去了，只剩下零零星星的几点残红。只要那花根还在，那么“岁岁有春风”，等到明年春风再起时，又会绿叶成荫，繁花满枝！其中的哲理在于，生活中有些挫折是不可避免的，但只要精神不死，自会东山再起，再展宏图。

总之，哲理诗诗味隽永，内涵深邃，既给人以理性启迪，又让人有情感享受，魅力无尽，传诵不衰。

## / 第十一讲 /

# 唐人描写音乐诗

我们知道，音乐与诗歌是两种不同种类的艺术。音乐是时间艺术，音乐的音响材料在时间中展现，并随着时间的运动转瞬即逝。音乐没有形状，没有色彩，看不见，摸不着，只有节奏和旋律，是付诸听觉的艺术；而诗歌则是语言艺术。用语言文字来描绘音乐演奏和音乐效果的，最早可追溯到春秋时的孔子。孔子对鲁国的乐官谈论演奏音乐的道理时说："乐其可知也：始作，翕如也；从（同"纵"）之，纯如也，皦如也，绎如也，以成。"（《论语·八佾》）意思是说，奏乐的道理是可以知道的：开始演奏，很协调；纵放展开来，悠扬悦耳，音节分明，又连绵不断；最后结束。语言虽然简约，描绘却很生动。

用语言艺术的诗歌来描绘听觉艺术的音乐，那是不同种类艺术之间的互相表现。所以，要想把音乐描写得惟妙惟肖，使人读诗歌时如闻其声，仿佛美妙的音乐就在耳边回荡，其难度是很大的，是需要杰出的才华和高超的艺术技巧的。唐人正是具有这样高超的描写本领。而其中，白居易创作的《琵琶行》，堪称是出类拔萃的杰作。

### 一、白居易《琵琶行》——大珠小珠落玉盘

白居易的《琵琶行》，共八十八句，六百一十六字，在古往今来

的文学作品中，是音乐描写方面最杰出的诗作。诗前有序，序曰：

> 元和十年，余左迁九江郡司马。明年秋，送客湓浦口，闻舟中夜弹琵琶者，听其音，铮铮然有京都声。问其人，本长安倡女，尝学琵琶于穆、曹二善才。年长色衰，委身为贾人妇。遂命酒，使快弹数曲。曲罢悯然。自叙少小时欢乐事，今漂沦憔悴，转徙于江湖间。予出官二年，恬然自安，感斯人言，是夕始觉有迁谪意。因为长句，歌以赠之，凡六百一十六言，命曰“琵琶行”。

序中，诗人交代了写作这首长歌的时间、地点、缘起，对于我们理解全诗的主旨，起到了十分重要的作用。我们用白话文串讲一下就是：元和十年，我被贬九江担任司马。次年秋天的一个夜晚，送客人到湓浦口，听到船上有人夜弹琵琶。听那音韵，铮铮铿铿乃京都流行的声调。询问弹者何人，方知是长安歌女。她说曾经向穆、曹两位琵琶大师学艺。而今年事已长，容颜衰老，只好嫁一个商人为妇。我于是命人摆酒，叫她畅快地弹几曲。她弹奏完了，因忧伤而默默不语。而后自己吐诉少小时快乐的往事，而今却漂泊憔悴，沦落不堪，流转迁徙于江湖之上。我离京外放任职两年来，随遇而安，自得其乐；而今听闻此歌女诉说身世遭遇，深有感触。至此夜晚，才有了被贬谪的苍凉之感。于是为此创作了一首长诗赠给她。一共六百一十六字，命名为“琵琶行”。

《琵琶行》的音乐描写，主要讲两点：一是以声拟声，正面描写；一是夸张效果，侧面烘托。

### 1. 以声拟声，正面描写

《琵琶行》一开头先是叙事：“浔阳江头夜送客，枫叶荻花秋瑟瑟。主人下马客在船，举酒欲饮无管弦。醉不成欢惨将别，别时茫茫江浸月。”接下来写邀请琵琶女时是“千呼万唤始出来，犹抱琵琶半遮面”。这里写琵琶女迟迟应答、缓缓而出，既有高手故作矜持的一面，也有自伤身世不愿见人无奈的一面。弹奏开始时是：“转轴拨弦三两声，未成曲调先有情。”调试琴弦的“转轴拨弦”中就先声透出了情感。再接下来是对弹奏琵琶的正面描写，十分精彩：

轻拢慢捻抹复挑，初为霓裳后六幺。
大弦嘈嘈如急雨，小弦切切如私语。
嘈嘈切切错杂弹，大珠小珠落玉盘。
间关莺语花底滑，幽咽泉流冰下难。
冰泉冷涩弦疑绝，疑绝不通声暂歇。
别有幽愁暗恨生，此时无声胜有声。
银瓶乍破水浆迸，铁骑突出刀枪鸣。
曲终收拨当心画，四弦一声如裂帛。

诗人用急雨打窗的声音，来摹拟大弦嘈嘈宏大的声音；用人与人之间低声窃窃私语，来摹拟小弦切切的细微声音。用大珠小珠落玉盘的高低清脆的声音，来摹拟大弦小弦错杂弹奏的声音。一会儿如同流莺鸣叫着飞过花丛，一会儿又如同冰层下的流水呜咽。疑，通“凝”，止息。疑绝即凝绝，停滞不动。一会儿突然停息，一点声音也没有，此时给人震撼的效果胜过有声时。骤然停息后又突发出高音，如同银瓶破裂、水浆迸发，继而如同万马奔腾、刀枪齐鸣。高明的琵琶女所演奏的高妙的音乐，早已经消失在茫茫的岁月长河里，但用来摹拟的声音，却都是我们日常生活中经常能听到或者曾经听到过的，或者是虽然没有听到过但是是有可能听到的声音。这样，当我们读这样的诗句时，就会唤起对生活中以往经历过的这些声音的联想，从而感受到琵琶声的美妙悦耳，有一种音乐如在耳边的真切感。

这种以声拟声描写音乐的手法，在唐人其他音乐诗中，也经常使用。如李白《听蜀僧濬弹琴》："为我一挥手，如听万壑松。"峨眉山的僧人濬琴艺高超，一挥手，就仿佛千山万壑传来滚滚的松涛声。还有韩愈的《听颖师弹琴》中"昵昵儿女语，恩怨相尔汝。划然变轩昂，勇士赴敌场"，也是用人们日常生活中听到过的声音，来摹拟音乐的声音，形象生动，真切可闻。

**2. 夸张效果，侧面烘托**

《琵琶行》中一共写到三次弹琵琶，第一次是在开头，诗人在浔阳江头送客上船时，"忽闻水上琵琶声，主人忘归客不发"。第一次听到琵琶声的反应是：如此美妙的琵琶声，使得送客的主人忘记返回，远行的客人忘记了出发。这种突出的效果，烘托了琵琶声之美妙。第三次是在全诗的结尾处，琵琶女听到诗人说"莫辞更坐弹一曲，为君翻作琵琶行"时，"感我此言良久立，却坐促弦弦转急"，最后又弹奏了一曲，这第三次弹奏的效果是："凄凄不似向前声，满座重闻皆掩泣。座中泣下谁最多？江州司马青衫湿。"这一次大家都被感动得流泪了，在流泪的人们中，流泪最多的就是与琵琶女同病相怜的诗人自己。这次弹奏淹没在满座众人的"掩泣"声中，不知所终。

只有第二次弹奏有头有尾，有始有终，最为完整。其中有缓缓的艰涩，有欢快的畅流，有无声的骤停，有激昂的高潮，是最为完整、最为精彩的一次弹奏。在这次弹奏结束之时，诗人写琵琶女"曲终收拨当心画，四弦一声如裂帛"。琵琶女收拨使劲地当心一画，一曲终了，接下来的两句，可以说是神来之笔："东船西舫悄无言，唯见江心秋月白。"其精彩有三：一是，刚才只知道有客人所乘之船和琵琶女所乘之船，现在却已经是"东船西舫"，有很多很多的船。这么多的船怎么来的？无疑都是被美妙的琵琶声吸引聚拢过来的。二是，很多的船，则一定有很多的人；而很多的船很多的人此时却“悄无言”，一点点声音也没有。为什么没有声音呢？因为所有的人都沉浸在美妙的琵琶声中，都被琵琶声陶醉了！三是，其时“月出于东山之上”，那皎洁的月光早已经洒满了整个秋江，但听琵琶的人们对此却浑然不知，都沉醉在如梦如幻的美妙音乐声中。此时，琵琶女最后的当心一画，由粗弦依次到细弦、由低音到最高音，“四弦一声如裂帛”，就像用力撕开一块丝织品，清脆一声，戛然而止。琵琶声突然停了下来，人们这才如梦方醒，重回到现实。这时才“唯见江心秋月白”，原来秋江上月色如此美好。如此强烈的艺术效果，有力地烘托了产生这种效果的琵琶声的精妙绝伦和琵琶女弹奏技艺的高超绝伦。

三次弹奏，有详有略，剪裁得当。第一次是无头无尾，江面上忽然传来“琵琶声”，却被“寻声暗问弹者谁”的问话打断了。第三次是有头无尾，开始“却坐促弦弦转急”，最后却淹没在“满座重闻皆掩泣”的哭声中。只有第二次，有头有尾，从“转轴拨弦”调弦开始，到“曲终收拨当心画，四弦一声如裂帛”弹奏结束，中间是跌宕起伏，忽而高亢，忽而低沉，忽而有声，忽而无声，扣人心弦，令人沉醉。《琵琶行》堪称古典诗歌中音乐描写的典范，无出其右的千古绝唱！清人方扶南将《琵琶行》与李贺的《李凭箜篌引》，推许为“摹写声音至文”。

## 二、唐人描写音乐的诗歌——石破天惊逗秋雨

除白居易《琵琶行》外，唐人描写音乐的诗歌，还有李白《听

蜀僧濬弹琴》、李颀《听董大弹胡笳声兼寄语弄房给事》《听安万善吹觱篥歌》和《琴歌》、韩愈的《听颖师弹琴》、李贺的《听颖师弹琴歌》和《李凭箜篌引》等。下面我们大体按照乐器分类，简略赏读一下。

### 1. 描写弹琴

琴，即古琴。相传为神农创制。琴身为狭长形，木质音箱，面板外侧有十三徽。底板穿“龙池”“凤沼”二孔，供出音之用。上古作五弦，至周朝增加至七弦。古人把琴当作雅乐。《诗经·小雅·鹿鸣》：“呦呦鹿鸣，食野之芩。我有嘉宾，鼓瑟鼓琴。”我国古代弹琴的传统十分悠久，山东单县东南的旧城北古有琴台，相传为春秋时单父宰宓子贱弹琴之所。四川成都浣花溪畔古有琴台，相传为汉司马相如弹琴之所。唐人弹琴之风更盛，王维《竹里馆》诗曰：“独坐幽篁里，弹琴复长啸。深林人不知，明月来相照。”唐人描写弹琴的诗歌，比较突出的有李白的《听蜀僧濬弹琴》。诗曰：

> 蜀僧抱绿绮，西下峨眉峰。
> 为我一挥手，如听万壑松。
> 客心洗流水，余响入霜钟。
> 不觉碧山暮，秋云暗几重。

开头说峨眉山的僧人濬琴艺高超，抱着绿绮琴，下了峨眉峰。绿绮，古琴的别称。相传蜀地出身的司马相如曾经得到绿绮琴，视若至宝。僧濬开始弹奏，刚一挥手，就仿佛从大自然的千山万壑中传来了滚滚的松涛声。形容琴声激越宏远，惊心动魄，一起手便气势不凡。转瞬之间，琴声变得像潺潺流水，洗涤人的心胸，使人清明怡然。弹奏结束的余响，与秋风中悠扬的钟声融在一起，余韵袅袅，不绝如缕。最后写美妙的琴声让人沉醉其中，忘了时间，不知不觉青山已笼罩在暮霭之中，重重叠叠的秋云，使天色暗淡下来。全诗如行云流水，一气呵成，风格明快畅达。

当然，李白的这首诗描写弹琴，除了用万壑松涛形容琴声宏远外，主要是用粗线条的大笔勾勒，重在气势，不求细微。因为弹琴的僧濬是从诗人家乡蜀地来的，所以诗人在赞赏弹奏技艺高妙中，也流露出对弹琴者的知音之赏和对蜀中故乡的眷恋之情。

唐人描写弹琴的诗，比较突出的是李颀的《听董大弹胡笳声兼寄语弄房给事》。诗曰：

蔡女昔造胡笳声，一弹一十有八拍。
胡人落泪沾边草，汉使断肠对归客。
古戍苍苍烽火寒，大荒沉沉飞雪白。
先拂商弦后角羽，四郊秋叶惊摵摵。
董夫子，通神明，深山窃听来妖精。
言迟更速皆应手，将往复旋如有情。
空山百鸟散还合，万里浮云阴且晴。
嘶酸雏雁失群夜，断绝胡儿恋母声。
川为净其波，鸟亦罢其鸣。
乌孙部落家乡远，逻娑沙尘哀怨生。
幽音变调忽飘洒，长风吹林雨堕瓦。
迸泉飒飒飞木末，野鹿呦呦走堂下。
长安城连东掖垣，凤凰池对青琐门。
高才脱略名与利，日夕望君抱琴至。

题目中的董大，即董庭兰，排行老大，唐代著名的音乐家，以善弹琴有名当时。曾为房琯门客。所谓“胡笳声”，就是古琴曲

《胡笳弄》，即《胡笳十八拍》。房给事，即房琯，因时任给事中，故称。给事，即给事中，官职名，秦始置，为加官，负责皇帝身边事务，是位卑权重的一个职务。据史书记载，房琯好宾客，喜谈论，常常在家里召集宾客筵宴，请董庭兰弹琴助兴。

诗歌开头，写东汉末年董卓动乱中，蔡琰流落匈奴左贤王部。相传她曾经模仿胡笳声音，创作了琴曲《胡笳十八拍》，以寄托自己的哀思，凄婉动人。拍，乐曲的段落。三四句写蔡琰操琴时，胡人和汉使都悲切断肠、落泪涟涟。可见琴曲感人至深的魅力。五六句再补充渲染一笔，蔡琰操琴使得古戍苍苍、大荒沉沉。一片黯淡悲凉的气氛，越发烘托出音乐声哀婉动人。写了蔡琰胡笳曲后，顺势引到董大弹《胡笳弄》的情景。

下面从"先拂"的开始弹奏，到"野鹿呦呦走堂下"，连续十八句。前六句，写董大弹奏的各种娴熟的动作："言迟更速皆应手，将往复旋如有情"，高超的弹奏技艺，简直到了"通神明"的出神入化的地步。后十二句形容琴声忽纵忽收如同群鸟忽散忽聚，天空忽阴忽晴；嘶酸的音调，如同失群的雏雁在寒夜里哀鸣；琴声低哑，犹如胡儿恋母声感人肺腑。接下来写美妙的琴声所产生的效果："川为净其波，鸟亦罢其鸣。"河川中的流水为之停滞，百鸟为之不再鸣叫。那幽怨的琴声中，充满了汉朝乌孙公主远托异国，唐朝文成公主远渡沙尘到逻娑（拉萨的另一种音译）异乡的那样一种哀怨之情。接下来四句以声拟声，正面描写。弹琴忽而幽音深沉，忽而飘洒扬逸，忽而像长风吹树林，忽而如急雨堕屋瓦，忽而如山泉迸落飒飒掠过树梢，忽而如野鹿跑到堂下呦呦鸣叫。千变万化，忽高忽低，或喜或悲，令人心醉神迷。

最后四句，是写题目中后一半："兼寄语房给事"。唐代长安城的皇宫的禁中分左右两掖分别为门下省和中书省。"凤凰池"指中书省，“青琐门”是门下省的阙门。给事中乃门下省的要职。结尾两句，前一句“高才脱略名与利”，是赞董大，也是兼赞房琯。说房琯不仅才高权重，而且淡泊名利，脱略超卓。后一句称赞董大，你的琴弹得如此美妙，我每天都盼望你能抱琴来和我们一起欢聚。

李颀除这首之外，还写过一首《琴歌》。诗曰：

主人有酒欢今夕，请奏鸣琴广陵客。
月照城头乌半飞，霜凄万树风入衣。
铜炉华烛烛增辉，初弹渌水后楚妃。
一声已动物皆静，四座无言星欲稀。
清淮奉使千余里，敢告云山从此始。

这首诗记一次宴会听琴的情景。三、四句写室外凄清的秋景，反衬华堂内炉火融融、红烛高照的温馨欢乐的氛围。先弹奏一曲《渌水》——《渌水》，古曲，相传为汉蔡邕所作。后弹一曲《楚妃》，《楚妃》即《楚妃叹》，古曲。琴声一起，万籁俱静，听琴者沉醉无语，不知不觉中已经星辰稀疏天快放白。可见弹奏时间持续了很久，说明弹奏得精彩，让听众忘记了时间。最后说听此琴声，不由得引动自己辞官归隐的念头：“敢告云山从此始”，进一步烘托出琴声的绝妙无伦、音乐的神奇的感染力。

在当时的长安城里，有一个从印度来的名叫颖的和尚，弹琴的技艺十分高超，人们尊称他为颖师。他曾经向唐朝的几位诗人索求赞扬诗，韩愈和李贺都听过颖师弹琴并写诗称赞。我们先分析一下韩愈的名篇《听颖师弹琴》。诗作于元和十一年（816）。诗曰：

昵昵儿女语，恩怨相尔汝。
划然变轩昂，勇士赴敌场。

浮云柳絮无根蒂，天地阔远随飞扬。
喧啾百鸟群，忽见孤凤皇。
跻攀分寸不可上，失势一落千丈强。
嗟余有两耳，未省听丝篁。
自闻颖师弹，起坐在一旁。
推手遽止之，湿衣泪滂滂。
颖乎尔诚能，无以冰炭置我肠。

全诗从题目中的“听”字入手，开始便听到琴声袅袅升起，犹如小儿女耳鬓厮磨，窃窃私语，还夹杂一些嗔怪之声，写琴声轻柔细腻。正当人们沉浸在充满柔情蜜意的氛围中时，琴声突然高昂起来，如同勇猛的将士跃马挥戈奔向战场，气势非凡。转瞬间琴声又转向轻柔荡漾，犹如风和日丽的天气里柳絮飘飞不定，意境转为阔大广远。蓦然之间，又如百鸟朝凤，啁啁啾啾，忽听一只孤凤凰引吭高鸣。一会儿琴音不断地升高，如同跻攀悬崖绝壁，一寸一寸向上艰难前行：“跻攀分寸不可上”；一会儿又从高音倏然下滑，如同急速下坠一落千丈跌至谷底：“失势一落千丈强”。下面诗人写自己不懂音乐，未能知晓其中的奥妙，但还是被颖师的琴声感动得泪水扑簌簌滴个不停，洒湿衣襟。于是乎推手制止，不忍卒听。最后两句进一步渲染颖师弹琴技艺的高超，说是冰炭原不同炉，颖师却能够将人们一会儿带入欢乐的巅峰，一会儿又掷进悲哀的深渊，犹如将冰炭同时放置在人的心中，让人忍受不了。如此或者以声拟声，或者形容夸张，或者烘托效果，惟妙惟肖，生动逼真，使人读了恍若身临其境，如痴如醉，诗已读毕，音犹在耳。

李贺于元和六年到八年（811—813）在长安任奉礼郎小官时，也曾听过颖师弹琴，写过一首《听颖师弹琴歌》。诗曰：

别浦云归桂花渚，蜀国弦中双凤语。
芙蓉叶落秋鸾离，越王夜起游天姥。
暗佩清臣敲水玉，渡海娥眉牵白鹿。
谁看挟剑赴长桥，谁看浸发题春竹。
竺僧前立当吾门，梵宫真相眉棱尊。
古琴大轸长八尺，峄阳老树非桐孙。
凉馆闻弦惊病客，药囊暂别龙须席。
请歌直请卿相歌，奉礼官卑复何益。

在这首诗中，诗人运用多种手法描摹了颖师琴声的美妙绝伦，赞叹其弹奏技艺的高超。就写作手法来看，其一也是以声拟声。写“弦中双凤语”“清臣敲水玉”，用双凤和鸣声、水晶敲击声来摹拟琴声之清脆悦耳。水玉，似水之玉，古称水晶。其二是以“挟剑赴长桥”的舞剑之术和“浸发题春竹”的书法之艺，比喻琴声令人耳目一新。其三是运用通感手法，如“别浦云归”“芙蓉叶落”等，来形容琴声的悠扬优美。其四是运用越王夜起游天姥山、仙女牵白鹿渡海等历史故事和神话故事，来形容琴韵的轻盈飘逸。凡此种种手法，交错变化，匠心独运，想落天外，可与韩愈的《听颖师弹琴》媲美争胜。

## 2. 描写弹箜篌

唐人诗中，还描写到弹箜篌。箜篌，古代拨弦乐器名。有竖式和卧式两种。《史记·孝武本纪》：“祷祠泰一、后土，始用乐舞，益召歌儿，作二十五弦及箜篌瑟自此起。”《隋书·音乐志下》：“今曲项琵琶、竖头箜篌之徒，并出自西域，非华夏旧器。”可见箜篌跟琵琶都是从西域传过来的。箜篌在汉唐时为帝王所喜好，因此颇为流行。唐诗人杨巨源写过《听李凭弹箜篌二首》诗，其二曰：“花咽娇莺玉漱泉，名高半在御筵前。汉王欲助人间乐，从遣新声坠九天。”不过，描写李凭弹箜篌最有名的当数李贺的《李凭箜篌引》。诗曰：

> 吴丝蜀桐张高秋，空山凝云颓不流。
> 江娥啼竹素女愁，李凭中国弹箜篌。
> 昆山玉碎凤凰叫，芙蓉泣露香兰笑。
> 十二门前融冷光，二十三丝动紫皇。
> 女娲炼石补天处，石破天惊逗秋雨。
> 梦入神山教神妪，老鱼跳波瘦蛟舞。
> 吴质不眠倚桂树，露脚斜飞湿寒兔。

李贺确实有描写音乐的天赋，前面分析的那首《听颖师弹琴歌》，已经美不胜收；大致也是在长安任奉礼郎时，他在欣赏了李凭弹箜篌后，大概也是应李凭之求作了这首诗。李凭是当时长安的梨园弟子，擅长弹箜篌，名噪京城，引发了“天子一日一回见。王侯将相立马迎”之盛况。

首句中的“吴丝”，即吴地之丝；“蜀桐”，即蜀地之桐，二者都是制作箜篌的上好材料。其实，第四句“李凭中国弹箜篌”，本应置于首句，中国，即国中，就是京城之中。高秋时节，李凭摆置好乐器箜篌准备表演。很快弹奏开始，先是描写音乐效果：“空山凝云颓不流”，空中行云为乐音之美妙而凝定不飘动。“江娥啼竹素女愁”，乐音使湘妃、神女（素女）都感动流泪。接着摹拟和形容音乐声：“昆山玉碎凤凰叫，芙蓉泣露香兰笑”，音乐声清脆如昆山玉碎，和缓如凤凰和鸣；低回如芙蓉泣露，欢快如香兰笑开。“十二门”，长安城东西南北各三门，共十二门。“融冷光”“动紫皇”，指时而哀怨清冷的音乐使得整个长安城都沉浸在寒意里，连帝王都为之动容。二十三丝，即二十三根丝弦。《通典》卷一百四十四载："竖箜篌，胡乐也，汉灵帝好之。体曲而长，二十三弦。"紫皇，本来是道教称天上最尊之神，这里指皇帝。

下面写音乐声突然高亢，穿云裂石，将女娲当年炼五色石补天的地方给震裂开了，引得秋雨淅淅沥沥洒落下来。"女娲炼石补天处，石破天惊逗秋雨"，如此描写诚可谓想落天外，石破天惊。接下来进一步驰骋想象，幻觉中仿佛李凭进入仙境，将弹奏的绝技传给女仙，美妙的音乐声使得老鱼随乐跳动，蛟龙也应乐而舞。月中伐桂树的吴刚，不眠地倚树而听；还有那月中玉兔，也聆听入神，不顾桂树上露水滴落。这些描写，进一步烘托了音乐效果之动人，其归趣当然在于说明李凭技艺之出神入化，高超神奇。所以清人黄周星评曰："本咏箜篌耳，忽然说到女娲、神妪，惊天入月，变眩百怪，不可方物，真是鬼神于文。"（《唐诗快》）

### 3. 描写弹筝

唐人除了写到弹琴、弹箜篌外，还写到弹筝。筝也是一种拨弦乐器，形状似瑟，相传为秦朝的蒙恬所作。汉应劭《风俗通义·声音·筝》："筝，谨按《礼·乐记》：'筝，五弦筑身也。'今并、凉二州筝形如瑟，不知谁所改作也，或曰秦蒙恬所造。"唐之前，诗歌中就有描写弹筝的，如南朝梁沈约的《咏筝》诗。诗曰：

秦筝吐绝调，玉柱扬清曲。
弦依高张断，声随妙指续。
徒闻音绕梁，宁知颜如玉。

秦筝，一种古弹拨乐器，因为战国时流行于秦，故称。绝调，与下一句“清曲”互文见义，指所弹乐曲声清妙绝伦。玉柱，筝柱之美称。筝上有支撑筝弦的短柱轴，每弦一柱，可旋转移动调节弦之松紧、音之高低。“弦依高张断，声随妙指续”中的“弦”，指弦声。弦声忽而在高处中断，暂停休止；忽而又随着玉指弹动接续而起。这四句是写弹筝过程、动态和所弹乐曲的断续。后两句由物及人，写世人只知道欣赏音乐余音绕梁之美妙，不知道欣赏弹筝者外貌丽质如玉，内心芳洁如玉。“音绕梁”，用《列子·汤问》典：“余音绕梁欐，三日不绝。”结尾两句，与古诗“不惜歌者苦，但伤知音稀”的意旨相近；然“徒闻”“宁知”，转折反诘，更加委婉含蓄。

唐人李端（743—782），赵州（今河北赵县）人。写过一首《听筝》诗曰：

> 鸣筝金粟柱，素手玉房前。
> 欲得周郎顾，时时误拂弦。

筝以金粟为柱，金粟，古称桂为金粟。乃称颂弦轴之精美、芳洁。后两句用典。《三国志·吴书·周瑜传》：“（周）瑜少精意于音乐，虽三爵之后，其有阙误，瑜必知之，知之必顾。故时人谣曰：‘曲有误，周郎顾。’”这里反其意而用之。说故意拨错筝弦，弹奏出错，希望得到意中人的留意和垂顾。

白居易被贬江州时，除了创作过描写音乐的名篇《琵琶行》，还写过描写弹筝的诗，一首为《听夜筝有感》。诗曰：

> 江州去日听筝夜，白发新生不愿闻。
> 如今格是头成雪，弹到天明亦任君。

前两句说昔日自己刚刚被贬到江州时，新生出一点白发，就不愿意去听筝声，生怕引起伤感。后两句说而今已经饱经风霜，白发满头了，经历了人生忧患的风风雨雨，已经心如止水，情感不容易随音乐而激动起伏了，任凭你弹奏到天明也无动于衷，无所谓了。格是，已是。

长庆元年（821），年近五十的白居易在长安又为一个弹筝女子作了一首《夜筝》诗。诗曰：

紫袖红弦明月中，自弹自感暗低容。
弦凝指咽声停处，别有深情一万重。

前两句写弹筝的紫袖女子在夜月朗照之下，拨动红弦之筝，自己低眉信手弹奏，抒发身世之感。后两句写弹筝女弹到伤心处忽然停下，此时无声胜有声，片刻的宁静中饱藏着不一般的万种深情。这首绝句中的弹筝女，与《琵琶行》中沦落天涯的琵琶女命运大致相同。筝乐声中传达出来的是弹筝女子人生命运的凄清悲怆，表达的是诗人由听筝而产生的真切同情，跟《琵琶行》的基调相同。

### 4. 描写吹奏觱篥和吹笙

除了描写弹琴、弹箜篌、弹筝外，唐人还描写吹奏觱篥。觱篥，又作觱栗、悲篥、筚篥，古簧管乐器名。似唢呐，以竹为管，上开八孔（也有开九孔），管口插有芦制哨子。又称"笳管""头管"。本出自西域龟兹，后传入内地，为隋唐燕乐及唐宋教坊乐的重要乐器，今已失传。唐刘商《胡笳十八拍》第七拍："龟兹觱篥愁中听，碎叶琵琶夜深怨。"唐人也有描写吹奏觱篥的诗歌，如李颀的《听安万善吹觱篥歌》。诗曰：

南山截竹为觱篥，此乐本自龟兹出。
流传汉地曲转奇，凉州胡人为我吹。
傍邻闻者多叹息，远客思乡皆泪垂。
世人解听不解赏，长飙风中自来往。
枯桑老柏寒飕飗，九雏鸣凤乱啾啾。
龙吟虎啸一时发，万籁百泉相与秋。
忽然更作渔阳掺，黄云萧条白日暗。
变调忽如杨柳春，上林繁花照眼新。
岁夜高堂列明烛，美酒一杯声一曲。

诗从制作觱篥的原材料和这种乐器的来源写起，比较平实质朴。人们从南山截取竹子来做成觱篥，觱篥这种乐器，是从西域龟兹国传过来的。传到汉地曲调更加奇妙，眼前西域凉州胡人安万善，为我们吹奏觱篥。下面写吹奏觱篥所产生的效果："傍邻闻者多叹息，远客思乡皆泪垂"，悲凉的觱篥声，使邻居们听了叹息不已，远客们听了流下了思乡的眼泪。而一般的人只是听听而已，并不懂得欣赏，以致美妙的觱篥曲，独自飘洒在来来往往的疾风中。

下面又从不同的方面摹拟觱篥声：有时如寒风吹过枯桑老柏飕飕作响，有时如凤鸣啾啾，有时又雄壮如龙吟虎啸，有时如自然界的各种秋声与百道飞泉洒泼声交织在一起。忽然之间又声音悲咽，悲壮如同《渔阳掺》声，黄沙漫天，日色昏暗；渔阳掺，"渔阳掺挝"之省，掺挝为击鼓之法。忽然之间又乐声热闹欢快如《杨柳枝》，仿佛春日明媚，百花齐放。这一部分在音乐的高潮中骤然而止，结尾两句写诗人如梦方醒，回到"高堂列明烛"的现实，于是乎产生了一种"浮生若梦，为欢几何"（李白《春夜宴从弟桃花园序》）的想法，"美酒一杯声一曲"，痛饮美酒，尽情欣赏美曲。

中唐诗人刘禹锡也写过一首七古诗《和浙西李大夫霜夜对月听小童吹觱篥歌依本韵》，共二十四句。从题目中可知这是一首和作，原作未知，原作者李大夫的名和字亦未知。但刘禹锡的和作，对于吹奏觱篥的描写却十分生动。诗的前十六句写道：

海门双青暮烟歇，万顷金波涌明月。
侯家小儿能觱篥，对此清光天性发。
长江凝练树无风，浏栗一声霄汉中。
涵胡画角怨边草，萧瑟清蝉吟野丛。
冲融顿挫心使指，雄吼如风转如水。
思妇多情珠泪垂，仙禽欲舞双翅起。
郡人寂听衣满霜，江城月斜楼影长。
才惊指下繁韵息，已见树杪明星光。

从诗中写的“侯家小儿”，可知吹奏觱篥的，是一位姓侯的年轻演奏者。开头四句是铺垫，交代吹奏者。接下来惟妙惟肖地描摹和刻画觱篥声的优美动人、跌宕起伏：“长江凝练树无风，浏栗一声霄汉中。”在洒满月光的长江如凝练般美好寂静中，忽然浏栗一声，直冲霄汉。“涵胡”等六句，描写觱篥声一会儿像边塞画角幽怨，一会儿像秋蝉低吟，一会儿冲融顿挫，一会儿又雄吼如风，一会儿悲如思妇多情垂泪，一会儿又欢若仙鹤起舞。

接下来“郡人”等四句，描写觱篥吹奏结束后的效果，回味深长。人们悄然无声地听得沉醉了，不知道时间已经过去很久，衣已满霜，月已西斜，楼影很长。直到吹奏停息下来，人们才见到树梢上星光正明。这里对吹奏觱篥的艺术效果的描写：“才惊指下繁韵息，已见树杪明星光”，显然受白居易《琵琶行》中“东船西舫悄无言，唯见江心秋月白”的影响，有异曲同工之妙。

除了描写吹觱篥外，唐诗中还写到吹笙。笙，也是一种管乐器，由簧片、笙管、斗子三部分组成。李白写过一首《凤吹笙曲》。开元二十九年（741）李白的好朋友元丹丘应唐玄宗之妹玉真公主之邀，一起访道，自其隐居处东蒙山西入长安，途经兖州治城瑕丘，李白为他饯行。首两句跟音乐有关，曰："仙人十五爱吹笙，学得昆丘彩凤鸣。"写笙的声音如同彩凤和鸣般悦耳动听，下面的诗句则是属于送别友人抒发友情的内容。

唐人郎士元也有一首七绝《听邻家吹笙》，诗曰：

凤吹声如隔彩霞，不知墙外是谁家。
重门深锁无寻处，疑有碧桃千树花。

凤吹，对笙箫等细乐的美称。邻家吹笙，美妙的音乐声犹如仙乐从云端飘来。因为重门深锁，看不到隔壁的情景，于是诗人想象吹笙者当置身于千树桃花之中，才吹奏出如此动听的音乐。"疑有碧桃千树花"，用美好的碧桃意象给人以美好的联想，把无形的音乐声化为有形的桃花，以有形表现无形，格外传神。

### 5. 描写击瓯

到了晚唐，温庭筠又别开生面，写了一首描写打击乐器的诗《郭处士击瓯歌》，所写的乃是不同寻常的击瓯。诗曰：

佶栗金虬石潭古，勺陂潋滟幽修语。
湘君宝马上神云，碎佩丛铃满烟雨。
吾闻三十六宫花离离，软风吹春星斗稀。
玉晨冷磬破昏梦，天露未干香著衣。
兰钗委坠垂云发，小响丁当逐回雪。

晴碧烟滋重叠山，罗屏半掩桃花月。
太平天子驻云车，龙炉勃郁双蟠拏。
宫中近臣抱扇立，侍女低鬟落翠花。
乱珠触续正跳荡，倾头不觉金乌斜。
我亦为君长叹息，缄情远寄愁无色。
莫沾香梦绿杨丝，千里春风正无力。

题目中的郭处士，据《温飞卿集补注》说，即郭道源，唐武宗朝以善击瓯著称，经常带着邢（山西）瓯、越（浙江）瓯十二只，贮水其中，以箸（筷子）击之，发出不同的声音。瓯，民间的一种土乐器。《洪武正韵》谓“今俗谓碗深者为瓯”，《正字通》谓“俗谓茶杯为瓯”。击瓯，乃是这种土乐器的演奏，不同于琵琶、箜篌等正规乐器的演奏。由此，古代诗歌中对于击瓯的描写格外少。正因为如此，这首击瓯歌也就显得格外可贵。

作者温庭筠是晚唐一位杰出的诗人、词人，也是一位大音乐家。他不仅善于依律填词谱曲，所谓“能逐弦吹之音、为侧艳之词”（《旧唐书》本传），而且还精于演奏，其水平之高，甚至达到了“有丝即弹，有孔即吹，不必柯亭爨桐也”（明钱希言《桐薪》）的境界，也就是说，即便是非常简单的乐器，他也能奏出美妙的音乐。可见，这首诗是一个音乐行家，对于一种土乐器演奏的欣赏和评价；因此，其行家里手的鉴赏称赞，也就不同于一般的泛泛吹捧之词，其价值也自不待言。

这首诗中对郭处士宦海浮沉遭遇的关切，以及隐晦曲折暗含其中的感慨等，我们就不说了。只是赏析一下其中对于击瓯之美妙的描写。如写击瓯声从沉静中渐渐飞扬起来，是“湘君宝马上神云，碎佩丛铃满烟雨”，犹如湘君骑着宝马，马蹄声细碎地从天外云彩中远远而来，而湘君身上的佩玉，也随着马的跃动而叮咚作响，与马的銮铃声相和鸣，时轻时重，有急有徐，忽高忽低。又如："兰钗委坠垂云发，小响丁当逐回雪。"写击瓯声音丁当，犹如女子头上的兰钗坠地时发出的声音，使人仿佛产生一种流风回雪的感觉，似梦似幻。这些描写都新奇、美妙而不落俗套。

总而言之，如前所说，因为古代对于击瓯的描写很少，所以我们将这首击瓯歌特别列入本讲，供读者赏读。

## /第十二讲/

# 唐人饮酒诗

中国是诗的国度，诗歌传统源远流长。从西周到春秋的《诗经》305篇，到战国时期的楚辞、汉代的乐府诗、魏晋六朝古诗，再到唐诗、宋词、元曲，诗歌的长河浩浩汤汤，波飞浪涌；不同历史时期诗坛上的诗人，更是高朋满座，胜友如云。

中国的酒文化也是历史悠久，灿烂丰富。《战国策》记载："帝女（令）仪狄作酒而美，进之禹；禹饮而甘之。"另外还有杜康造酒的传说。《诗经·小雅·鱼丽》曰："君子有酒，旨且多。"是说君子有好酒，味美而且量多。《诗经·豳风·七月》曰："为此春酒，以介眉寿。"用冬酿春熟的酒，来祈求长寿。介，祈求；眉寿，就是长寿。而且历史越往后，酒文化就越多彩丰富，不胜枚举。

诗人们都喜欢饮酒——美酒催生出好诗；可以说历朝历代的好诗，大都是被美酒浸泡、发酵、催生出来的。自古以来，中国诗的字里行间总是泛着粼粼的酒光，飘着浓浓的酒香，读了叫人神往，令人陶醉！建安诗人曹操《短歌行》唱道："对酒当歌，人生几何！譬如朝露，去日苦多。慨当以慷，忧思难忘。何以解忧？唯有杜康。"东晋陶渊明在《饮酒二十首》序中写道："余闲居寡欢，兼秋夜已长，偶有名酒，无夕不饮。顾影独尽，忽焉复醉。既醉之后，辄题数句自娱。"诗中有句曰："泛此忘忧物，远我遗世情。一觞聊独进，杯尽壶自倾。"《游斜川》中有句曰："中觞纵遥情，忘彼千载忧。且极今朝乐，明日非所求。"南朝鲍照有句曰："欢至独斟酒，忧来辄赋诗。”（《答客》）“但使樽酒满，朋旧数相过。”（《学陶彭泽体》）北朝庾信有句曰：“今日小园中，桃花数树红。开君一壶酒，细酌对春风。”（《答王司空饷酒》）

到了唐朝，诗人们更是钟情美酒，开怀畅饮，大有无酒不成诗之情势。其中诗仙李白和诗圣杜甫都是诗酒高手，跟酒相关的诗也是佳作如云，读着读着便不由得“沉醉不知归路”。

## 一、李白饮酒诗——莫使金樽空对月

李白是诗仙，也是酒仙；酒一斗饮下，诗百篇涌出。唐末诗人郑谷《读李白集》诗曰：“何事文星与酒星，一时钟在李先生。高吟大醉三千首，留着人间伴月明。”说李白文星与酒星钟于一身，大醉后留下豪诗三千首，“留着人间伴月明”，可谓是读李白高吟大醉的诗读入神髓了。请听李白在《客中作》中满带醉意地放歌道：

兰陵美酒郁金香，玉碗盛来琥珀光。
但使主人能醉客，不知何处是他乡。

东鲁兰陵用郁金香加工浸制的美酒浓郁醇香，玉碗盛来的犹如琥珀般晶莹诱人。只要主人能让我痛饮酣醉，我就不知道这是身处他乡。这首是诗人客居他乡时所作，诗人爱故乡，但同样也爱酒乡；有酒就不知是他乡，反而将他乡认作故乡了。看似酣醉，实则清醒，何等豪情勃发、狂放不羁！

李白饮酒诗的名篇之首，要数《将进酒》。诗曰：

君不见黄河之水天上来，奔流到海不复回。
君不见高堂明镜悲白发，朝如青丝暮成雪。

人生得意须尽欢，莫使金樽空对月。
天生我材必有用，千金散尽还复来。
烹羊宰牛且为乐，会须一饮三百杯。
岑夫子，丹丘生，将进酒，杯莫停。
与君歌一曲，请君为我倾耳听。
钟鼓馔玉不足贵，但愿长醉不复醒。
古来圣贤皆寂寞，惟有饮者留其名。
陈王昔时宴平乐，斗酒十千恣欢谑。
主人何为言少钱，径须沽取对君酌。
五花马，千金裘，呼儿将出换美酒，与尔同销万古愁。

这是天宝十一载（752）李白以酒会友时，饱蘸豪情挥洒出的一首杰作。首句发端如挟天风、带海雨，扑面而来。前一个“君不见”句，从空间范畴上夸张。黄河从天上奔流而来，直入东海，一去不回。东西万里，宇宙自然是何等的伟大永恒。后一个“君不见”句，从时间范畴上夸张。高堂明镜里，早上还是青丝，晚上已成白发。朝暮之间，人的生命是何等的脆弱渺小。“人生”六句入题，人生得意须尽欢痛饮，一饮便须三百杯。接下来节奏加快，改为三字句：“将进酒，杯莫停”，请尽情饮酒，不要停杯。再下来由狂放转向愤激：“古来圣贤皆寂寞，惟有饮者留其名。”推出陈王曹植，曹植曾写有“归来宴平乐，美酒斗十千”诗句。最后反客为主，说你不要以为我没有酒钱，你尽管斟上美酒吧：“径须沽取对君酌。”径须，直须。即便没有钱了，我还有“五花马，千金裘，呼儿将出换美酒，与尔同销万古愁”。倾其所有换美酒，痛饮美酒，美酒能销万古愁也。唐人翁绶《咏酒》诗也写道：“逃暑迎春复送秋，无非绿蚁满杯浮。百年莫惜千回醉，一盏能消万古愁。”

李白的这首《将进酒》开头突兀而起，全以神运诗中，大起大落，大开大合，忽翕忽张，时悲时乐，腾挪跳跃，一泻千里。由狂放，愤激，再狂放，最后结穴在“万古愁”。读起来如同大河奔流，高山滚石，无法止息，气势跌宕起伏，纵横捭阖，纯以才情为诗，实在是可赏玩、可赞叹，而不可学、没有办法学也。宋人严羽在《评点李太白诗集》中，点评此诗曰：“一往豪情，使人不能句字赏摘。盖他人作诗用笔想，太白但用胸口一喷即是，此其所长。”清人徐增《而庵说唐诗》评其诗曰：“太白此歌，最为豪放，才气千古无双。”

李白一生爱酒，他的《月下独酌四首》其二曰：

> 天若不爱酒，酒星不在天。
> 地若不爱酒，地应无酒泉。
> 天地既爱酒，爱酒不愧天。
> 已闻清比圣，复道浊如贤。
> 贤圣既已饮，何必求神仙。
> 三杯通大道，一斗合自然。
> 但得酒中趣，勿为醒者传。

酒星在天，由此可见天爱酒。酒星，古星名，也称酒旗星。《晋书·天文志》：“轩辕右角南三星曰酒旗，酒官之旗也，主宴飨饮食。”地有酒泉，可见地也爱酒。酒泉，酒泉郡，汉置，在今甘肃省酒泉市。传说郡中有泉，其味如酒，故名酒泉。既然天和地都爱酒了，那么我爱酒也就自然而然于天地无愧矣。“已闻”二句，用典。《三国志·魏书·徐邈传》记载，徐邈“平日醉客，谓酒清者为圣人，浊者为贤人”。贤圣们既已痛饮，何必再追求羡慕神仙呢？“三杯通大道”与“一斗合自然”互文见义；“大道”，指自然法则。

《庄子·天下》："天能覆之而不能载之，地能载之而不能覆之，大道能包之而不能辩之，知万物皆有所可，有所不可。"这里将饮酒提升到一个极高的精神境界，即饮酒可通于大道，合乎自然法则。三杯、一斗，皆概数，谓酣畅淋漓地痛饮。

结尾二句"但得酒中趣，勿为醒者传"，用典。陶渊明曾为外祖父孟嘉作《晋故征西大将军长史孟府君传》，传中记载："（桓）温尝问君：'酒有何好，而卿嗜之？'君笑而答曰：'明公但不得酒中趣尔。'"这里反其意而用之，谓既然已经于微醺中得酒中真趣，请不要告诉那些不懂得饮酒之趣的清醒人。

此外，李白的《月下独酌四首》其四曰：

穷愁千万端，美酒三百杯。
愁多酒虽少，酒倾愁不来。
所以知酒圣，酒酣心自开。
辞粟卧首阳，屡空饥颜回。
当代不乐饮，虚名安用哉。
蟹螯即金液，糟丘是蓬莱。
且须饮美酒，乘月醉高台。

穷愁有千万端，可是美酒只有三百杯。虽然愁多酒少，但是只要开怀饮酒，愁绪就自然一扫而空；只要酒饮到酣畅地步，胸怀也就自然大开了。"辞粟卧首阳"，用典。相传伯夷、叔齐于商周换代之际，不食周粟，隐居首阳山，采薇而食，最后饿死。"屡空饥颜回"，用典。《论语·先进》："（颜）回也其庶乎？屡空。"屡空，指经常贫困。"当代"二句，诗人认为前面列举的古人为图虚名于当代不乐于饮酒，虚名有什么用呢？所以，"蟹螯即金液"，蟹螯，螃蟹的第一对大脚，乃下酒之美食。《晋书·毕卓传》："右手持酒杯，左手持蟹螯，拍浮酒船中，便足了一生矣。”金液，美酒。“糟丘是蓬莱”，糟丘，酒糟堆积成山丘。极言酿酒之多。如果一手持蟹螯，一边饮美酒，糟丘之地即仙山蓬莱也。所以最后直吐心愿：“且须饮美酒，乘月醉高台。”

在《襄阳歌》中，李白还曾经满怀醉意地唱道：“百年三万六千日，一日须倾三百杯。”“清风朗月不用一钱买，玉山自倒非人推。”虽有醉意，但账算得一点也不错，一年三百六十日，一百年，三万六千日。后来，南宋辛弃疾《渔家傲·为金伯熙寿》词中有句曰：“三万六千排日醉，鬓毛只恁青青地。”元人散曲《水仙子·遣怀》中有句曰：“百年三万六千场，风雨忧愁一半妨。”都明显是受到李白诗句的影响。

李白还在《江上吟》诗中写道：“美酒樽中置千斛，载妓随波任去留。”在《梁园吟》诗中写道：“人生达命岂暇愁，且饮美酒登高楼。”在《答王十二寒夜独酌有怀》诗中写道：“人生飘忽百年内，且须酣畅万古情。”在《忆旧游寄谯郡元参军》诗中写道：“黄金白璧买歌笑，一醉累月轻王侯。”在《游洞庭湖五首》其二中写道：“且就洞庭赊月色，将船买酒白云边。”在《赠刘都使》诗中写道：“高谈满四座，一日倾千觞。”在《自遣》诗中写道：“对酒不觉暝，落花盈我衣。醉起步溪月，鸟还人亦稀。”在《行路难三首》其三中曰：“且乐生前一杯酒，何须身后千载名。”在《把酒问月》诗中曰：“唯愿当歌对酒时，月光长照金樽里。”如此等等，不一而足。

李白不但自己喜欢饮酒，在《对酒二首》其二中，还劝别人也不要拒绝饮酒。诗曰：

劝君莫拒杯，春风笑人来。

桃李如旧识，倾花向我开。
流莺啼碧树，明月窥金罍。
昨日朱颜子，今日白发催。
棘生石虎殿，鹿走姑苏台。
自古帝王宅，城阙闭黄埃。
君若不饮酒，昔人安在哉。

一开头直呼："劝君莫拒杯"，不要拒绝饮酒。人如果拒杯不饮酒，难免要被春风、桃李、流莺等美好的事物嘲笑的。人生苦短，倏忽而过，昨天还朱颜美好，转眼就白发满头。帝王的宫殿当年金碧辉煌，整天歌舞升平，而今荆棘丛生、麋鹿奔走。所以任何荣华富贵，转瞬即逝，王侯将相，何人还在？何不痛饮美酒，一醉方休！"棘生石虎殿，鹿走姑苏台。"用典。《晋书·佛图澄传》："(石)季龙大飨群臣于太武前殿，澄吟曰：'殿乎殿乎，棘子成林，将坏人衣。'季龙令发殿石，下视之，有棘生焉。"姑苏台，又名姑胥台，在苏州城外西南隅的姑苏山上。始建于吴王阖闾，后经夫差续建，规模宏大，供奢靡享乐。伍子胥谏吴王，不从，子胥叹曰："臣今见麋鹿游姑苏之台也。"事见《史记·淮南衡山列传》。

而对于不肯饮酒的人，李白则进行善意的嘲讽讥笑。在《嘲王历阳不肯饮酒》中，李白写道：

地白风色寒，雪花大如手。
笑杀陶渊明，不饮杯中酒。
浪抚一张琴，虚栽五株柳。
空负头上巾，吾于尔何有。

历阳，县名，秦置。隋唐时为历阳郡治。王历阳，时官历阳县丞的姓王的人。诗中以曾官彭泽县令的陶渊明，借指王历阳。说如果陶渊明“不饮杯中酒”的话，那么浪抚了无弦琴、虚栽了五柳树、空负了头上漉酒巾，对你还能有什么好说的呢。陶渊明《饮酒二十首》诗其二十中有句曰：“若复不快饮，空负头上巾。”陶渊明性好酒，以至于用头巾漉酒。《宋书·陶潜传》：“郡将候潜，值其酒熟，取头上葛巾漉酒，毕，还复著之。”漉，就是过滤。用头巾漉酒，漉好后照旧戴上。后用葛巾漉酒，形容爱酒成癖，以嗜酒为荣，性情率真超脱。

诗人晚年在皖南时，经常到一个善于酿酒的姓纪的老师傅那里去沽酒喝。老人去世后，李白写了一首《哭宣城善酿纪叟》诗，满怀深情地哭诉道：

> 纪叟黄泉里，还应酿老春。
> 夜台无李白，沽酒与何人？

纪老人家您在九泉之下，大概还在做老本行“酿老春”吧。可是阴间没有我李白，你酿酒卖给何人呢？夜台，就是坟墓；亦指阴间。诗人痛悼擅长酿酒的纪叟，可以想见，当年李白写出最后这两句诗时，恐怕早已经挥杯一饮而尽、泪流满面了。对老朋友一往情深，凄恻悲怆之情，溢于言表之外。至今读了，仍不免潸然泪下。

## 二、杜甫的饮酒诗——白日放歌须纵酒

杜甫是李白最伟大的知音，不但是吟诗方面的知音，也是饮酒方面的知音。杜甫称赞李白是：“白也诗无敌，飘然思不群。清新庾开府，俊逸鲍参军。”（《春日忆李白》）说李白写诗是：“笔落惊

风雨，诗成泣鬼神。”称赞李白的才华和喜好是：“敏捷诗千首，飘零酒一杯。”在《饮中八仙歌》中，杜甫称赞的第六仙便是李白。其余七仙，第一仙是贺知章：“眼花落井水底眠”；第二仙是汝阳王李琎：“道逢麹车口流涎”；第三仙是左丞相李适之：“饮如长鲸吸百川”；第四仙是崔宗之：“举觞白眼望青天”；第五仙是苏晋：“醉中往往爱逃禅”；第七仙是草圣张旭：“脱帽露顶王公前，挥毫落纸如云烟”；最后第八仙是焦遂：“焦遂五斗方卓然，高谈雄辩惊四筵。”杜甫对第六仙李白称赞道：

李白一斗诗百篇，长安市上酒家眠。
天子呼来不上船，自称臣是酒中仙。

首句“李白一斗诗百篇”，酒、诗并赞，酒饮一斗，好酒量；诗成百篇，好才华。“天子呼来不上船”，前人多理解为李白十分“傲岸”，天子叫他，他都不去。我的一个研究生有一次写了一篇读书报告，说他找了很多唐人诗句和资料，综合分析认为，“天子呼来不上船”，不是说李白很“傲岸”，其实是喝高了上不了船了、不能上船了。——或为一解，令人解颐。

杜甫也喜好饮酒，他自己说年轻的时候，“性豪业嗜酒，嫉恶怀刚肠”（《壮游》）。他与李白是诗酒好友。在《曲江二首》其二中写道：

朝回日日典春衣，每日江头尽醉归。
酒债寻常行处有，人生七十古来稀。
穿花蛱蝶深深见，点水蜻蜓款款飞。
传语风光共流转，暂时相赏莫相违。

此诗写于乾元元年（758）暮春，杜甫在长安任左拾遗，此时

“安史之乱”还没有平息。曲江又名曲江池，在长安城南朱雀桥之东，是唐代长安最大的名胜游览地。后四句写曲江春景，有名句曰：“穿花蛱蝶深深见，点水蜻蜓款款飞。”虽极佳，但这里从略，只讲跟饮酒有关的前四句。

首联“朝回日日典春衣，每日江头尽醉归”，说自己天天上朝回来，都去典当行典当自己春天穿的衣服，每天换得钱来到江头买酒喝，一直到喝醉了才回来。典衣换酒，这在唐代文人中或是常态。白居易有“日日酒家去，脱衣典数杯”（《效陶潜体诗十六首并序》），“忆昔羁贫应举年，脱衣典酒曲江边”（《府酒五绝·自劝》）。姚合有“爱诗看古集，忆酒典寒衣”（《秋日闲居二首》）。杜荀鹤有“脱衣将换酒，对酌话何之”（《送姚庭珪》）。杜甫在刚刚暮春时节，便开始典当春衣，可见冬衣早就典当完了。由此可想见，其一，诗人的生活是多么的拮据。其二，家境如此贫困，那么典衣所得之钱，照理应该首先去买柴米油盐这些生活必需品，可是诗人没有这样做，而是全用来买酒了。由此可想见，诗人是何等喜酒、好酒，乃至嗜酒如命。

颔联起句“酒债寻常行处有”，谓所到之处都欠人家酒债，那是寻常的小事。这当中固然有诗人的无奈，更可见对酒的喜好程度之深。颔联的两句必须对仗，这里的“寻常”与下一句的“七十”看上去不对仗，其实，古代以八尺为一寻，倍寻为一常。这里借用八和十六这两个数字，来与下一句的七和十对仗，这就是借对，是格律诗工对、宽对、借对、流水对、扇面对等多种对仗中的一种。对句谓人生能够活到七十岁，自古以来也是很少有的了。因为很少，所以更要及时尽兴，痛饮美酒。“人生七十古来稀”，如今这句诗成了妇孺皆知的名句。

杜甫与老友重逢时自然少不了要饮酒。唐肃宗乾元元年（758）

冬，杜甫被贬为华州司功参军。次年春，与少年时朋友卫八处士久别重逢，写了一首《赠卫八处士》诗。写自己与老友亲切地共话家常，老友备办饭菜，举杯同饮。感慨世事渺茫，人生聚散无定。“主称会面难，一举累十觞。十觞亦不醉，感子故意长。”一饮就是十杯，也没有醉意。一方面看出双方感情深厚，一方面表现人生感慨深沉。

杜甫在国家脱离苦难时更是要饮酒相庆。当“安史之乱”平息的好消息传到蜀中时，诗人高兴极了，挥笔写下了“平生第一首快诗”——《闻官军收河南河北》。诗人激动地写道：

> 剑外忽传收蓟北，初闻涕泪满衣裳。
> 却看妻子愁何在，漫卷诗书喜欲狂。
> 白日放歌须纵酒，青春作伴好还乡。
> 即从巴峡穿巫峡，便下襄阳向洛阳。

杜甫一生沉稳，很少狂举狂态，但是当唐朝的官军收复了叛乱军队的大本营，祖国有了希望的时候，诗人禁不住“涕泪满衣裳”。于是乎“漫卷诗书喜欲狂”，杜甫一生就狂过这么一次，为动乱即将过去、国事有了好的转机而“喜欲狂”。“喜欲狂”的时候，自然除了“放歌”就是“须纵酒”了，于是乎举杯相庆，纵情痛饮。同时还立即计划好了回家乡的路线，迫不及待地“即从巴峡穿巫峡，便下襄阳向洛阳”了。

杜甫和李白在一起，更是离不开酒。他们俩曾经结伴漫游齐鲁之间，杜甫后来回忆两个人在一起常常“醉眠秋共被，携手日同行”(《与李十二白同寻范十隐居》)，晚上喝醉后同榻共被，抵足而眠；白天则手拉着手一起登山临水，何等快意。两人分手时的宴席上，那就更不能没有酒。李白作有《鲁郡东石门送杜二甫》

诗曰：

> 醉别复几日，登临遍池台。
> 何时石门路，重有金樽开？
> 秋波落泗水，海色明徂徕。
> 飞蓬各自远，且尽手中杯！

我与你快要分手，留恋难舍，日复一日喝酒，已经酣醉好几天了。一想到分别以后，便“飞蓬各自远”了，也不知道何日才能相聚、何日才能“重有金樽开”。所以，眼下还是尽情地痛饮美酒吧，“且尽手中杯”！“尽”者，就是全部喝干，实实在在地干杯。

李杜分别后，杜甫在思念李白的《春日忆李白》诗中，表达了对重新欢聚、再度欢饮的渴望和企盼。诗曰：

> 白也诗无敌，飘然思不群。
> 清新庾开府，俊逸鲍参军。
> 渭北春天树，江东日暮云。
> 何时一尊酒，重与细论文。

杜甫渴望与李白早日重逢，开一樽好酒，边慢慢小酌，边细细论文。酒，成了这两个伟大诗人友情最好的黏合剂，成了两个天才灵魂相互沟通的最好媒介。可以毫无悬念地说，如果把酒从李白、杜甫的诗中抽去，李杜诗篇的魅力一定会减色不少。

## 三、唐人其他饮酒诗——斗酒相逢须醉倒

除了李杜外，唐代还有很多诗人喜欢饮酒，这些诗人也写过很

多很好的饮酒诗。首先，讲一下盛唐诗人王维的饮酒诗。其《少年行四首》的第一首写道：

> 新丰美酒斗十千，咸阳游侠多少年。
> 相逢意气为君饮，系马高楼垂柳边。

新丰美酒，是当时的上好佳酿，唐人陈存也写有“暂入新丰市，犹闻旧酒香。抱琴沽一醉，尽日卧垂杨”诗。如此上好佳酿，价格自然不菲，一斗值十千钱。咸阳的游侠多为少年才俊，相逢凑到一起，意气风发，把臂言欢；把宝马系到那高楼的垂柳边，开怀痛饮，为君干杯。少年的流宕风华和侠客的凌云豪气，正是在“意气为君饮”中，得到了淋漓尽致的挥发和表现。

王维还有一首名篇《渭城曲》，又名“送元二使安西”。诗曰：

> 渭城朝雨浥轻尘，客舍青青柳色新。
> 劝君更尽一杯酒，西出阳关无故人。

这首诗，乃唐人送别诗中的名篇，应该在友情送别诗中大讲，这里仅简单地讲一下这个“尽”字。前面我们讲李白“且尽手中杯”时，已经说过“尽”，就是干杯，就是全部喝完。这里王维也用“更尽”，而不是“更进”——千万不能误写成“进”字，用“进”字，只是表明饮进去那么一点点。“更尽”，就是干尽了一杯再干尽一杯；仿佛只有后面再干尽的这一杯，才能充分表达离别之时内心情感之饱满。而如此“更尽”则没有完了，只有到尽兴醉倒，才能止息。

盛唐诗人岑参在西部边陲从军时，写过一首《凉州馆中与诸判官夜集》诗，我们已在“唐人边塞诗”一讲中作了分析，这里只讲最后四句。诗曰：

花门楼前见秋草，岂能贫贱相看老。

一生大笑能几回，斗酒相逢须醉倒。

花门楼前又见到秋草枯黄，一年的时光又快过去了；哪能眼睁睁地相互看着在贫贱中黯然老去呢？“一生大笑能几回，斗酒相逢须醉倒。”人的一生得意尽兴、开怀大笑能有几次呢？宋人陈师道《绝句》曰：“书当快意读易尽，客有可人期不来。世事相违每如此，好怀百岁几回开？”让人快意的书，容易很快读完；期望见面的可意之人却老是不来。人世间与人意愿相违背的事情每每如此，人生百年好怀能开几次呢？古人说，好怀只开过四次，曰：“久旱逢甘霖，他乡遇故知。洞房花烛夜，金榜题名时。”诗人在边陲凉州馆中，与诸位判官夜集饮酒，这样的良朋好友欢聚一堂，一生能有几次呢？人生都是“一期一会”，人与人的每一次聚会都是唯一的，因为时间和空间都绝不可能重复相同的。所以一旦相聚一起，必须尽情地开怀大笑，痛饮斗酒，一醉方休。

此外，唐人郎士元的六言绝句《寄李袁州桑落酒》诗曰：“色比琼浆犹嫩，香同甘露仍春。十千提携一斗，远送潇湘故人。”桑洛酒的色比琼浆还要嫩，香如同甘露一样清醇。诗人提携如此一斗十千的美酒，送给远在潇湘的故交好友。友情比美酒更珍贵。

中唐诗人元稹的《放言五首》其一诗曰：

近来逢酒便高歌，醉舞诗狂渐欲魔。

五斗解酲犹恨少，十分飞盏未嫌多。

眼前仇敌都休问，身外功名一任他。

死是等闲生也得，拟将何事奈吾何。

诗人喜欢酒，逢酒便高歌，高歌痛饮，饮则必醉，醉则狂舞，舞则欲魔。五斗犹恨少，十盏不嫌多。酲，指酒醉而神志不清的样子。一旦酒醉了，眼前的仇敌恩怨都休去问他，身外的功名富贵也都丢到一边去吧。与欢然痛饮这件事相比，连死都只能算是等闲之事，还能再有什么事情奈我何。唐人徐夤也有诗曰："休向尊前诉羽觥，百壶清酌与君倾。"觥，古代以兽角做的酒器，像爵，两侧有耳，如同鸟之双翼，故称羽觥，亦称羽杯。"醉乡路与乾坤隔，岂信人间有利名。"（《劝酒》）生死等闲事，醉乡无名利。这些都可谓是酒后吐真言、醉中放豪语也。

中唐诗人孟郊，还热情地称颂酒的美德，所作《酒德》诗曰：

酒是古明镜，辗开小人心。
醉见异举止，醉闻异声音。
酒功如此多，酒屈亦以深。
罪人免罪酒，如此可为箴。

诗人说酒的美德，就在于它犹如古老的明镜，能借以窥见小人的内心。酒后一个人可以呈现出与平常不一样的举止，说出与平常不一样的真实心声。这就是酒后吐真言，酒后现原形。因为酒醉，小人撕掉了平时伪装的面纱，露出了真实的面目，吐出了真实的内心；这都是酒莫大的功劳。但酒有时也会给人造成很深的冤枉。所以诗人谓请以"罪人免罪酒"为箴言，对于一些人酒后非本质的不当行为，请不要去过分怪罪吧。这就是酒之功德。

晚唐诗人聂夷中在《饮酒乐》诗中，热情地称赞饮酒之乐曰：

日月似有事，一夜行一周。
草木犹须老，人生得无愁。
一饮解百结，再饮破百忧。
白发欺贫贱，不入醉人头。

我愿东海水，尽向杯中流。

安得阮步兵，同入醉乡游。

诗人认为日月好像有事，一夜行走一周天。草木都荣而复枯，人生哪能没有忧愁。有了忧愁，只有饮酒能解百结、能破百忧。白发只能欺负贫贱者，堆满他们的头。可是醉人，则因为酒醉后“人生得无愁”，所以白发也上不了他们的头。于是乎诗人希望酒如同东海水，都倾入酒杯中，让人永远也喝不尽、喝不够。最后，诗人发出如何能够携手阮步兵阮籍，一起“同入醉乡游”的感叹。此外，李贺在《将进酒》中写过名句曰：“劝君终日酩酊醉，酒不到刘伶坟上土。”这跟宋人高翥“人生有酒须当醉，一滴何曾到酒泉”(《清明》)，同样表达了开怀酣饮、酩酊方休的豪情。

唐代诗人李白，是诗仙也是酒仙；同样，宋代诗人苏轼，是坡仙也是酒仙。苏东坡的《水调歌头》词，历来被人们称赞为千古名篇，我们在咏月诗中另有分析，此处从略。这首词前的小序十分重要。序曰：“丙辰中秋，欢饮达旦，大醉。作此篇，兼怀子由。”注意，“欢饮达旦”——就是从晚上一直饮到天亮。“大醉”——就是酣醉、沉醉；必大醉，方有大好诗也。如果只是喝那么一点点酒，那是催生不出创作好诗的激情的；唯有大醉之后，达到了物我两忘的境界，方能挥毫泼墨写出激动人心的好诗！

苏轼还在一首《月夜与客饮酒杏花下》诗中，写有这样的四句诗：

花间置酒清香发，争挽长条落香雪。

山城酒薄不堪饮，劝君且吸杯中月。

东坡说穷乡僻壤的浊酒，味薄不堪饮，但酒中倒映的那一轮明月却皎洁美好。也许受唐诗人于良史“掬水月在手，弄花香满衣”

(《春山夜月》)诗句的启发，东坡对月饮酒，不说饮干杯中酒，而说吸干“杯中月”，将倒映在酒杯里的那一轮皎洁的明月，一起痛饮入昂藏豪放的胸中，从而使诗人的襟怀，更加光明峻洁！何等痛快，何等磊落！

读者诸君，下次再遇到月下饮酒，一定要痛痛快快吸尽杯中月。当然，杯中月其实是怎么也吸不尽的，因为如同李白所言：“人生得意须尽欢，莫使金樽空对月。”喝空了还得再满上，喝空了再满上，因为不能使金樽空对月。既然是杯中酒不空，那么自然是酒中月常有。月常有，则越吸越多，怎么能吸得尽呢？

南宋杨万里在一首《重九后二日同徐克章登万花川谷，月下传觞》诗中，说李白《月下独酌四首》其一中的“月既不解饮”是浪言：“天既爱酒自古传，月不解饮真浪言。”浪言，就是随意乱说、胡说。杨万里说其实月亮也懂得饮酒，也喜欢饮酒：“老夫渴急月更急，酒落杯中月先入。”说月亮比我还要急，酒刚刚倒入杯中，月亮就立马抢先进入杯中饮酒了。诗人自己“举杯将月一口吞，举头见月犹在天”。举杯一饮而尽，连酒中的月亮也一起吞入口中，可是放下酒杯举头一望，月亮却还在天上。是月醉乎？人醉乎？还是人月俱醉乎？真是无解。

其实，不但写诗填词需要饮酒，就是阅读诗歌、欣赏诗歌、研究诗歌，也非得饮酒微醺，才能对诗意有真切的体味——饮酒时或饮酒后写成的诗词，必须饮了酒方能体味出其中真意、真味。这就是解得酒中味，方知诗中情。前几年，在招收古代文学的博士研究生的面试中，我曾经戏称（其实没有实施）：以唐宋诗词为研究对象的博士研究生，面试时，得事先在面试的教室门外的桌子上，放三杯白酒，能一口气喝下的，就推门进来面试；喝不下的，就自动打道回府。没想到我的玩笑话刚一出口，报考我研究生的一个山东青岛籍的男生，立即举手回应道："老师，我回答完第一道题后，得申请再喝三杯酒，再回答第二道题。"真是出人意料之外，细想来却亦在情理之中；不禁令人为之捧腹。

曾有人总结喝白酒的三种境界：一是小酌微醺，乃艺术境界；灵感来了，文思泉涌，宜于写诗作画。二是痛饮酣畅，乃哲学境界；此时能说出思想深刻的妙语警句，宜于高谈阔论。三是酩酊大醉，乃神仙境界；物我两忘，宜于睡觉做梦，或者打坐冥想，神游物外。

最后，笔者不揣浅陋，以所作的一首小诗作为本讲的收结。题为"与友人欢饮口占一绝"。第一句说岁月无情，苦于匆匆忙忙，一会儿三十岁，一会儿五十岁、六十岁，倏忽而已。第二句说人生有缘分，才能幸运地相聚到一起。第三句用王维《少年行》中成句，相逢时讲意气为你干杯。最后一句："开怀一笑杯自空"——开怀一笑，哈哈哈，酒杯自然就空了。这首七绝就是：

> 无情岁月苦匆匆，有缘人生喜相逢。
> 相逢意气为君饮，开怀一笑杯自空！

# /第十三讲/

# 唐人咏月诗

我们都知道，太阳与月亮，是除地球外跟人类关系最为密切的两个星球。如果说太阳的光芒给自然万物以鲜艳夺目的色彩，主要表现为一种阳刚之美；那么，月亮的光芒给自然万物涂抹上一层净白空蒙的色调，别具一种阴柔之美。犹如宋代大文豪苏轼《饮湖上初晴后雨》诗所形象描写的那样："水光潋滟晴方好，山色空蒙雨亦奇。欲把西湖比西子，淡妆浓抹总相宜。"内质美好的西湖，晴朗的明媚阳光下很美，明朗是一种美；下雨的空蒙山色也很美，朦胧也是一种美。而且从某种意义上讲，太明朗、太清晰的事物，往往纤毫毕现，一览无余，不能给人以丰富的想象和联想。而朦胧隐约的东西，倒别有一种神秘感，更能激发人探索的好奇心，促人遐想，让人更有回味的余地。可见，太阳的阳刚之美、明朗之美，与月亮的阴柔之美、朦胧之美，都能给人以审美的愉快和艺术的享受。

## 一、月亮与有关月亮的神话传说

人们曾赋予月亮许多美好的别称，如"月魄""太阴星"。人们称新月为"玉钩"，李贺《七夕》曰："天上分金镜，人间望玉钩。"称圆月为"玉盘""冰镜""冰轮"，李白《古朗月行》曰："小时不识月，呼作白玉盘。又疑瑶台镜，飞在青云端。”唐章碣《对月》曰：“残霞卷尽出东溟，万古难消一片冰。”

与月相关的古代神话传说很丰富。传说月中有玉兔，称为月中兔、月兔。《艺文类聚》卷一引刘向《五经通义》：“月中有兔与蟾蜍何？月，阴也，蟾蜍，阳也，而与兔并明，阴系阳也。”又引晋傅咸《拟天问》：“月中何有？白兔捣药。”所以人们又称月亮为“兔魄”“兔影”“兔轮”。唐卢照邻《江中望月》曰：“沉钩摇兔影，浮桂动丹芳。”唐元稹《梦上天》曰：“西瞻若水兔轮低，东望蟠桃海波黑。”

神话传说中还有说月中有桂树，高五百丈，下有一人，名吴刚，学仙有过错，被罚常砍伐桂树，树创随砍随合，所以永远也砍不倒。由此人们称月亮为“桂月”“桂魄”。唐李白《赠崔司户文昆季》曰：“欲折月中桂，持为寒者薪。”唐王维《秋夜曲》曰：“桂魄初生秋露微，轻罗已薄未更衣。”唐许浑《下第贻友人》：“人心高下月中桂，客思往来波上萍。”后比喻举子登第、登科为“折桂”，或曰“月中折桂”。唐周墀《贺王仆射放榜》：“虽欣月桂居先折，更羡春兰最后荣。”

神话传说中还称掌管婚姻之神为“月下老人”，亦作“月下老儿”。典出唐人李复言的《续玄怪录·定婚店》。大意是说杜陵人韦固，元和二年旅行中遇一老人，倚靠着一个布囊，坐于台阶上，向月捡书。韦固问他找寻何书，答道：“天下之婚牍耳。”又问囊中何物，答道：“赤绳子耳。以系夫妻之足，及其生，则潜用相系，虽仇敌之家，贵贱悬殊……此绳一系，终不可逭。”逭，逃。后遂以“月下”“月下老人”作为媒人的代称。明人陈汝元《金莲记·媒合》：“月下传言，多蒙作伐；堂前醮酒，权作主婚。”

另外，还有一个几乎家喻户晓的神话故事，就是“嫦娥奔月”。最早记录嫦娥事迹的是商代的巫卜书。秦代王家台秦简《归藏》，其中的《归妹》卦辞为：“昔者恒我窃毋死之（药于西王母），（服之以）奔月，而枚占……（有黄。有黄占之曰：‘吉。翩翩归妹，独将西行。逢天晦芒，毋惊毋恐，后且大昌。’恒我遂托身于月，是为蟾蜍）。”恒我，即“姮娥”，嫦娥。西汉早期成书的《淮南子》中，也载有嫦娥奔月的故事：“羿请不死之药于西王母，姮娥窃以奔月，怅然有丧，无以续之。”东汉高诱为《淮南子》所作的注解中写道：“姮娥，羿妻也。羿请不死之药于西王母，未及服之，姮娥盗食之，得仙奔入月中，为月精。”人们因此称月亮为“月娥”“嫦娥”“姮娥”“月姊”。唐孟郊《看花》诗之一曰：“月娥双双下，楚艳枝枝浮。”唐李商隐《水天闲话旧事》：“月姊曾逢下彩蟾，倾城消息隔重帘。”人们还用“婵娟”来代指明月或月光。唐许浑《忆江南同志》曰：“唯应洞庭月，万里共婵娟。”宋苏东坡《水调歌头》词结句曰：“但愿人长久，千里共婵娟。”婵娟者，美女也；这里的美女，指嫦娥；嫦娥，代指明月；“共婵娟”，就是共明月。

现代科学告诉我们，太阳是一个燃烧着的、发光的星球，而月球则是一个不发光的星球；月亮的光芒是反射的太阳光。因为月亮绕着地球转，地球又绕着太阳转，所以随着月亮、地球、太阳三者相对位置的时刻变化，地球上所见月球被太阳照亮的部分也不时改变，呈现盈亏（圆缺）的各种不同形状，这被称为月相。月相有新月（朔）、蛾眉月、上弦月、盈凸月、满月（望）、亏凸月、下弦月、残月等。月相更替的周期大约为二十九天半，即一个朔望月。我国农历月的日期基本符合月相变化，每月的初一必定是“朔”，十五日（或十六日）月半时则圆满如车轮、如玉盘。有一副对联这样写道：

天上月圆，人间月半，月月月圆逢月半；

今夕年尾，明朝年头，年年年尾接年头。

这里的“月半”，就是指农历每个月的十五。上联说天上的月亮圆的时候，正是人间农历的月半，每一个天上月圆之日都是人间月半之时。“今夕”，指农历旧年的除夕；“明朝”，指新年正月初一。下联说今晚除夕乃是旧年的年尾，明天一早则是新年的开头，每一年的年尾都紧接着下一年的年头。一个“月”字，形同，音同，义不同，妙趣横生。

咏新月的诗，如北朝诗人王褒《咏月赠人》：“上弦如半璧，初魄似蛾眉。”唐代诗人白居易《暮江吟》诗亦写道：

一道残阳铺水中，半江瑟瑟半江红。

可怜九月初三夜，露似真珠月似弓。

夕阳西下，残阳没有照到的一半江面呈碧绿色，残阳照到的另一半江面则是火红色。深秋的九月初三，这个夜晚是多么可爱啊，岸草上的露珠，如圆润的珍珠似的美好；而初升的一弯新月，则如同一张精巧的弯弓，遥挂在天幕之上。

白居易诗是写景，写的是江畔新月之美景。而唐人赵嘏的《新月》诗，则是写闺中女子望新月而怀人。诗曰：

玉钩斜傍画檐生，云匣初开一寸明。

何事最能悲少妇，夜来依约落边城。

玉钩一样的一弯新月，斜傍着画檐，映在妆台的镜匣里明光一寸。独守空闺的少妇由新月如约来到边城，联想到自己的意中人音讯杳然，不由得悲从中来，愁思满怀。

唐诗人方干也写过五律《新月》诗，其中颔联和颈联描绘新月格外形象生动，曰："潭鱼惊钓落，云雁怯弓张。隐隐临珠箔，微微上粉墙。"一弯新月倒映在潭水中，鱼儿看到吓跑，以为是垂钓的鱼钩，潜伏危机。云中的大雁，见新月儿胆怯，以为是张开的弯弓，恐遭不测。新月的微光隐隐地照临珠帘，微微地映上粉墙。箔，本指苇子编成的帘子；珠箔，即珠帘。

当然，诗人们的笔下，更多的还是清光满满的圆月。咏圆月的诗更是不胜枚举，如唐诗人骆宾王《秋月》诗曰："云披玉绳净，月满镜轮圆。浥露珠晖冷，凌霜桂影寒。"还有唐诗人权德舆《酬裴端公八月十五日夜对月见怀》诗曰："凉夜清秋半，空庭皓月圆。动摇随积水，皎洁满晴天。"等等，且留在下面细细赏读。

## 二、唐人咏月诗——青天有月来几时

月亮，皎洁、透明、真率、纯净，是诗国里的骄子，诗人们的宠儿！中国文学史上，无数文人墨客对着这一轮明月，写下了无数精美绝伦的诗篇。可以说在我们中国古代的诗坛上，洒满了皎洁的月光！古代特别是唐代诗人歌咏月亮的名篇佳作很多，我们接下来试赏析一下以唐代为主的咏月诗。

这一轮明月来自何时？它是什么时候把那一片皎洁的月光洒向人间的呢？这个问题引起了古代诗人们的极大兴趣。唐代大诗人李白有一首诗，题目就叫"把酒问月"，对着明月，高举酒杯发问，问什么呢？诗这样写道：

> 青天有月来几时？我今停杯一问之。
> 人攀明月不可得，月行却与人相随。
> 皎如飞镜临丹阙，绿烟灭尽清辉发。

但见宵从海上来，宁知晓向云间没？
白兔捣药秋复春，嫦娥孤栖与谁邻？
今人不见古时月，今月曾经照古人。
古人今人若流水，共看明月皆如此。
唯愿当歌对酒时，月光长照金樽里。

诗仙月下欢饮，不觉有了几分醉意。微醺中放下酒杯，对月发问道："青天有月来几时？"青天的明月啊，你是几时来到人间的？接下来说，人没有办法追攀明月，可是明月却与人们紧紧相随。皎洁的月轮如同圆镜从天空下照宫阙，云翳散尽后月亮更显得清光焕然。绿烟指云翳。人们只知道月亮夜里从东海升起，但不知道它破晓之时消逝在云间，藏到哪里去了。月中白兔，寒来暑往年复一年地捣药；孤栖无邻的嫦娥，碧海青天夜夜独守，何等寂寞。今天的人们，都没有见过远古时代的月亮；但今天的这个月亮，却曾经照过远古时代的人们。明月亘古不变，而月光朗照下的古人今人，却如同流水一样地新老代谢不息。宇宙自然的永恒和人生的短暂，形成了十分鲜明的对比。这些都不用去探询了，唯愿对酒当歌痛饮一番，让月光长照金樽里，月长在，酒长有，人长醉，足矣。

李白把酒问月时停放下来的酒杯，三百年后，到了宋代，又被坡仙苏东坡高高地举了起来。苏轼在《水调歌头》词一开头，便袭用李白诗意唱道："明月几时有？把酒问青天。"重新举起李白放下的酒杯，向着青天再一次发问：明月啊，你是什么时候照到人世间的？这其实是一个永无答案的谜。然而，一代一代的人们，在面对美好的明月时，总是浮想联翩地一再发问，联想的思绪穿过时间的隧道，希望能追溯到美好明月的起源。

月到中秋分外明，"每逢佳节倍思亲"（王维《九月九日忆山东兄弟》）。中秋月半，月亮最圆；秋高气爽，月色最明。中秋佳节，良辰美景；明月在天，美酒在手；对月怀远，望月抒情。下面让我们到唐宋咏月诗词的灿烂星空中去遨游一番，领略与一轮皓月交相辉映的咏月的锦绣诗篇。

人们喜欢明月，赞美明月，归纳一下，大致是从以下三个方面来喜欢和赞美的。

### 1. 赞美明月的美好

这方面的诗歌最多，如晋人陆机《拟明月何皎皎》诗中有句曰："安寝北堂上，明月入我牖。照之有余辉，揽之不盈手。"唐人于良史受此启发，在《春山夜月》中写道：

春山多胜事，赏玩夜忘归。
掬水月在手，弄花香满衣。
兴来无远近，欲去惜芳菲。
南望钟鸣处，楼台深翠微。

首联叙事，春山多美景，流连忘返，直到明月东升。颈联和尾联都比较寻常，唯颔联十分精彩。说掬起水来明月在手，赏玩鲜花则香满衣袖。说"掬水月在手"，十分新颖巧妙。人们有没有办法捉住青天月亮呢？有办法，只要在月光下捧起一汪清水，你手中的清水里就倒映着一轮明月。

宋诗人苏东坡也许又受到"掬水月在手"的启发，在《月夜与客饮杏花下》诗中，写过这样的诗句："山城酒薄不堪饮，劝君且吸杯中月。"东坡说穷乡僻壤的浊酒，味薄、不堪饮，但酒中倒映的那一轮明月，却皎洁、透明、美好。请朋友连同杯中的那一轮明月，也一起饮进胸怀之中，从而使得人的襟怀更加光明磊落。何等豪放痛快，何等峻洁透亮！

唐人陆畅在《新晴爱月》诗中，抑制不住内心的喜悦，写道：

野性平生惟好月，新晴夜半睹婵娟。
起来自擘纱窗破，恰漏清光落枕前。

诗人自道平生野性不改，只喜好明月，爱得如痴如醉。夜半时发现天空放晴，云散月出，诗人赶忙起身，剖破纱窗，一缕清幽的月光恰好照到枕前。擘，剖裂开。何等静谧，何等幽雅，何等明净。

宋人晏殊《寓意》诗中有句曰："梨花院落溶溶月，柳絮池塘淡淡风。"白白的梨花与溶溶的月色，融为一体；白白的柳絮，在淡淡的春风里任意飘飞。多么美的一幅月下春景图。与晏殊咏月诗的婉约轻柔不同，南宋大诗人陆游则在《七月十四夜观月》诗中，唱出了豪迈的歌声："开帘一寄平生快，万顷空江著月明。"境界开阔，元气淋漓！

## 2. 抒写明月多情

月亮本来是一个荒凉的星球，既不美，也没有情感。但有感情的咏月诗人，总喜欢移情于物，把月亮写得有情有意、知情解意。唐诗人李贺在《金铜仙人辞汉歌》诗中说"天若有情天亦老"，意思是说老天若是有感情的话，也会衰老的；宋诗人石曼卿则对曰："月如无恨月长圆"，意思是说月亮如果没有愁怨幽恨的话，也会长圆的。这两句绝对堪称是绝对——绝妙无比的对联。宋司马光在《温公续诗话》中评道："李长吉歌'天若有情天亦老'，人以为奇绝无对。曼卿对'月如无恨月长圆'，人以为劲敌。"

诗人们不但赞美月亮皎洁如水、妩媚动人，而且总是竭尽才情将月亮描写得温柔可人。南朝梁朱超《舟中望月》诗曰：

大江阔千里，孤舟无四邻。

唯余故楼月，远近必随人。

千里大江的开阔水面上，孤舟一叶，四邻没有行客。只有故乡楼头的那一轮明月，不离不弃，远近随人。唐杜甫《十七夜对月》诗，也有大致相同的描写。诗曰：

秋月仍圆夜，江村独老身。

卷帘还照客，倚杖更随人。

此外，南唐张泌《寄人》诗中有句曰："多情只有春庭月，犹为离人照落花。"宋张先《菩萨蛮》词下片曰："阑干移倚遍，薄幸教人怨。明月却多情，随人处处行。"清人袁枚《春日杂诗》中有句曰："明月有情还约我，夜来相见杏花梢。"等等。可见，明月在历代诗人词人的笔下，总是那么依人，那么可人，那么亲切动人！

### 3. 称赞月亮公正无私

月亮不但是有感情的，而且还是公正无私的。如同"天不私覆，地不私载"一样，日月也不私照。月亮从不势利，从不偏心，她总是把自己明净的光辉，公正无私地、平等地洒向人间所有的地方：帝王将相、达官贵人的宫殿豪门前有明亮的月光，书生士子的陋室纸窗前有明亮的月光，偏僻山沟里的穷苦樵夫的柴扉前、荒野上农夫的茅屋前、江湾湖边渔父的破船前，也有同样明亮的月光。有感于此，晚唐诗人曹松（约 828—约 903）在《中秋对月》诗中热情地歌颂道：

无云世界秋三五，共看蟾盘上海涯。

直到天头天尽处，不曾私照一人家。

中秋之夜，万里无云，一轮圆月从海上生出。月光一直照到了天的尽头。歌颂月亮把清光洒向天涯海角的每一个地方，而“不曾私照一人家”。还有一副对联这样写道：

月无贫富家家有，燕不炎凉岁岁来。

明月无私，燕不炎凉，不管贫富，一视同仁。令人不由得发自内心地赞叹：美哉，明月！德哉，明月！

宋代苏轼在著名的《前赤壁赋》中写过这样一段名言：

且夫天地之间，物各有主，苟非吾之所有，虽一毫而莫取。唯江上之清风，与山间之明月，耳得之而为声，目遇之而成色，取之无禁，用之不竭，是造物者之无尽藏也。

清风明月不用一钱买，任何人都可以自由享用；然而天下人多追名逐利，在滚滚红尘中，尔虞我诈，忙忙碌碌，争名夺利，机关算尽，哪有时间、哪有心情、哪有雅韵来欣赏明月之美！苏氏在另一篇散文《临皋闲题》中，提出了“月无常主”之说。东坡认为：“江山风月，本无常主，闲者便是主人。”只有心地淡泊、超脱俗念、志趣闲雅的人，才能真正欣赏和体悟明月之美，从而真正成为明月之主人。快哉，坡仙之快人快语！如此明白浅近、通脱透彻的人生理念，滚滚红尘中，几人能看透？！

## 三、张若虚《春江花月夜》——何处春江无月明

初盛唐之间有一个诗人叫张若虚，生卒年不详；与贺知章、张

旭、包融合称“吴中四士”。诗作大都散佚，《全唐诗》仅录两首，一首是五古《代答闺梦还》。诗曰：“关塞年华早，楼台别望违。试衫著暖气，开镜觅春晖。燕入窥罗幕，蜂来上画衣。情催桃李艳，心寄管弦飞。妆洗朝相待，风花暝不归。梦魂何处入，寂寂掩重扉。”内容是传统的思妇题材，写法上也显得平淡无奇，向来不为人所关注。而他的另一首诗《春江花月夜》，却被清人王闿运推崇为“孤篇横绝，竟为大家”（《湘绮楼论唐诗》）。由此评语，遂演化出“孤篇压全唐”之说。当然，这极度推崇，难免有点夸张，不用说“全唐”，就盛唐的李白与杜甫，怎么也压不了。闻一多先生在《宫体诗的自赎》中也曾热情赞誉这首诗为：“诗中的诗，顶峰上的顶峰！”

《春江花月夜》本来是表现宫廷生活的艳曲，但张若虚却写进了游子思妇的内容，以表现社会生活和人生离情；艺术风格清新流丽，一洗绮靡浓艳的富贵气、脂粉气，将游子思妇的离情别绪，安置在一个用春、江、花、月、夜交织而成的清幽阔大的画面里，以广大无垠的空间和绵远无尽的时间为背景，给人以空间上的宇内同慨之感和时间上的古今共悲之叹。画面鲜明，形象生动，音韵悠扬，意蕴丰富，是初盛唐过渡时期诗坛上的一朵奇葩。

全诗共三十六句，四句一转韵，共九韵；每一韵构成一个相对独立的段落，即相对完整的小的意义单元。从大的方面又可以分为三大段：开头八句为第一大段，主要描绘月下美景，一片空蒙纯净。中间八句为第二大段，抒发由赏月而触发的普遍的、共同的人生感慨。后面二十句为第三大段，具体描写与明月紧紧相连的离人思妇的相思情怀。下面依次简要赏读。

先看第一大段，开头八句写道：

春江潮水连海平，海上明月共潮生。

滟滟随波千万里，何处春江无月明。

江流宛转绕芳甸，月照花林皆似霰。

空里流霜不觉飞，汀上白沙看不见。

首先点出题中春、江、月。首推春江，但潮由海生，又推出海；连海平，将大海也包括其中。江水西来东流，自上而下；海潮由东涌起，自下而上。春潮水涨，江海相连，江与海平，茫茫一片，大海浩瀚，江面辽阔，一轮明月伴随着海潮诞生出来。用“生”而不用“升”，别有一番意味。海潮与明月一同产生、诞生，其中既包含了共潮“升”起的意思，又渗透进了诗人的主观想象，仿佛明月与潮水都富有生命，好像是一对孪生姐妹，在大自然的怀抱里一起诞生。何等生动，何等壮观！滟滟，水波满溢相连的样子；“随波千万里”，写出了水光月色，互相辉映，月光随着涣涣春潮涌进春江，又随着奔涌的春潮荡漾、推进到千万里之外。这是一幅多么辽阔透明的画面：水月交辉，一片空明。既然潮水涌到哪里月光就跟随到哪里，就自然而然地逼出“何处”句，将眼前目光所及的实景，通过联想的翅膀，扩大到更加遥远的范围之外。其意犹如佛家禅意语：“千江有水千江月，万里无云万里天。”（宋《嘉泰普灯录》卷十八）前四句描绘出春江水涨、江月难分、明月东生、水月交辉的优美壮阔图景，把读者带进了春江月明如诗的意境。

接下来“江流宛转绕芳甸”的“芳甸”，就是长满鲜花的郊野，先暗出一个“花”字。由江到花，春江流水曲折环绕着花草茂盛的汀洲，春色绕芳甸，春色何其多情。再由花回到月：“月照花林皆似霰”，明出“花”。霰，洁白的小雪珠。随江水而涌来的明月，将她皎洁的光辉洒向芳甸的花林，朦胧的月色中，花林里就如同洒了一层小小的雪珠。月色映照下的花林，呈现出一派洁白、空蒙的景象。“空里流霜不觉飞”，说因为月色如霜，飞霜与月色相融，反而看不见了。古人误以为霜跟雪一样是从天上飞落下来的，故曰“飞霜”。另一种解法，说月光下射的样子犹如流霜飞洒，霜飞则寒而春夜不寒，月光似霜而不觉寒冷，故曰不觉霜飞——似牵强。“汀上白沙看不见”，是说那白沙滩上的白沙，也与皎洁的月光融为一体了。汀，水边平地。前句写天上，后句写地面，从天空到地面，整个空间都浸染上明月的银辉，整个大自然仿佛都被月光净化了似的。这几句随着一江春水宛转流淌，诗中的画面急速变换，月夜美景，应接不暇，当然诸景中最突出的无疑是明月。

第一大段八句极力写春江花月之美，这一切都统一在夜色之中，“夜”暗藏其中。这一组精彩的写景，组成了整个乐章的动人序曲，为下面的即景议论抒怀，渲染了一个诗意盎然的美好背景。在这天地纯净的境界中，人自然而然地会产生对宇宙奥秘和人生哲理的追问。

第二大段八句，便由写景转入议论、抒怀。围绕的中心就是自然的主景——明月与抒情的主体——人的相互关系。诗人对着广阔的天宇，一连串地发问道：

> 江天一色无纤尘，皎皎空中孤月轮。
> 江畔何人初见月？江月何年初照人？
> 人生代代无穷已，江月年年只相似。
> 不知江月待何人，但见长江送流水。

诗人以一个相对永恒的事物——“年年只相似”的明月，和一个永远流转不息的事物——“代代无穷已”的人生，作了十分鲜明的对比。著名的加拿大籍华人学者、当今诗词研究和创作大家叶嘉莹先生认为，这当中涵盖了古往今来人类所共有的无穷悲慨。平静的诗句中，蕴藏着巨大的感发人心的力量，可以引发起天下人所共有的一种悲哀。另外，这里的“江畔何人初见月？江月何年初照人？”既是一个天真好奇的问，也是一个永无答案的谜。一般说来，人们对于已有答案，或者可以得到答案的问题的探求兴趣，往往是短暂的；而对于不容易得到答案，甚至永无答案的问题的探求兴趣，则往往是热烈的，执着的，经久不衰的，这种探究也是最容易引起历代人们共鸣的。

发这样一种疑问，实在是太浩渺悠远了，这几乎是在探索宇宙的开始，追溯人类的起源。闻一多先生说这是“一番神秘而又亲切的、如梦境的晤谈，有的是强烈的宇宙意识”（《宫体诗的自赎》），表现了诗人对宇宙奥秘的深邃遐想。这富有哲理的一问，“江畔何人初见月？江月何年初照人？”把人们的思绪带入绵远的时间长河中。接下来由疑问转为感慨：“人生代代无穷已，江月年年只相似。”人生易老，代代相传，一代一代转瞬即逝；而历史的长河则往前无尽、往后无穷。江月圆了又缺，缺了又圆，月月如此，年年相似，万古常照。每一天明月总是生于海上，悬在空中，好像在执拗地等待着什么人似的，“不知江月待何人”。可是期望和等待总是落空，“但见长江送流水”；月光映照，伴随着滚滚江水，永无休止地东流。这使人联想起青春韶华，一去不返；良辰美景，易逝难求。下面一大段则由月的期盼等待，自然地转到对花月春宵、离愁别恨和游子思妇、两地相思的叙写上。

接下来的第三大段二十句，集中笔墨抒写月下游子思妇的客愁闺怨。开头四句，可以看作是前面两大段十六句与后面的十六句之间的过渡。诗曰：

白云一片去悠悠，青枫浦上不胜愁。
谁家今夜扁舟子？何处相思明月楼？

前两句以写景过渡，写景中又托物寓意。那悠悠飘去的一片白云，就是漂泊江湖的游子的象征："浮云游子意"（李白《送友人》）。"青枫浦上不胜愁"，巧妙地糅进了前人所创造的这一意象的内涵。《楚辞·招魂》曰："湛湛江水兮上有枫，目极千里兮伤春心。"江淹的《别赋》："送君南浦，伤如之何。"青枫浦这个意象，承载了前代人赋予的离愁别恨的情思，在这里得到了很好的释放。后两句，前一句写游子："谁家今夜扁舟子"，月光下谁家的游子，乘着一叶扁舟到处漂荡呢？后一句写思妇："何处相思明月楼"，家中的思妇，又是如何在楼阁上思念远方的心上人呢？同一种相思离愁，从行者和居者两方面落笔，分则两怨，合则同愁。

由此，自然地过渡到以下十六句对游子思妇的歌咏。有人认为其中的前八句写思妇，而最后八句写游子；也有人认为全是写思妇；我则以为不必要分得那么清楚，其实也无法截然分开，写思妇乃是从游子角度写的，写游子也离不开思妇。因此，如果理解为是总写游子和思妇，可能会更好些。诗曰：

可怜楼上月徘徊，应照离人妆镜台。

玉户帘中卷不去，捣衣砧上拂还来。

那缠绵的月光，似乎很有感情地与思妇作伴，依恋在闺楼上，徘徊不肯离去。此时，想必已经照到了思妇的梳妆台上了。月光照在珠帘上，可以卷去珠帘，却卷不去月光；月光照在洗衣的砧板上，刚刚拂去了，马上又照了回来。月光正如同相思之情一样，无处不在，无从拂去，因而使人无可奈何。这四句，写尽了思妇月下那百无聊赖和烦闷不安的心境。

无法撵走的月光，使人自然联想到月光朗照下的远方亲人。诗曰：

此时相望不相闻，愿逐月华流照君。

鸿雁长飞光不度，鱼龙潜跃水成文。

明月一轮，光照两地。跟我月下思你一样，你此时也一定望月思我吧。明月可以同望，但音讯却不相通，彼此的呼唤却互不相闻。我多么希望能跟随这流水似的月光，投入远方亲人的怀抱。但上有广袤的天空，连善于长途飞翔的鸿雁，尚且飞越不到你的身边；下有悠长的流水，连潜跃善游的鱼龙，也只能泛起层层波纹而难以游到你的跟前。这里诗人避开了对离愁的一般性叙述，而着力描摹相思者细微的心理活动，通过“鸿雁”和“鱼龙”的意象，生动别致地传达了闺中思妇望月怀人的痴情痴想。

因为音讯不通，故而相思倍切；于是因思成梦，由梦倍生爱怜；诗意自然而然转入了一个新的意境。诗曰：

昨夜闲潭梦落花，可怜春半不还家。

江水流春去欲尽，江潭落月复西斜。

思妇的梦境是：闲潭落花，春已过半，春将归去而人未归来。江水不停地流啊流啊，都快要把春天送走了。江潭上那渐渐下落的月儿，也更向西偏斜，眼看就快要全部沉没了，连想借助月光寄托相思，也几乎不可能了。“梦落花”，暗示春将去；“月西斜”，暗示夜将尽；春花零落，落月西斜，梦中也难得一见，实在有负于春江花月如此美好静谧之夜。这四句中，集中了四件令人伤神的事情：梦落花，月西斜，春欲尽，不还家。将梦境与实境结合起来，是梦是醒，是幻是实，连思妇自己也分辨不清了。这种写法，颇似我们今人创作中的“意识流”表现手法。

经过上面曲曲折折、虚虚实实、含蓄深沉的抒写、渲染，思妇热烈执着、缠绵悱恻的绵绵深情，已经漫溢在字里行间，充盈在天宇之内，最后直吐恨怀。诗曰：

> 斜月沉沉藏海雾，碣石潇湘无限路。
>
> 不知乘月几人归，落月摇情满江树。

斜月渐渐沉没在海雾之中，月下的美景都渐渐隐去。游子思妇，天南地北，仍然相隔天涯之路。这整夜的相思如何排解，真不知道今夜有几人乘着月华归来。看那落月摇动着的余晖，漾起了离人满怀的苦情和人世间撩乱荡漾的离情，只能一起空洒向江树而已。

全诗一开始便写“海上明月共潮生”，从明月初生写起，到渐渐升起，到满月中天，到斜月西沉，最后到落月摇情。运行自然，脉络清晰。至结句“落月摇情满江树”，题中五字“春江花月夜”，全部抹去，总的结穴到一个“情”字上，揭示全诗主旨。整个咏月交响乐章以强烈的感叹作结，显得余韵悠然，余味无穷！

“春江花月夜”，本是乐府《清商曲·吴声歌》的旧题，相传是陈后主创制，在这个题下大都是浮华艳丽的宫体诗。张若虚用此旧题，写的又是旧的题材，乃汉末以来常见的游子思妇相思离别；但诗人以不同凡响的艺术构思，开拓出新的意境，表现了新的情趣，予旧题以新意，化腐朽为神奇，使这首诗，不但为齐梁余风弥漫的初唐诗坛吹进了一股清新之风，而且成为古代诗歌史上的千古绝唱。作者张若虚也因为创作了这首诗，确立了他在唐诗发展史上永不磨灭的地位。

## 四、李白与苏轼的咏月诗词——明月几时有，把酒问青天

唐代的诗仙李白和宋代的坡仙苏轼，都有咏月的名篇，我们特

地集中起来对比着赏读解析。

李白现存的九百多首诗中，与月亮相关的就有二三百首；咏月诗之多之好，唐代诗人无出其右。套用杜甫的“月是故乡明”诗句，我们可以说在历代咏月诗中，“月是唐代明”；而在唐人咏月诗中，我们可以说“月是李白明”。

李白从小就喜欢明月，前面引到的《古朗月行》写道：“小时不识月，呼作白玉盘。又疑瑶台镜，飞在青云端。”他长大后更是喜欢故乡四川的明月，其《峨眉山月歌》深情唱道：“峨眉山月半轮秋，影入平羌江水流。夜发清溪向三峡，思君不见下渝州。”四句中用了五个地名：峨眉、平羌、清溪、三峡、渝州，但十分流畅，一点也不滞涩。在《关山月》的开头四句写道：“明月出天山，苍茫云海间。长风几万里，吹度玉门关。”《雨后望月》结尾四句写道：“出时山眼白，高后海心明。为惜如团扇，长吟到五更。”《挂席江上待月有怀》诗前四句曰：“待月月未出，望江江自流。倏忽城西郭，青天悬玉钩。”此外，《拟古十二首》其二中有句曰：“明月看欲堕，当窗悬清光。”《酬张卿夜宿南陵见赠》中有句曰：“月出鲁城东，明如天上雪。”等等，在李白诗集中，可谓是俯拾即是。

李白咏月诗中的名篇《把酒问月》，前面“唐人饮酒诗”中已经赏读了；他还另有《月下独酌四首》，其一则把明月当成自己最要好的朋友，一起饮酒，一起起舞。诗曰：

花间一壶酒，独酌无相亲。

举杯邀明月，对影成三人，

月既不解饮，影徒随我身。

暂伴月将影，行乐须及春。

我歌月徘徊，我舞影零乱。

醒时同交欢，醉后各分散。

永结无情游，相期邈云汉。

花间一个人饮酒，难免有孤寂之感；所以诗人举起酒杯，邀请青天的明月与自己共饮。我、我的影子和明月，一共三个人。月亮和影子都不懂得饮酒，只知道和我纠缠在一起，同舞同欢，难分难解。等到我醉了，便各自分散。真希望永结忘却世情之游，再相会在天上仙境。诗从诗人心中流出，既亲切有味，又在字里行间洋溢着诗人对象征光明、纯洁的明月的一往深情。

明月还曾多次引发李白对故乡的浓浓深情，最具有代表性的那首脍炙人口的《静夜思》，我们已在“唐人怀乡诗”中赏读过了。诗曰：“床前明月光，疑是地上霜。举头望明月，低头思故乡。”“思故乡”思什么，不说破；唯其不说破，才有更加丰富的内涵。小诗清新自然，明白如话；就诗人而言，仿佛是脱口而出；就读者而言，实在有到口即消之妙。不管什么人一读就会明白，一明白就会记住，一记住就一生一世也不会忘记！这就是真正优秀诗歌的巨大的感染力和无穷的魅力。

总之，李白的咏月诗充满了奇思异想，感情色彩十分浓郁热烈；诗人以生花之妙笔和横溢之才华，创造了千姿百态的明月形象和优美旖旎的空明境界。

宋代诗人苏轼，在浪漫主义诗坛上与李白相隔三百年前后辉映。苏轼的咏月诗词也很多；我们先看一看他的两首咏月诗。这两首都是咏中秋明月，然而气象不同，风格迥异，不愧为大手笔所为。先看《中秋月》，诗曰：

暮云收尽溢清寒，银汉无声转玉盘。

此生此夜不常好，明月明年何处看。

这里的明月好似妩媚多情的少女，姗姗来迟，含羞脉脉，温柔可爱。诗中弥漫着人生不常好、花无百日红的淡淡的哀伤情绪。“此生此夜不常好，明月明年何处看”，此生如此良夜很难再有，明年也不知在何处再能欣赏如此明月。情思低回，令人动情。

而他的另一首七古《和子由中秋见月》诗的开头四句，却大笔淋漓地写中秋时明月初升的情景。诗写道：

明月未出群山高，瑞光千丈生白毫。

一杯未尽银阙涌，乱云脱坏如崩涛。

这是何等的气势：明月尚未出山，天空中已经有瑞光千丈，仿佛白毫。而当一轮明月跳出云层时，乱云四散奔逃，犹如堤坝崩塌，怒涛奔涌。此月与彼月，同是中秋圆月，形象何等不同。如果我们将前者比作一位步履轻盈的少女，风姿绰约；那么，后者则是一位叱咤风云的英豪，大声鞺鞳！

前面已经说过，“月到中秋分外明”；历代咏月诗词中，也是咏中秋明月的诗词最多、写得最好。其中最为人传诵的要数苏东坡的《水调歌头》词。这首词前的小序说道：“丙辰中秋，欢饮达旦，大醉，作此篇，兼怀子由。”子由，是词人的弟弟苏辙的字。词曰：

明月几时有，把酒问青天。不知天上宫阙，今夕是何年。我欲乘风归去，又恐琼楼玉宇，高处不胜寒。起舞弄清影，何似在人间。　转朱阁，低绮户，照无眠。不应有恨，何事长向别时圆。人有悲欢离合，月有阴晴圆缺，此事古难全。但愿人长久，千里共婵娟。

这首词的小序十分重要。“丙辰中秋”，即宋神宗熙宁九年（1076）中秋节，这一年东坡正好四十岁，由京城外放任密州（今山东诸城）知州。中秋月圆之时，不由得怀念比他小三岁、已经六年不见、当时在济南任上的弟弟苏辙。苏氏兄弟同年高中进士，手足情深。此时的中秋夜晚，诗人对月饮酒，说“欢饮达旦”，就是从傍晚一直畅饮到次日天亮。时间如此之久，所饮的酒一定很多，所以自然免不了要“大醉”。必大醉，方能有大好诗也。

开头的“明月几时有，把酒问青天”，把酒问月，这是一个永无答案的谜。因为醉了，所以对着圆月追问：“不应有恨，何事长向别时圆？”你应该没有什么遗憾抱恨之事，为什么偏在我们离别的时候以圆月照离人，让人情何以堪呢？一如明月有阴晴圆缺，不能长满长圆，人生又岂能长相聚守呢？自古以来，人的悲欢离合就如同月的阴晴圆缺，人月团圆是难以两全其美的事。结句中的“婵娟”，是指美女；美女，指月中嫦娥；月中嫦娥，则代指明月。“千里共婵娟”，就是千里共明月。希望你我都康健安好，虽相隔遥远，但可以共对明月，望月怀远，互诉衷肠。

对于这首词，历代都是推崇备至。特别是宋人胡仔在其《苕溪渔隐丛话》后集中，竟然说：“中秋词，自东坡《水调歌头》一出，余词尽废。”认为写中秋词里，这是最好的一首，这并不过分；但要说这首词一出后“余词尽废”，则不免有失夸张。因为这样的说法，不完全合乎实际情况。苏轼之后不到一百年，南宋词人张孝祥（1132—1170）就填了一首《念奴娇·过洞庭》词，其艺术造诣和空明境界，我以为足可与苏轼《水调歌头》词相媲美。张孝祥的这首词这样写道：

> 洞庭青草，近中秋、更无一点风色。玉鉴琼田三万顷，着我扁舟一叶。素月分辉，明河共影，表里俱澄澈。悠然心会，妙处难与君说。　　应念岭表经年，孤光自照，肝胆皆冰雪。短发萧骚襟袖冷，稳泛沧溟空阔。尽挹西江，细斟北斗，万象为宾客。扣舷独

啸，不知今夕何夕。

这首词的上片，写洞庭湖和青草湖中秋之夜的月下空明纯净的美景，美得无法用语言来表达——“悠然心会，妙处难与君说”。下片表白自己虽遭贬谪但不改初衷的冰雪操守。最后，豪迈地以北斗为舀酒的酒具，尽挹西江之水为酒，邀请大自然“万象为宾客”，痛饮狂歌，“扣舷独啸，不知今夕何夕”。清人王闿运评这首词曰：“飘飘有凌云之气，觉东坡《水调》有尘心。”（《湘绮楼评词》）此评价切中肯綮。两相比照，确实使人感觉东坡的《水调歌头》没有涤尽俗念，尚有尘想。

上片中的写景句“表里俱澄澈”，与下片中的抒怀句“肝胆皆冰雪”，意思对应甚佳，只可惜最后一个字都是仄声，而对联则要求下联的最后一字必须是平声。如果将“冰雪”两字颠倒一下，改为“雪冰”，倒可以勉强组成对联：“表里俱澄澈，肝胆皆雪冰。”我们中文系袁行霈教授曾经取杜甫“心迹喜双清”诗句，与“表里俱澄澈”组成对联：“表里俱澄澈，心迹喜双清。”甚善！

## 五、明月与其他题材相结合的诗歌

在诗歌的海洋中，明月几乎可以和任何题材的诗歌相互交融结合产生不同的审美情趣和不同的艺术效果。下面让我们选择明月与几种题材相结合的诗歌来赏读一下。

### 1. 明月与边塞诗歌

古往今来，征战不息；王朝更替，烽火长燃；明月与边塞的万里关山结下了不解之缘。明月成了无数征人戍边守土的最好伴侣，成了他们吐诉寂寞忧伤的亲切对象，成了历史上无数征战烽烟、逐鹿争雄悲壮场景的有力见证。盛唐诗人王昌龄的《出塞》诗曰：

> 秦时明月汉时关，万里长征人未还。
> 但使龙城飞将在，不教胡马度阴山。

首句互文见义，秦时明月秦时关，汉时明月汉时关，时间跨度由秦到汉，实际要表达的是一直延续到唐。空间上则纵横万里，征战不息，征人们有去无还，长眠于塞外。诗人认为造成这样局面的主要原因是朝廷用人不当，如果任用像李广那样的人统帅军旅，就不可能烽火长燃，胡马也就不会度过阴山。短短的七绝中，有同情，有感慨，有反面抨击，有正面主张，内涵十分丰富。

又如李白的《春怨》，诗曰：

> 白马金羁辽海东，罗帷绣被卧春风。
> 落月低轩窥烛尽，飞花入户笑床空。

首句“白马金羁辽海东”，是说夫婿跃马挥戈远征辽东；次句写后方的妻子只能“罗帷绣被卧春风”，一个人在罗帷绣被中，独宿难眠。后两句“落月低轩窥烛尽，飞花入户笑床空”，写斜月入户，窥视那独守残烛、床空被冷、辗转难眠的思妇。“落月”，说明天快破晓了；“烛尽”，整根的蜡烛都已经燃尽，这都是意在说明女主人一整夜都没有入睡。一个“窥”字，将明月拟人化，写活了，月亮探头偷偷窥探，看到什么呢？看到空床。“笑床空”，就是笑空床。空床与空闺一样，都不是说床上和闺房中没有人，而是指夫婿不在。飞花入户飘落在空床上，最令人情难以堪的就是这一个“笑”字，是深切同情的笑？还是诚挚慰藉的笑？是幸灾乐祸的讥笑？还是不怀好意的怪笑？让人遐思不断，兴味无穷。

李白还有一首《子夜吴歌·秋歌》，诗曰：

> 长安一片月，万户捣衣声。
> 秋风吹不尽，总是玉关情。
> 何日平胡虏，良人罢远征。

秋风一吹，在长安一片月光下，千门万户都传出捣衣的声音。妇女们心系边关，为戍边亲人赶制寒衣，以便及时送到前线去。真不知什么时候能够平息边患，良人可以平安归来，团圆欢聚。

另外，崔融《关山月》诗曰："月生西海上，气逐边风壮。万里度关山，苍茫非一状。"戴叔伦的《关山月》诗曰："月出照关山，秋风人未还。清光无远近，乡泪半书间。"等等，不一而足。

### 2. 明月与怀人诗歌

普天下只有一轮明月，而不管是分隔在天涯还是海角，人们都可以同对着一轮明月，抒发对对方的思念之情。南朝谢庄的《月赋》中写道："美人迈兮音尘阙，隔千里兮共明月。"意谓远行的良人音讯隔绝，两地虽有千里之隔，但同一轮明月却可以共享。迈，远行。所以诗人们便想象，通过光照两地的月光，来传递相互思念的情感。南朝民歌《子夜四时歌·秋歌》曰："仰头看明月，寄情千里光。"

唐代诗人李白的好朋友王昌龄被贬到遥远的湘南龙标，诗人写下了一首《闻王昌龄左迁龙标遥有此寄》。诗曰：

> 杨花落尽子规啼，闻道龙标过五溪。
> 我寄愁心与明月，随君直到夜郎西。

好朋友即便是被贬到了遥远的龙标，但他也同样在明月的朗照之下；月光下的诗人，巧妙地将内心的情感托付给明月，请她替自己陪伴着朋友一直到夜郎西。清人黄叔灿析此诗曰：“首句兴起怀人，已觉黯然。‘闻道’句悲其窜逐蛮地。接入‘愁心’二句，何等缠绵悱恻。而‘我寄愁心’，尤觉比‘隔千里兮共明月’意更深挚。”（《唐诗笺注》）

唐诗人张九龄的《望月怀远》诗曰：

海上生明月，天涯共此时。
情人怨遥夜，竟夕起相思。
灭烛怜光满，披衣觉露滋。
不堪盈手赠，还寝梦佳期。

首句用“生”不用“升”，很有深意。“升”，只是描写月亮的移动，而“生”字，却仿佛明月有了生命，活泼泼地诞生在海上。前面张若虚《春江花月夜》中“海上明月共潮生”，也用“生”。还有，李白的《望庐山瀑布》中的“日照香炉生紫烟”的“生”字，晚唐诗人杜牧《山行》中的“白云生处有人家”的“生”字，都含有深意，不可忽略。颔联和颈联描写很细腻，说自己因为爱那照到屋内的月光，把蜡烛都灭掉了。披衣到院子里赏月，时间一长感觉夜露沾身，寒意侵人。结句说，我没有办法满满地捧一捧月光赠给你，只好回屋里安寝，希望能在梦里与你相逢。回扣题目，望明月而怀远人。

杜甫在“安史之乱”中被困长安，怀念远方的家人，写过一首《月夜》，诗曰：

今夜鄜州月，闺中只独看。
遥怜小儿女，未解忆长安。
香雾云鬟湿，清辉玉臂寒。

何时倚虚幌，双照泪痕干。

这是被困长安的诗人在月夜怀念妻子与子女所作的一首诗，深情无限。“遥怜小儿女，未解忆长安”，有两解，一解释为遥想远方家中的小儿女们，不懂得像其母一样思念在长安的父亲；一解释为小儿女们不懂得此时其母正在思念长安的心情。两解都通。诗人想象着妻子于月下久久伫立，以至于云鬟为染上香气的夜雾所湿，玉臂在月亮的清辉下开始寒凉起来。最后想象未来重逢之时，依偎在月光下的夫妇俩“泪痕干”。在另一首《月夜忆舍弟》诗中，杜甫还写过名句曰：“露从今夜白，月是故乡明。”因为热爱故乡，移情于物，不管自己走到天涯海角，总觉得故乡的那一轮明月最圆、最明亮、最美好难忘！中唐诗人白居易《望月有感》诗中也有句曰：“共看明月应垂泪，一夜乡心五处同。”亲人分隔天南地北五个地方，但此时同对着一轮明月，同样因思垂泪，诗人拜托明亮的月光把自己的思念之情，适时地传递给五处亲人。

### 3. 明月与恋情诗歌

恋情诗歌与明月的关系格外密切。月光之柔和与恋人之柔情很相像，景与情和谐交融。月下朦胧，会使有情人显得更美，因为在朦胧的月色下，细小的缺点都被掩盖了，所以俗语中有“月下看美，越看越美”之说。恋爱生活中的男女约会，是十分令人神往的；而月下约会，则更是激动人心。五代南唐后主李煜的《菩萨蛮》词写道：

花明月暗笼轻雾，今宵好向郎边去。刬袜步香阶，手提金缕鞋。　画堂南畔见，一向偎人颤。奴为出来难，教君恣意怜。

上片写云遮月暗、薄雾蒙蒙的时节，正是与情人约会的好机会。因为怕走路发出声音被他人知晓，所以女子脱了“金缕鞋”，提在手里，悄无声息地快步行过香阶。刬袜，就是脱掉鞋子只穿袜子。一个纤纤玉手小心翼翼提着鞋子的细节，便把赴约女子渴望而又十分谨慎的情态，刻画得惟妙惟肖，生动传神。下片写女子蹑手蹑脚地走到画堂南畔，见到情人便一头扑到情人怀中，激动地身子微微颤抖，久久地恣意缠绵，“教君恣意怜”。有说这首词中的女主人公就是小周后。

宋人欧阳修的《生查子》词，也是写男女约会。词曰：

去年元夜时，花市灯如昼。月上柳梢头，人约黄昏后。　今年元夜时，月与灯依旧。不见去年人，泪湿春衫袖。

去年元夜时，于月上柳梢头之时，相恋的男女相约在黄昏后。相约后种种美好的故事，一一省略，给读者留下丰富的想象余地。今年又是元宵之夜，月亮与花灯依旧美好，它们是两个人相爱的见证；而今却不见去年人，禁不住泪满春衫袖。昔喜今悲，世事无常，不胜感慨也。

宋代女子郑云娘的《西江月·寄张生》词，构思更为巧妙。一反常态，不是希望明月朗照，而是希望云遮月暗。唯有如此，才好与有情人依偎亲热，得片时欢愉。词曰：

一片冰轮皎洁，十分桂魄婆娑。不施方便是何如，莫是嫦娥妒我。　虽则清光可爱，奈缘好事多磨。仗谁传与片云呵，遮取霎时则个。

圆月皎洁，桂影婆娑，月夜如此空明，给秘密私会的男女造成了很大的不方便。女词人心里思忖：是不是月中寂寞的嫦娥嫉妒我与心上人相会，才故意明晃晃地照着，让我们无法亲热偷情。清光虽然可爱，但阻碍好事；倚仗谁给天边的云彩传一个信息，请云儿将月亮遮挡住那么一会儿工夫，也就够了。女词人写女人的内心情感，格外细腻，心态宛然，真切动人，诚非有“咏絮才”不能道也。

至于独守空闺的女子，在寂寞孤独中，更是把明月作为吐诉心曲的知心朋友。晚唐五代词人韦庄《女冠子》二首，写一个女子与心上人离别以后，无时无刻不在思念。其一曰：

> 四月十七，正是去年今日，别君时。忍泪佯低面，含羞半敛眉。　　不知魂已断，空有梦相随。除却天边月，没人知。

上片写去年的今天女子与心上人离别时的情景，她假装低着头，好掩饰住，不让对方看见自己的眼泪流下来。含羞敛眉，缱绻缠绵，难舍难分，深情无限。下片写离别之后，相思魂断，只有好梦相随。除了天边那知情解意的明月，再没有人能知道自己刻骨铭心的情感。明月成了独守空闺女子相依相伴的知己。

爱情诗词中，也有写向月亮求助，求月亮帮自己谴责负心人的。如敦煌曲子词中一首《望江南》这样写道：

> 天上月，遥望似一团银。夜久更阑风渐紧，为奴吹散月边云。照见负心人。

这是一个失恋少女对着月亮吐诉心曲。正是这如同“一团银”一样皎洁的明月，曾经见证过她和心上人经历过的多少美好的往事，但现在对方负心了。所以她希望夜深更阑后风把月边的云彩都吹干净，让明月替自己照见那“负心人”。至于照见了又能如何，没有点明，给读者留下回味的余地。这首词构思巧妙，想象丰富，语言明快，清新畅快，而意蕴含蓄。

还有更加新颖独特的，诗人以月亮的不同特征为喻，表达的却是一样的情感。如宋代词人吕本中有一首《采桑子》词，这样写道：

恨君不似江楼月，南北东西。南北东西，只有相随无别离。　恨君却似江楼月，暂满还亏。暂满还亏，待得团圆是几时。

上片说我恨君不似江楼的月亮，江楼的月亮不管运行到东西南北，都与江楼紧紧相依，没有离别，而君却与我别离多欢聚少。下片别出心裁，说我又恨君恰似江楼的月亮，刚刚满了，很快又缺了，而且是圆满时候少，亏缺时候多。意即你我团圆欢聚的时候少而离别悲伤的时候多。构思新颖奇巧，读了不由得让人会心一笑。

### 4. 明月与言志诗歌

清人曹雪芹（约1715—约1763）在《红楼梦》第一回中，描写落魄中的贾雨村于元宵佳节跟甄士隐对饮。“当头一轮明月，飞彩凝辉，二人愈添豪兴，酒到杯干。雨村此时已有七八分酒意，狂兴不禁，乃对月寓怀，口号一绝云：‘时逢三五便团圆，满把晴光护玉栏。天上一轮才捧出，人间万姓仰头看。’”一轮圆月刚被捧上天宇，人间万众都虔诚仰望，顶礼膜拜。借咏满月升空为人仰视，以寄托内心的宏图大志。

金主完颜亮（1122—1161）有一首《鹊桥仙·待月》词，写得也极有气势，虽然不是直接言志，但在咏月的字里行间透露出豪迈的襟怀和不凡的志向。词曰：

停杯不举，停歌不发，等候银蟾出海。不知何处片云来，做许大、通天障碍。　　虬髯拈断，星眸睁裂，唯恨剑锋不快。一挥截断紫云腰，仔细看、嫦娥体态。

上片写停下酒杯不饮，收住歌喉不唱，人们凝神静气地等待东山的明月升起。但明月偏偏被一大块乌云遮挡住。词人气得拈断胡须、睁裂豹眼，唯恨宝剑不快，否则，一定挥剑斩断那遮住月色的紫云，好仔细看看月中嫦娥那娇美的体态。豪气干云，酣畅痛快！

《全唐诗》中收录了一位缪氏子年方七岁时咏得的一首《赋新月》诗。诗曰：

初月如弓未上弦，分明挂在碧霄边。
时人莫道蛾眉小，三五团圆照满天。

初月弯弯，如同没有上弦的弓，挂在那碧空之上。时人啊，请不要说这月牙儿小小，只如同蛾眉，等到农历十五，你再看那一轮满月，明亮的清光将照满整个天宇。字里行间，真切地透出了少年才子不凡的抱负和不俗的才情。可惜的是这位缪氏少年，不知为什么没有能成长成为朗照唐代诗坛的一轮明月，长大后再无一首诗传世——《全唐诗》仅录此一首，令人一叹！

# 余韵：唐诗的永恒魅力与现实意义

唐诗，在先秦到汉魏六朝诗歌的漫长积淀和辉煌成就的基础上，又经历了初唐百年的孕育和发展，至盛唐全面繁荣，云蒸霞蔚，美不胜收；到中唐余势尚存，别开生面，自成特色；但到了晚唐，则已经“夕阳无限好，只是近黄昏”（李商隐《乐游原》），江河日下，难以为继。唐五代时期产生的词体文学，却悄然兴起，蓬勃发展，使得诗坛“山重水复疑无路，柳暗花明又一村”（陆游《游山西村》）。词史千年，南朝梁陈到隋、初唐时期乃词的起源时期；盛唐李白和中唐张志和、白居易、刘禹锡、戴叔伦等，文人染指小词创作，乃无疑义；晚唐温庭筠、韦庄与花间词，以及南唐冯延巳、李中主李璟、李后主李煜这“一相二主”词，则标志着词体文学的成熟。到了宋代，词体文学全面繁荣，蔚为大观，成了宋代文学的代表。从此，在中国韵文发展的广阔天地中，唐诗宋词，像双峰并峙，两水分流，各极韵文之盛。

**一、读唐诗，可以增强民族自豪感，提升文化自信心。**

在世界文化宝库中，唐诗犹如一颗璀璨的明珠，熠熠生辉。是中华民族的自豪和骄傲。阅读、欣赏、传播唐诗，可以提升我们的民族自豪感和文化自信心。

就某一个民族而言，一个时代有一个时代的代表性文学样式，这种文学样式，代表了这个时代的物质文明和精神文明的最新高度和最高成就，唐诗正是伟大的唐代文明的杰出代表。产生唐诗的那个时代已经一去不复返了，因此，唐诗具有不可重复的、永恒的艺术魅力。

在2020年初的新冠肺炎疫情中，日本朋友在援助四川的物资箱子上，写有“青山一道同云雨，明月何曾是两乡”两句诗，就是引用唐代诗人王昌龄的诗句，一下子就拉近了两国人民的心和情。

正如袁行霈先生在《盛唐诗歌与盛唐气象》一文中所指出的那样：“盛唐诗歌的代表作都表现了大眼光、大格局，站得高、看得远，具有雄伟的气魄”，盛唐“国势之强盛，气象之恢宏，不但在中国历史上是一个亮点，放到世界历史上也是值得我们骄傲的一片辉煌”。

## 二、读唐诗，可以从中汲取营养，提升文学的审美情趣和艺术鉴赏力，增强新时代文化创造力。

唐诗中有数不胜数的名篇佳作，艺术上各具特色，美不胜收。新时代的文化创新，需要从这片丰厚的沃土中汲取营养，一方面它可以提升我们的审美情趣，使之高雅而不低俗；另一方面可以提升我们的艺术鉴赏力。

从古典诗歌中我们可以借鉴体现民族特色的艺术技巧和优秀的艺术表现手法。因为新诗的发展创新，是离不开优秀的传统诗歌的肥沃土壤的。以诗歌形式方面的发展为例，唐诗的典范作用也是不可或缺的。如，初唐沈佺期和宋之问将诗歌格律化，在诗行、节奏、平仄、押韵等方面的一些规定，都是适合汉字外形内意的特性的。汉字本身所具有的特点，诸如方块字、单音节、有四声、多义性等，在新诗的创新中也一定会起到重要作用，必须高度重视。换句话说，新诗要在传统优秀诗歌的基础上去革新创造。如果撇开了这个带有本民族特色的基础，去构建空中楼阁，可能会一时炫人眼目，但肯定不会有长久的生命力。

**三、读唐诗，可以陶冶情趣，砥砺品行，提升精神境界。**

古典诗歌可以陶冶人的情趣。情趣包括情调与趣味，情趣的陶冶，既属德育范畴，也属智育范畴，还跟美育有关。古典诗歌在陶冶情趣方面，具有良好的潜移默化的作用。比如屈原的诗歌中体现了一种美的人格，就是“独立不迁，深固难徙”的精神，不随波逐流，更不同流合污。这是一种难能可贵的独立人格。另一点就是“廓其无求，秉德无私”。一个人只有无所求，无私欲，才能无所畏惧，任何情况下都能坦然地面对人生的荣辱得失，风风雨雨。

中国古代知识分子，历来具有“达则兼善天下”的济世情怀；“天下兴亡，匹夫有责”，成了中国知识分子精神领域里代代相传的遗传基因。读唐诗中诸如“孰知不向边庭苦，纵死犹闻侠骨香”“愿得此身长报国，何须生入玉门关”等诗句，可以砥砺我们的爱国情怀。读杜甫的《茅屋为秋风所破歌》中“安得广厦千万间，大庇天下寒士俱欢颜，风雨不动安如山。呜呼！何时眼前突兀见此屋，吾庐独破受冻死亦足！”我们能从中受到伟大的利他主义精神的洗礼，从而也逐步变得襟怀雅丽和人格高尚起来。

唐诗中名篇如云，大量地阅读背诵，可以培养开阔瑰伟的气度。唐诗有一种高远恢宏的气象。“作诗讲究气象，诗之气象如山峦之有云烟，江海之有波涛，夺魂摄魄每在于此。做学问也要讲究气象，学问的气象如释迦之说法，霁月之在天，庄严恢宏，清远雅正，不强服人而人自服，毋庸标榜而下自成蹊。”（袁行霈先生2001年4月27日在北京大学“树立北大文科精品意识大会”上的发言）

**四、读唐诗，可以启迪心智，体会人生哲理，获得诸多教益。**

唐诗以情趣为主，也有充满理趣的诗歌。如前所述，表述只有站得高，才能望得远时，我们会说："欲穷千里目，更上一层楼。"鼓励他人努力攀登上巅峰时，我们会说："会当凌绝顶，一览众山小。"

刘禹锡的名句"沉舟侧畔千帆过，病树前头万木春"和"芳林新叶催陈叶，流水前波让后波"，表明新陈代谢是不可抗拒的规律，它启示我们要甘为人梯、勇当伯乐，积极培养年轻人，使得前行的队伍人才辈出，朝阳的事业蓬勃兴旺。

凡事要深入考察，透过现象看到本质，我们会用白居易的名句"试玉要烧三日满，辨材须待七年期"和"草萤有耀终非火，荷露虽团岂是珠"，提醒人们保持头脑冷静，思虑周详，耐心地剥开表面抓住内核。

赏读唐诗能启迪我们的心智，给我们的人生以诸多好的教益，其启迪心智的作用可谓大矣。

**五、读唐诗，可以丰富知识，提升自身品位和处世能力。**

唐诗，毫无疑问是一个知识的宝库，琳琅满目，美不胜收。当我们在生活中遇到一些情况时，可以从丰富的唐诗名句中找到共鸣。

诸如，当我们送别朋友时，表示依恋，会说："海内存知己，天涯若比邻。""劝君更尽一杯酒，西出阳关无故人。"表示热情鼓励，会说："莫愁前路无知己，天下谁人不识君。"

与朋友聚会时会说："人生得意须尽欢，莫使金樽空对月。""一生大笑能几回，斗酒相逢须醉倒。"

从容自若、灵活贴切地运用唐诗名句，能体现一个人的文化修养、审美品位和学识才华，可以提升处世能力，拉近人与人之间的距离，对事业的发展起到无形的推动作用。诚如苏东坡所说："粗缯大布裹生涯，腹有诗书气自华。"（《和董传留别》）

总而言之，丰富多彩的唐诗为我们的生活增添许多情趣，我们的人生会因之增长许多趣味。有了丰富多彩的唐诗，我们精神文化的广袤天宇，将不再空旷、单调和黯淡，而变得丰富、多彩和明亮起来。

正如我们北大中文系陈贻焮先生所热情称赞的那样："有唐一代诗，上承汉魏之风骨与齐梁之英华，并风骚之精神，皆从彼撷取；下开两宋之派别及明清之波澜，即和（日本）韩之坛坫，亦由兹分出。文质兼备，盛莫能加，岂特我国诗史之高峰，实亦世界文化之伟观也。"（《增订注释全唐诗·序》）

# 后 记

再次通读拙稿，笔者深知以上所写的这些内容，实际上称不上是一部学术性著作，只是搜集若干优秀诗篇，按照题材类别穿串而成的一本唐诗讲读的普及读物，对于年轻读者或许能起到一点导引入门、激发兴趣的作用。然而，窃以为在唐诗研究姹紫嫣红的百花园里，既要有高雅美丽大气芬芳的牡丹、玫瑰、芍药、蔷薇等，也要有应时而开点缀四季的春桃、夏荷、秋菊、冬梅等，还得有各种各样卑陋微小单调朴素的无名小花。清人袁枚的小诗《苔》曰："白日不到处，青春恰自来。苔花如米小，也学牡丹开。"此诗所表达的正是笔者完成书稿时的心境。因此真诚地将这如米小的"苔花"奉献给读者诸君，如果你能在随同笔者一起赏读唐诗时有所收获，没有浪费宝贵的一寸光阴，则吾愿足矣。

感谢"人文·智识·进化丛书"主编黄怒波先生精心策划此丛书，并将本人小书《唐诗讲读》列入其中，给予了大力支持和积极鼓励！感谢北京大学出版社教育出版中心诸君的悉心编辑、辛勤耕耘和为他人作嫁衣裳的无私奉献！特别要感谢本书责任编辑张亚如君！张君为人热忱，性情温雅，学养纯良，作风严谨；她一丝不苟地审读全部书稿，核对书中引文，改正了原来文稿中的一些疏漏和讹误之处，令我十分感动也十分感谢！

真是巧得很，又是在国庆节长假审读了本书的校样。记得二十年前的 2002 年国庆节长假，审读完小书《唐诗宋词》校样，在"后记”的结尾，我引用了宋人杨万里的七绝《过松源晨炊漆公店六首》其五诗（“莫言下岭便无难，赚得行人错喜欢。政入万山圈子里，一山放过一山拦。”）作结。过了十年，于2012年国庆节长假，审读完《唐诗宋词》第2版书稿，在“改版后记”的结尾，我又引用了东晋陶渊明《杂诗十二首》其一中四句诗（“盛年不重来，一日难再晨。及时当勉励，岁月不待人。”）作结。岁月如流，光阴荏苒，不觉又过了十年，在这本小书《唐诗讲读》的“后记”结尾，我又想到应该引用一首唐诗来收结，感觉才算圆满。

这一想，便想到了中唐诗人白居易。白居易在读了盛唐诗仙李白、诗圣杜甫的诗集后，十分拜服，写了一首诗，题为“读李杜诗集因题卷后”，诗曰：

翰林江左日，员外剑南时。
不得高官职，仍逢苦乱离。
暮年逋客恨，浮世谪仙悲。
吟咏留千古，声名动四夷。
文场供秀句，乐府待新词。
天意君须会，人间要好诗。

诗中称赞李白、杜甫是“吟咏留千古，声名动四夷”。李杜诗歌万古流芳，李杜声名远播四夷；诗的最后热情地赞扬和呼唤道：“天意君须会，人间要好诗。”白居易说，李白、杜甫你们真的领会了上天的意愿啊——上天的意愿就是人间希望有好的诗歌——所以你们就写出了这么多的好诗！历代先贤领会了上天的意愿，用自己的聪明、才华和智慧，呕心沥血地写出了这么多好诗，我们每一个中华儿女一定不要辜负先贤的好意，可得好好学习、好好诵读这些好诗，继承优秀文化，弘扬民族精神，做新时代的志士仁人、博雅君子！效法白居易这么好的意思，我要额手恳请读者诸君：

天意君须会，人间读好诗！

程郁缀

2022年10月6日于北京大学燕园大雅堂